BRUTALE LIEBE

GEFÄHRLICHE LIEBE

KELLY MYERS

1

LUCA GAMBRELLI

Meine unschuldigen, verschlafenen, neunjährigen Augen hatten Mühe, die Szene zu verarbeiten, die vor mir lag. Ich wischte mit dem Handrücken darüber, um die Reste von dem, was Mama Mr. Sandmans Spezialstaub nannte, zu entfernen, aber das Chaos vor mir blieb dasselbe.

„Mama? Papa?", flüsterte ich.

Sie bewegten sich nicht. Ihr Schweigen machte mir Angst. Meine Eltern blieben so still wie die Schaufensterpuppen liegen, die ich im Einkaufszentrum sah, wenn Mama und ich einkaufen gingen. Ich rief lauter, aber immer noch keine Regung.

Ich schlich mich näher an die beiden heran. Sie lagen auf dem Küchenfußboden ausgestreckt. Mein Vater lag auf dem Rücken und starrte mit offenen Augen ins Leere. Mama lag auf der Seite. Es sah aus, als würde sie schlafen, also stupste ich sie an.

„Mama, wach auf!"

Meine nackten Füße fühlten sich warm an und ich schaute nach unten. Ich stand in einem Fluss aus klebriger, roter Flüssigkeit. Da erinnerte ich mich daran, dass ich mich einmal an einem Nagel geschnitten hatte. Die Wunde hatte wie verrückt geblutet. Meine kindlichen Sinne erkannten die glibberige Substanz, in der ich stand - es war Blut.

Plötzlich rutschte ich aus und schlitterte über den Boden. Ich schaute nach unten, als ich ein warmes Gefühl an den Innenseiten meiner Oberschenkel spürte. Ich hatte mich eingenässt.

Papas Augen blinzelten und aus seinem Mund ertönte ein Urschrei, wie ich ihn noch nie gehört hatte.

„Lauf, Luca! Lauf!“

Ich versuchte es, aber meine Beine wollten sich nicht bewegen. Ich war wie angewurzelt. Ich öffnete den Mund, um zu schreien, aber es kam kein Ton heraus. Ich war gefangen. Etwas Schlimmes würde mit mir passieren. Ich war...

Ich riss die Augen auf und setzte mich kerzengerade in meinem Kingsize-Bett auf, schweißgebadet. Mein Körper zeigte alle Anzeichen einer Notlage - trockener Mund, erhöhter Herzschlag, rasende Gedanken. Die einzige Möglichkeit, die Fassung wiederzuerlangen, war, mich daran zu erinnern, wo ich war.

Ich war nicht neun Jahre alt. Ich stand nicht im warmen Blut meiner Eltern in unserer Küche, nachdem sie bei einem Überfall abgeschlachtet worden waren. Ich war nicht in meinem Geburtsort in Italien. Aber trotz des Mantras keuchte ich.

Im echten Leben war ich 34 und lebte in den USA - ein Leben weit entfernt von dem Trauma, das mein Unterbewusstsein plagte.

Ich sah auf die Uhr – es war 2 Uhr morgens. Verdammt noch mal. Ich war hellwach, also stand ich auf, zog meinen feuchten Schlafanzug aus und ging nach unten in die Küche. Mama Anas bevorzugtes Elixier war warme Milch. Meine Adoptivmutter war von der alten Schule. Sie war der festen Überzeugung, dass jedes Leiden mit einem Glas warmer Milch und einer Umarmung geheilt werden konnte. Und für einen traumatisierten kleinen Jungen war das Gold wert gewesen.

Ana und Mario Cattaneo adoptierten mich, nachdem ich etwa ein Jahr im System verbracht hatte und von einem Waisenhaus zum nächsten gewechselt war. Ich lernte schon im zarten Alter, dass Menschen ihre Kinder nach bestimmten Kriterien auswählten. Babys und Kleinkinder waren die ersten, die die Waisenhäuser verließen. Sie waren niedlich und frisch und noch unberührt. Sie hatten kein Trauma zu verarbeiten, waren nie dem uralten Prinzip des „Überlebens des Stärkeren" ausgesetzt gewesen.

Ich hatte aufgehört zu zählen, wie oft ich von dem Tyrannen aus der Schule verprügelt wurde. Gerade wegen dieser schmerzhaften Lektion wurde ich knallhart. Außerdem lernte ich dadurch, mein Verhandlungsgeschick zu perfektionieren. Ich hatte zwei Möglichkeiten. Zusammenbrechen oder mich anpassen. Ich entschied mich für Letzteres.

Ich holte Milch aus dem Kühlschrank und goss sie in einen Becher. Dann stellte ich den Timer der Mikrowelle ein und während die Milch warm wurde, holte ich eine Flasche meines besten Whiskeys heraus. Ich war mir sicher, dass Mama Ana das gut finden würde.

Als ich am Küchentisch saß und an meinem Getränk nippte, wünschte ich mir, ich hätte einen Hund. Nichts beruhigt die Seele so sehr wie ein gutes Gespräch mit dem besten Freund des Menschen. Aber ich wohnte in einer Wohnung, wenn auch in einem Penthouse mit Dachgarten, und ich reiste viel, also wäre es dem armen Tier gegenüber unfair.

Ich schaute wieder auf die Uhr und rechnete kurz nach. Es war schon nach 8 Uhr in Italien, also rief ich meinen Jugendfreund Angelo an. Wir hatten schon eine Weile nicht mehr miteinander gesprochen. Das Telefon klingelte ein paar Mal, bevor er abnahm.

„Ciao, Luca. Das ist eine schöne Überraschung. Come va, il Mio Amico?"

„Ciao, Angelo. Mir geht's gut. Wie geht es dir?"

„Ich bin auf dem Weg zur Arbeit. Dort ist es schon spät. Warum bist du auf?"

„Ich kann schlafen, wenn ich tot bin. Was habe ich verpasst?"

„Schlecht geträumt?"

Angelo kannte mich gut. Wir haben uns im Waisenhaus kennengelernt. Im Gegensatz zu mir wurde er nie adoptiert, denn er war zu alt gewesen, um noch als süßes kleines Bündel zu gelten. Aber das hat ihn nicht gebremst. Angelo war ein Überlebenskünstler. Er lernte, wie das System funktioniert.

„Du kennst mich zu gut, Kumpel."

„Willst du darüber reden?"

„Nicht wirklich. Erzähl mir, was in deinem Leben passiert ist. Wie geht es Sophia?"

„So schön wie eh und je - und voller Scheiße."

„Das muss sie auch sein. Wann wird sie einen ehrlichen Mann aus dir machen?"

Angelo lachte. Er und seine Jugendliebe waren schon seit fast zwei Jahren verlobt. Ich hatte das Gefühl, dass keiner von ihnen es eilig hatte, den Bund der Ehe zu schließen. Sie lebten ein sehr geschäftiges Leben. Außerdem konnte selbst eine Heiratsurkunde die beiden nicht noch enger zusammenschweißen. Sie waren unzertrennlich. Ich beneidete Angelo.

„Irgendwann werden wir es schon bis zum Altar schaffen. Siehst du jemanden?"

„Nicht seit Francesca. Ich brauchte eine kleine Verschnaufpause."

„Du brauchst eine Medaille. Diese Frau war sehr pflegeintensiv. Ich werde nie verstehen, was du dir dabei gedacht hast."

„So schlimm war sie nicht."

„Dein Geschmack ist eher auf die anspruchsvolleren Damen ausgerichtet."

„Was soll ich sagen, Angelo? Es geht nichts über eine Herausforderung. Es macht doch keinen Spaß, wenn sie mit den Beinen in der Luft umfallen, oder?"

„Du Hund. Und wie läuft das Geschäft? Bastelst du immer noch an deinen Oldtimern herum?"

„Das tue ich. Das Geschäft läuft gut. Viel zu tun."

Mit 20 erstand ich meinen ersten Oldtimer. Er war eine Schönheit. Ich brauchte Monate, um ihn zu restaurieren, aber ich machte einen anständigen Gewinn, als ich ihn verkaufte. Meine Leidenschaft hatte sich in ein sehr lukratives Geschäft verwandelt.

„Du solltest vorbeikommen. Ich bringe dich mit einem Händler in Kontakt, den ich getroffen habe. Er hat ein paar Edelsteine."

„Ja. Ich war schon ewig nicht mehr zu Hause."

„Keine Eile, jetzt, wo deine Eltern gestorben sind, schätze ich."

Angelo bezog sich damit auf Ana und Mario. Sie waren Anfang sechzig gewesen, als sie mich adoptierten. Ana starb zuerst, und ehrlich gesagt bin ich davon überzeugt, dass Mario so kurz danach ging, weil er seine Frau zu sehr vermisste.

Meine Besuche zu Hause in Italien wurden danach belanglos. Ich vermisste Ana und Mario zu sehr.

Angelo und ich sprachen lange über die Vergangenheit, wie wir es immer taten. Er war der Einzige, der verstand, was ich als Kind durchgemacht hatte. Wir hatten viel Zeit zusammen verbracht. Die Cattaneos hatten ihn während der Schulferien bei sich aufgenommen und dazu verbrachte er praktisch jedes Weihnachten mit uns. Angelo war für mich das, was einem Bruder am nächsten kam, und als solchen liebte ich ihn.

Es war kurz vor 3 Uhr morgens, als ich zurück ins Bett kroch. Die Milch und der Whiskey hatten sehr dazu beigetragen, meine angespannten Nerven zu beruhigen. Der Albtraum war fast vergessen, als ich erneut die Augen schloss und auf den Schlaf wartete. Und der kam auch. Diesmal gab es keine gespenstischen Bilder oder Schrecken aus der Kindheit. Gott sei Dank.

2

MADISON HARRIS

„Du hast keine Ahnung, wie sehr ich mich darauf freue, Lauren", seufzte ich, als ich neben meiner jüngeren Schwester Lauren auf dem Massagetisch lag. „Glückseligkeit."

Der Geruch von ätherischen Aromatherapieölen, die zur Vorbereitung auf unsere Massage erhitzt wurden, umhüllte uns. Ich hatte schon viel zu lange keine Zeit mehr gehabt, mich einfach nur zu entspannen und mich verwöhnen zu lassen. Außerdem hatte ich Lauren seit fast zwei Wochen nicht mehr gesehen, obwohl wir uns als Kinder so nahegestanden hatten.

„Hast du noch nicht genug vom Lernen?", fragte ich Lauren, die im letzten Semester ihres Masters war.

„Als ob du es nicht glauben könntest. Es ist gut, dass ich bald meinen Abschluss mache. Ich kann es kaum erwarten, mit dem Unterrichten anzufangen."

Lauren machte eine Ausbildung zur Sonderpädagogin. Sie hatte die Geduld einer Heiligen, wenn es um Kinder ging, und die wiederum waren verrückt nach ihr. Ich hatte nichts gegen Kinder, aber ehrlich gesagt hatte ich nicht das Bedürfnis, Mutter zu sein. Meine biologische Uhr war auf stumm geschaltet. Außerdem war ich erst achtundzwanzig, also hatte ich es nicht so eilig, mich fortzupflanzen.

„Wann hat Mom dir das letzte Mal die Hochzeits- und Enkelkinder-Rede gehalten?“ Lauren gluckste.

„Diese Frau ist wie ein Ninja. Sie stürzt sich auf mich, wenn ich es am wenigsten erwarte. Du hast Glück. Dich setzt sie nicht unter Druck, die nächste Generation zu zeugen.“

„Das liegt daran, dass ich das Baby bin.“

„Baby, von wegen. Du bist vierundzwanzig.“

Caroline Harris glaubte fest an die Familie. Sie hätte Lauren und mich schon längst verheiratet, wenn wir ihr nur die Chance dazu gegeben hätten. Ich vermutete, dass sie sich einen Haufen Enkelkinder wünschte, aber bei mir hatte sie einfach Pech.

In der Harris-Dynastie gab es viele Züchter. Papa war einer von vier Söhnen, und zu seiner ewigen Schande hatte er es nur geschafft, zwei Mädchen zu zeugen. Seine Brüder hingegen hatten mehr Söhne, als sie zählen konnten, und machten den armen Papa zum vermeintlich schwarzen Schaf der Familie.

„Hey, es ist schon schlimm genug, dass du mit einer Vagina statt mit einem Penis geboren wurdest. Deshalb ist es besser, wenn du dich fortpflanzt, Maddie. Das ist das Mindeste, was du tun kannst, um deinen Lebensunterhalt zu verdienen.“

„Du kannst mich mal“, lachte ich.

„Wo wir gerade dabei sind. Bist du gerade *nicht* mit einem heißen Mann zusammen?“

„Schön wär's. Ich bin zu beschäftigt für Spielereien mit dem anderen Geschlecht. Was ist mit dir?“

„Niemand Besonderes. Du bist zu pingelig, Maddie.“

„Nein, bin ich nicht. Ich lasse mich nur nicht so leicht zum Narren halten.“

„Ich nehme an, du triffst nicht viele tiefgründige Typen in deiner Branche.“

„Ich werde diese stereotype Bemerkung ignorieren. Nicht alle Models sind dumm wie Brot.“

„Ich weiß. Ich mach doch nur Spaß. Dass du die Chefin bist, hilft wohl auch nicht. Sexuelle Belästigung und diese ganze „Him-too-Bewegung" können einem schnell einen Strich durch die Rechnung machen", grinste sie.

„Jap. Vorbei sind die guten alten Zeiten, in denen wir in eine feste Pobacke kneifen konnten, ohne vor einen Richter gezerrt und ausgepeitscht zu werden", lächelte ich zurück.

„Was soll ich sagen, Schwesterherz? Die Welt ist vor die Hunde gegangen."

Die Versuchung, ab und zu einen knackigen Hintern anzufassen, gehörte in meinem Geschäft zum Alltag. Zusammen mit meiner Tante Bethany Clarkson, der Schwester meiner Mutter, besaßen wir eine Modelagentur. Ich bin ins Modeln hineingeraten, als ich an der Uni BWL studierte. Schließlich eröffnete ich meine eigene Agentur und der Rest war Geschichte.

Beth war für Lauren und mich eher eine ältere Schwester als eine Tante. Sie war viel jünger als Mom und wuchs praktisch mit uns auf. Beth war die wilde Tante - diejenige, bei der Lauren und ich übernachteten, wenn wir in der Highschool sturzbetrunken waren. Beth hat uns nie verpfiffen, aber sie hat mich mehr als einmal zurechtgewiesen. Ich habe sie sehr geliebt.

„Was ist mit Kyle passiert?", fragte Lauren und die Masseurinnen begannen, ihre magischen Finger auf unseren Körpern einsetzten.

„Ich treffe mich noch manchmal mit ihm. Aber er ist ein bisschen zu jung für mich. Ich bin auf der Suche nach einem richtigen Mann."

„Jemand, der sich regelmäßig rasiert?" Lauren kicherte.

„Das auch. Nein, ich meine einen Mann, der keine Angst hat, die Führung zu übernehmen."

„Oh, bitte. Als ob du dir von einem Mann sagen lassen würdest, was du tun sollst."

„Verdammt, nein. Das meine ich nicht. Nur jemanden, der mich überraschen wird. Ich bin gelangweilt von Vorhersehbarem."

„Ja, ich weiß, was du meinst. Ich brauche einen Cowboy, der mich hart ran nimmt."

„Okay, wow! Wir müssen dich ins Bett kriegen, Lauren."

Wir lachten, während die Verwöhn-Experten mit ihrer Arbeit

weitermachten. Ich war kurz davor einzunicken, als mir die Masseurin auf die Schulter klopfte. Es war Zeit zum Abspülen. Lauren und ich gingen in die Sauna, wo wir uns noch ein wenig unterhielten, bevor wir uns abduschten.

„Lass uns zu Mittag essen, Maddie. Ich bin am Verhungern", sagte sie, als wir angezogen waren.

Das Spa verfügte über ein Sterne-Restaurant, um das Verwöhnerlebnis zu vervollständigen. Ein attraktiver Kellner kam zu Lauren und mir und brachte uns die Weinkarte.

„Jemand in der Küche sollte besser seine Augen überprüfen", grinste Lauren, als der Kellner wegging. „Ich glaube, die sind ihm beinahe aus dem Kopf gefallen, als er deinen Hintern abgecheckt hat."

„Das will ich hoffen. Ich möchte nicht denken, dass ich mir umsonst so viel Mühe mit meinem Look gegeben habe."

„Du bist so ein Flirt", sagte Lauren.

„Sagt diejenige, die den Pushup-BH trägt", antwortete ich.

„Touche. Also, was trinken wir?"

„Ich habe Lust auf einen kalten Chardonnay nach der Sauna. Soll ich uns eine Flasche bestellen?"

„Klingt himmlisch. Die Muschelravioli sind übrigens zum Sterben gut."

„Oh? Wann hast du die denn probiert?", fragte ich.

„Mama und ich waren vor einer Weile hier. Ich glaube, du warst zu der Zeit nicht in der Stadt."

Ich nickte. „Gut. Die nehme ich."

„Kommen du und Tante Beth am Sonntag zum Mittagessen zu uns?"

„Ich glaube nicht, dass Beth dieses Wochenende in der Stadt ist, aber ich werde da sein."

„Mama und Papa haben auch ein paar Freunde eingeladen."

„Ich hoffe, Niles kommt nicht", sagte ich und rollte mit den Augen.

Niles Fairfax war einer von Dads ältesten Kunden. Er war unheimlich - ein lasziver alter Knacker, der seiner rosinenhäutigen Frau überdrüssig geworden war. Ich tat mein Bestes, um so weit wie möglich von ihm entfernt zu sitzen, wenn wir alle zum Essen eingeladen waren.

Papa war Investmentbanker - ein brillanter Mann, der sich mit Zahlen auskannte. Sein angewandtes Talent hat uns eine privilegierte Erziehung beschert. Leider zog eine solche Fähigkeit, Reichtum für andere zu schaffen, - sagen wir mal - „bunte“ Charaktere an. Fairfax war so ein schillernder Typ, der sich in den Kreis der Harris' eingeschlichen hatte.

Mom war auch nicht verrückt nach ihm, aber sie respektierte Dads Position und sie hatte schon früh während ihres und Dads Aufstiegs gelernt, geschickt mit Idioten umzugehen. Mom war eine Meisterin im Umgang mit der feinen Gesellschaft.

„Wahrscheinlich“, sagte Lauren und rollte mit den Augen. „Pass einfach auf dich auf und lass dich auf keinen Fall von ihm in der Küche in die Enge treiben.“

„Ich werde meinen Taser in meinem String verstecken“, lachte ich.

Der Kellner muss mich gehört haben, denn er grinste. Lauren und ich lachten über seine Versuche der Gleichgültigkeit. Wir bestellten unseren Wein und unser Essen und verbrachten den Rest des Nachmittags damit, zu trinken, zu essen und mit dem Kellner zu flirten.

Als Lauren und ich fertig waren, ging ich nach Hause. Nach diesem entspannten Nachmittag fühlte ich mich wie neu. Den Rest des Abends verbrachte ich damit, online Portfolios von angehenden Models durchzusehen und mir Notizen zu denjenigen zu machen, die meiner Meinung nach Potential hatten.

Danach trank ich eine Tasse Kamillentee und legte mich hin. Es war eine wahnsinnig anstrengende Woche mit Galas und Shows gewesen, so dass ich nicht besonders viel Schlaf bekommen hatte. Sobald mein Kopf das Kissen berührte, schlief ich zum Glück ein.

3

LUCA

Es war kurz nach Sonnenaufgang, als ich aus dem Bett kletterte und meine Laufschuhe anzog. Ich hatte gut geschlafen, nachdem ich mich mit Angelo unterhalten hatte, und meine Beine kribbelten und sehnten sich nach einem anständigen Lauf. Die Berge in der Nähe meines Wohnorts waren von Trailrunning-Magie durchzogen. Ich hatte schon unzählige Stunden gedankenverloren auf den landschaftlich reizvollen Strecken verbracht, und auch heute war ein guter Tag dafür, fand ich.

Ich war nicht immer Händler klassischer und seltener Autos gewesen. Vor nicht allzu langer Zeit war ich in den Führungskreis einer Mafiaorganisation aufgestiegen. Zugegeben, das ist kein willkürlicher Eintrag in den Lebenslauf. Es stellte sich heraus, dass die Führungs- und Verhandlungsfähigkeiten, die ich mir als kleiner Junge in einem Waisenhaus angeeignet hatte, sehr nützlich waren, als ich unwissentlich in die Welt des organisierten Verbrechens stolperte.

Das war nicht die Art von Leben, die ich mir gewünscht hatte. Aber ich brauchte einen Job, als ich in die USA kam, und mein damaliger Mitbewohner arbeitete für einen „Italiener", der einen erfahrenen Fahrer brauchte. Ich war der perfekte Kandidat für die Stelle, da ich in Italien schon Autorennen gefahren war. Natürlich stand ich ganz oben auf der Liste.

„Guten Morgen, Luca. Gehst du joggen?"

„Guten Morgen, Mrs. Clark. Ein perfekter Tag dafür. Wollen Sie mich begleiten? Ich kann immer eine zweite Person gebrauchen."

„Sohn, wenn meine Knie es zuließen, würde ich mit dir den nächsten Stadtmarathon laufen."

„Das glaube ich Ihnen", lächelte ich.

„Viel Spaß, mein Sohn", kicherte sie und machte sich wieder an ihre morgendliche Arbeit.

Mrs. Clark wohnte im Erdgeschoss des Wohnhauses. Sie war in den Achtzigern, wog keine fünfzig Kilo, und war faltig und scharfsinnig. Sie erinnerte mich so sehr an Mama Ana. Die rüstige Frau ging jeden Morgen spazieren und nahm die Treppe zum Keller, wo ihr Auto geparkt war. Sie war eine verdammte Legende.

Die Sommerhitze trieb das Thermometer stetig in die Höhe, also machte ich mich auf den Weg zu den Trails, bevor es zu heiß wurde, um bequem zu laufen. Als ich auf dem Gipfel des Berges ankam, war ich schweißgebadet, aber die Aussicht auf den hellblauen Ozean war jeden Schweißtropfen wert.

Es war kurz vor 8 Uhr, als ich nach Hause kam. Ich duschte kalt und zog mir eine Bermudashorts aus Baumwolle, ein Hemd und Halbschuhe für die Arbeit an. Ich war froh, dass ich selbständig war, denn als Anzugträger mit Krawatte hätte ich es nicht ausgehalten.

Mein Handy klingelte, während ich unten in der Küche war und Obst und Proteinpulver in einen Mixer warf - Molto Americano! Mama Ana hätte mit den Augen gerollt und mir ein Gebäck in die Hand gedrückt.

„Hallo", antwortete ich, nachdem ich den Mixer ausgeschaltet hatte.

„Hey, Fremder. Bist du da draußen am Surfen, oder was?"

„Hey! Nico. Nein, ich bin in den Bergen unterwegs. Wie geht es dir, Kumpel?"

„Was soll ich sagen? Ich lebe den Traum."

„Und was für ein Traum das ist. Wie geht es Sam?"

„Sie hält mich ganz schön auf Trab. Wir haben gestern Abend über dich geredet, also dachte ich, ich rufe dich an und erzähle dir alles."

„Ah, gib's zu. Ohne mich ist es zu ruhig, oder?"

„Ich mag es ruhig."

Ich lachte über den drolligen Ton in Nicos Stimme.

„Ja. Das ist besser als die Alternative", seufzte ich.

„Wo wir gerade von der Alternative sprechen. Ich nehme an, du hast in letzter Zeit keine unerwünschten Nachrichten erhalten?"

„Nein. Gott sei Dank."

„Ich weiß, dass du am Arsch der Welt wohnst, Luca, aber du solltest trotzdem vorsichtig sein. Die Mafia agiert überall. Aber wem sage ich das."

„Es ist alles gut, Nico. Ich bin vorsichtig. Außerdem habe ich es ihnen nicht zu leicht gemacht, mich zu finden, jetzt, wo ich schließlich Luca Gambrelli und nicht mehr Luca Bianchi bin."

„Ich hoffe, du hast recht. Ich kann dich nicht verlieren, nach allem, was wir durchgemacht haben, Kumpel."

„Okay, ich wusste, dass ihr Maler sensible, kunstvernarrte Typen seid, aber komm mir nicht so mädchenhaft rüber, Bruder."

„Hey, wir können nicht alle so männliche Schmierfinken sein wie du", kontert Nico lachend.

„Stimmt. Ich vermisse euch", sagte ich mit echtem Herzklopfen.

Nico hatte mir so ziemlich das Leben gerettet. Nachdem ich gemerkt hatte, dass das Mafiageschäft nichts für mich war, wusste ich, dass ich ernsthafte Hilfe brauchte, um auszusteigen. Es war ja nicht so, dass ich ein sympathisches Kündigungsschreiben schreiben und es jemandem auf den Schreibtisch legen konnte. Aus dem organisierten Verbrechen auszusteigen, blieb für die meisten ein Hirngespinst.

Die beiden einzigen Ausstiege hießen Gefängnis oder Sarg, und ich hatte nicht die Absicht, einen dieser beiden Wege zu gehen. Nico war Auftragskiller, als wir uns damals kennenlernten. Lange Rede, kurzer Sinn: Unsere Wege kreuzten sich, und zu meinem Glück gehörte ich weder zu seinen Auftraggebern noch zu seinen Zielen.

„Ich bin mir sicher, dass Sam und ich dich in nicht allzu ferner Zukunft besuchen werden."

„Das wäre toll, denn ich werde in nächster Zeit nicht in deine Richtung kommen. Aus offensichtlichen Gründen."

„Wie läuft das Geschäft?"

„Es ist sehr viel los und ich bin froh darüber. Das bringt mich auf andere Gedanken."

„Hast du jemand Besonderen kennengelernt?"

„Ich vermute, du hast dir die letzte von ihnen geschnappt, Nico."

„Ja, ich glaube, da könntest du Recht haben. Sam ist etwas ganz Besonderes."

„Wie geht es den Drillingen?"

„Den Jungs geht es gut. Dank ihnen und ihrem vierbeinigen Komplizen Blue haben wir seit Jahren kein sauberes Haus mehr gesehen. Oder ein ruhiges."

„Du Glückspilz."

„Du solltest lieber den Arsch hochkriegen, wenn du auch eine Familie gründen willst. Glaub mir. Du wirst alle Energie brauchen, die du aufbringen kannst. Werde nicht erst mit fünfundvierzig Vater, so wie ich. Die kleinen Scheißer machen einen ganz schön fertig."

„Drei auf einmal war auch ein bisschen zu ehrgeizig, Kumpel."

„Wer hätte gedacht, dass meine Lenden so fruchtbar sind?" Nico lachte.

„Wer, in der Tat?"

Nico und ich unterhielten uns lange. Er erzählte mir von seiner Galerie und informierte mich über die neuesten Mafia-Nachrichten. Er hatte ein offenes Ohr, wenn es um sein und mein altes Leben ging. Das musste er auch. Die Mafia wäre auch nicht von ihm beeindruckt gewesen, wenn sie herausgefunden hätte, dass er an meiner Befreiung beteiligt war.

Nach unserem Gespräch trank ich meinen Shake aus und ging in die Werkstatt. Mein Geschäft hatte sich von einer Ein-Mann-Show zu einem etablierten Unternehmen mit einem großen Team von spezialisierten Mechanikern und einer boomenden Kundenliste wohlhabender Autoliebhaber entwickelt.

Ich liebte meinen Job. Es kam nicht oft vor, dass Leidenschaft und

Karriere in perfektem Einklang standen. Ich war sehr zufrieden. Ich war über die perfekte Formel gestolpert. Endlich war mein Leben gut.

„Hey, Boss."

„Hi, Sands. Was habe ich verpasst?"

Sandy Del Cuore war meine Assistentin und Superstar-Detektivin. Sie war wie ein Bluthund, wenn es darum ging, Ware zu finden. Ich hatte sie von der Motorchefin zur persönlichen Assistentin befördert, als ich merkte, was für eine fantastische Quelle sie war, wenn es darum ging, potenzielle Ware für die Werkstatt aufzuspüren.

„Ich habe eine Schönheit für dich gefunden, Boss. Das Auto steht in Houston. Es gehörte einem alten Knacker, der Autos sammelte, seit er sich das erste leisten konnte. Ich habe dir gerade ein paar Bilder geschickt. Schau mal in deinen Posteingang."

„Ausgezeichnet. Ich schaue mal nach. Danke."

„Hey, deshalb bezahlst du mir ja auch das große Geld", grinste sie.

Ich zwinkerte ihr zu und setzte mich an meinen Schreibtisch, um ihren neuesten Fund zu verfolgen.

„Geh packen, Kleines. Sieht aus, als würden wir nach Texas fahren", sagte ich ihr eine Stunde später.

„Yee-haw. Ich wollte schon immer mal einen Cowboy in die Finger kriegen", lächelte Sandy.

4

MADISON

„Wir werden dich heute Abend vermissen, Beth. Ich kann nicht glauben, dass ich Nigels unangemessene Bemerkungen alleine abwehren muss."

„Tut mir leid, Schatz. Ich wünschte, ich wäre da, um zu sehen, wie du ihn mit einer Gabel erstichst. Warum verpasse ich immer den ganzen Spaß?"

„Ich schätze, ich hatte einfach Glück. Wie auch immer, wir sehen uns in ein paar Tagen."

Beth war nicht in der Stadt und ich war auf dem Weg zu Mom und Dad zum Abendessen. Es war etwa 19 Uhr, aber die Hitze hielt an. Ich trug ein leichtes Kleid in der Hoffnung, nicht zu schwitzen.

Mama war eine tolle Gastgeberin. Sie hatte den langen Tisch im Garten unter den Eichen gedeckt, mit weißen Rosen, weißen Tischläufern und genug Essen und Wein, um ein Schlachtschiff zu versenken. Die Laternen waren angezündet und der Blumenduft, der von der sanften Brise herüberwehte, verlieh der Szenerie etwas Magisches.

„Ah, Liebling", sagte sie, als sie mich näherkommen sah. „Du siehst wunderschön aus in diesem Kleid. Komm her und gib deiner Mama einen Kuss."

Mama wurde im Süden geboren. Mit ihrem dicken Akzent klang sie viel älter, als sie war. Caroline Harris, geborene Alden, war eine umwerfende Südstaatenschönheit mit hohen Wangenknochen und makelloser, heller Haut. Die Männer scharten sich um sie, das war schon immer so, aber Mom hatte nur Augen für ihren Mann.

„Hallo, Mama."

„Was, kein Verehrer für mein schönes Mädchen?"

„Nein, ich bin allein unterwegs", lächelte ich.

Mama seufzte.

„Na ja, ich bin sicher, du wirst deinen Mr. Right schon noch finden, Maddie."

„Der Tisch sieht wunderschön aus, Mama. Du hast dich selbst übertroffen."

„Danke, Liebes."

„Ist Lauren schon da?"

„Ja, sie ist drinnen bei Daddy."

„Toll. Ich bin gleich wieder da, Mama."

„Okay, Schatz", sagte sie und küsste mich auf die Wange, dann drehte sie sich um, um mit einer ihrer Freundinnen zu sprechen.

„Maddie", hörte ich eine Stimme hinter mir.

„Patrick! Was machst du denn hier?"

„Hey, Cousinchen. Überraschung!"

Mein Cousin warf seine Arme um mich. Wir hatten ihn schon lange nicht mehr gesehen. Er war immer an einem exotischen Ort unterwegs. Er war beim Militär, deshalb wussten wir selten, wann er in der Stadt sein würde.

„Ich dachte, ich schaue mal bei meinen verrückten Cousinen vorbei. Immer noch so umwerfend wie immer, wie ich sehe."

„Weiß Lauren, dass du hier bist?"

„Jep."

„Sie muss ausgerastet sein. Du weißt, dass sie den Boden anbetet, auf dem du wandelst."

„Das ist so eine Sache mit älteren Cousins."

„Ich glaube, sie hasst uns immer noch dafür, dass wir uns als Teenager davon geschlichen haben, um einen Joint zu rauchen und sie zurückgelassen haben", grinste ich.

„Wo wir gerade dabei sind", sagte Patrick und tätschelte seine Tasche.

„Nein!", kicherte ich laut.

„Um der alten Zeiten willen", zwinkerte er.

„Wir sollten Lauren einweihen, sonst wird sie nie wieder mit einem von uns beiden sprechen."

„Lass sie uns suchen."

Wir fanden Lauren im Wohnzimmer, wo sie mit Papa plauderte.

„Oh, nein", sagte Papa und bedeckte seine Augen. „Die drei Musketiere."

„Hey, Dad", lachte ich und umarmte ihn.

„Mach dir keine Sorgen, Onkel Mike", grinste Patrick. „Ich werde die Mädchen im Zaum halten."

„Aha", sagte Papa stirnrunzelnd. „Wenn ich mich recht erinnere, hast du mit den beiden stets bis zum Hals in der Sache gesteckt."

„Sir, ich weiß nicht, was Sie meinen."

„Spar es dir, Kanonier. Ich bin dir auf der Spur."

„Das ist ein bisschen viel, wenn es von dir kommt, Dad", zwitscherte Lauren. „Wir haben alle die Geschichten gehört, die Onkel Charlie von dir erzählt."

„Ich komme, Schatz", rief Papa und zwinkerte.

„Ja, lauf, Dad. Wir sind dir auf der Spur", lachte ich.

„Ich kann nicht glauben, dass du hier bist, Paddy", lächelte Lauren und umarmte ihn.

„Rate mal, was er in seiner Tasche versteckt hat", flüsterte ich.

„Nein. Hör auf. Ernsthaft?"

„Nur das Beste, was Chile zu bieten hat", sagte er und holte einen riesigen Joint hervor.

„Endlich! Ihr zwei werdet doch diesmal nicht ohne mich verschwinden, oder?"

„So etwas würden wir nie tun", fragte Patrick.

„Doch, das würdet ihr verdammt nochmal."

Wir drei machten einen Spaziergang zum Bootshaus, wo wir den

Joint rauchten und über alte Zeiten plauderten. Schon bald fingen wir an zu kichern und dann machte sich der Heißhunger breit.

„Ich verhungere!" Lauren stöhnte, als wir auf dem Rücken lagen und zu den Sternen hinaufstarrten.

„Mama hat einen Haufen Essen gemacht, Gott sei Dank", antwortete ich.

„Los geht's, Truppen", befahl Patrick mit seiner Armeestimme.

„Nicht kichern, du", sagte ich zu Lauren. Mama und Papa würden uns sicher die Schuld dafür geben, dass ihr kleiner Engel high war.

Sie stand auf und lachte hysterisch.

„Ja, dieses kleine Leichtgewicht wird uns ganz sicher auffliegen lassen", kicherte Patrick und hielt sich an Lauren fest, um sich abzustützen.

„Und wessen Schuld ist es, dass ich kein Gras vertrage?", fragte sie anklagend.

„Ich glaube, wir bleiben besser hier, Paddy", kicherte ich. „Du füllst deine Taschen und triffst uns wieder hier, Soldat."

„Ja, Ma'am."

Patrick verschwand, während Lauren und ich uns auf den Steg setzten und die Füße im warmen Wasser baumeln ließen.

„Ich kann mich nicht erinnern, wann ich das letzte Mal so viel gelacht habe, Schwesterherz", sagte Lauren.

„Ja, du hast dieses Jahr fleißig gelernt."

„Es ist schade, dass Beth heute Abend nicht hier sein kann. Das hätte ihr gefallen."

„Sie wird stinksauer sein, wenn ich ihr sage, dass sie den Joint des Jahres verpasst hat."

Lauren lachte hysterisch.

„Was?"

„Mir ist gerade etwas Lustiges eingefallen."

„Was denn?"

„Stell dir mal Niles Fairfax total bekifft vor."

„Igitt, der wäre dann wahrscheinlich noch gruseliger."

„Komm schon", sagte Lauren und sprang auf ihre Füße.

„Warte. Wohin gehen wir?"

„Lass uns Niles vögeln gehen."

„Lauren! Nein. Komm zurück."

So ein Mist. Ich wusste, dass es einen guten Grund gab, warum Paddy und ich Lauren aus dem Cannabiskreis ausgeschlossen hatten. Sie brauchte keine Hilfe, wenn es darum ging, verrückt zu sein.

Ich watschelte und kicherte auf dem Weg zurück zur Party, während ich versuchte, meine verrückte Schwester einzuholen. Patrick muss sie kommen gesehen haben, denn er winkte sie vor sich her. Er kam auf mich zu, hielt mit einer Hand Lauren fest und mit der anderen einen Teller mit Essen.

„Hast du etwas verloren?", fragte er mich mit einer hochgezogenen Augenbraue.

„Es ist immer an der letzten Stelle, an der man nachschaut", sagte ich und nahm Lauren bei der Hand. „Komm schon. Wir sollten dir lieber etwas zu essen geben, bevor du noch was Dummes tust."

„Ich habe sie erwischt, bevor deine Mutter sie sehen konnte."

„Oooh, Schweine im Schlafrock. Lecker!"

„Ich glaube, du meinst Würstchen im Schlafrock, Schatz", zwitscherte ich. „Das ist eine schicke Party, Schwesterherz."

„Natürlich. Mein Fehler", sagte sie und schob sich ein ganzes Stück in den Mund. „Was auch immer das ist, es schmeckt göttlich."

„Was hast du noch?", fragte ich.

Patrick zog eine Flasche Champagner aus seiner Jackentasche.

„Eine Kleinigkeit, um die Schweine herunterzuspülen", antwortete er.

„Du solltest wirklich öfter kommen, Cousin."

„Lieber nicht. Ich weiß nicht, ob deine Mutter damit umgehen kann."

„Du überlässt sie einfach uns", sagte Lauren, wobei ihr Blätterteig in alle Richtungen aus dem Mund flog.

Patrick und ich lachten uns schlapp und lotsten eine sehr bekiffte Lauren zurück zum Bootshaus. Die Einäugigen führten die Blinde.

Wir ließen den Champagner knallen, genossen das Essen und lachten über Lauren. Als wir uns sicher waren, dass Lauren nüchtern genug war, um Nigel nicht zu belästigen, kehrten wir zur Party zurück. Nicht, dass er es nicht verdient hätte. Trotzdem wagten wir es nicht, unsere schöne Mutter zu blamieren, die wieder einmal die Dinnerparty des Monats auf die Beine gestellt hatte.

„Wo habt ihr drei euch die ganze Nacht versteckt?", fragte sie mit einem wissenden Blick, als die anderen Gäste nach Hause gegangen waren.

„Oh, hier und da", sagte ich schelmisch. „Wir haben mit Paddy abgehangen. Fantastisches Essen, Mama. Du hast es geschafft." Ich grinste.

Mom nickte und warf mir einen bösen Blick zu. „Wie willst du deinen Traummann finden, wenn du dich die ganze Zeit mit deiner Schwester und deinem Cousin rumtreibst?"

Ich zwinkerte ihr zu. „Ich kümmere mich bald darum, Mama."

5

LUCA

Ich war in meinem Element, umgeben von aufheulenden Motoren und dem Geruch von Autoöl und Abgasen. Die Autoshows in meiner Umgebung und sogar die ein paar Bundesstaaten weiter waren in leuchtenden Farben in meinem Kalender markiert, und diese war eine der prestigeträchtigsten des Jahres. Ich war im Petrol-Head-Himmel.

Ich lächelte, als ich den Aufdruck auf dem T-Shirt eines Mannes las, der mir entgegenkam. Dort stand:

Ich bin ein
~~Mekahniker~~
~~Mekaniker~~
~~Mehkanicker~~
Ich repariere Autos

Ich schlenderte herum und hielt an, um mir jedes Auto anzusehen, das mein Interesse weckte. Ich war ein VIP auf den Messen, weil ich in der Vergangenheit schon so viele gekauft hatte. Ein wunderschönes Model stand neben einem sexy kleinen Cabrio.

„Hallo, Mr. Gambrelli. Schön, Sie wiederzusehen“, sagte sie und klimperte mit ihren langen Designerwimpern.

„Hi, Maxine. Es ist auch schön, dich zu sehen.“

„Darf ich Ihnen ein Glas Sekt anbieten?“, fragte sie.

„Danke.“

Maxine reichte mir ein Glas Champagner und warf mir einen „Ich würde dir gerne etwas mehr als nur einen Drink einschenken“-Blick zu.

„Jederzeit“, gurrte sie und strich sich vielsagend durch die Haare.

„Ich kenne diesen Blick“, grinste Sandy mich an, als wir weitergingen.

„Ich wette, das tust du. Was denkst du?“

„Ein bisschen auffällig, aber nicht zu nuttig.“

„Ich meinte das Auto.“

„Ich auch“, kicherte sie.

„Du bist ganz schön anstrengend, Sands. Und jetzt ab mit dir. Such uns ein Schnäppchen.“

„Klar doch, Boss.“

Meine Assistentin ging weg, während ich mich umsah. Die Messe wurde immer besser. Schöne Autos zogen alle Arten von seltsamen Menschen an. Die sehr seltenen Fahrzeuge wurden mit Seilen abgesperrt. Das Letzte, was ein Sammler oder Verkäufer wollte, war eine endlose Reihe klebriger Fingerabdrücke auf der Karosserie eines Autos, dessen Wert sich im sechsstelligen Bereich bewegte.

Ein kleiner Junge mit einem Eis so groß wie sein Kopf stand gefährlich nahe an einer silbernen 1967er Chevy Corvette. Der Händler hyperventilierte fast. Ich dachte, er würde einen kleinen Schlaganfall bekommen, als der Junge nach dem Seitenspiegel des Autos griff. Zu seinem Glück konnte die Mutter des Kindes ihn gerade noch zurückhalten, bevor seine schmutzigen kleinen Hände den blitzsauberen Spiegel erreichten.

Etwas stach mir ins Auge, also blieb ich stehen und nahm einen Schluck Champagner, in der Hoffnung, dass ich nicht zu auffällig war. Eine Frau, die ich auf Ende zwanzig schätzte, unterhielt sich mit einem Dealer, den ich im Laufe der Jahre ziemlich gut kennengelernt hatte. Sie war umwerfend schön und ich konnte nicht anders, als ein bisschen näher zu wandern.

Sie war groß wie ein Laufstegmodel, mit wohlgeformten Beinen, langem, tiefschwarzem Haar und makelloser, olivfarbener Haut. Ich war fasziniert von der Art, wie sie beim Sprechen die Hände bewegte, und wie sie ihren langen, eleganten Hals reckte, während sie dem Händler aufmerksam zuhörte. Ich konnte mich nicht erinnern, wann ich das letzte Mal eine so starke körperliche Reaktion auf eine Frau verspürt hatte.

Ich wartete, bis sie weggegangen war, bevor ich zu dem Händler ging, um ihn zu fragen, wer sie war.

„Das ist Madison Harris", sagte er mit einem Blick der puren Begierde. „Nicht schlecht, was?"

„Was macht sie denn?", fragte ich.

„Sie besitzt eine Model-Agentur. Unsere Firma setzt heute ihre Models ein."

„Weißt du sonst noch etwas über sie?"

„Meine Güte. Bist du interessiert? Das ist ja ganz was Neues."

„Das könnte sein."

„Lass uns mal sehen. Sie ist sehr reich, etwas unnahbar und extrem pingelig, wenn es um Männer geht. Außerdem ist sie Papas kleines Mädchen, wenn ich mich nicht irre. Mit ihr hast du viel Arbeit vor dir."

„Ich verstehe. Danke, Brad. Ich schulde dir was."

„Kauf einfach ein Auto und wir sind quitt", rief er mir nach, als ich wegging.

Ich gab ihm den Daumen hoch und machte mich auf die Suche nach der bezaubernden Miss Harris. Sie ging Arm in Arm mit einem gut aussehenden, älteren Mann. Die beiden waren freundlich zueinander, aber ich hatte nicht das Gefühl, dass sie eine Liebesbeziehung hatten. Ich nahm an, dass er ihr Vater war. Oder war das nur Wunschdenken? Eine Frau mit einer solchen Ausstrahlung war wahrscheinlich schon vergeben.

„Das ist schon eher dein Ding, Boss", zwitscherte Sandy, als sie mich eine Weile später traf und mich dabei erwischte, wie ich

Madison anstarrte.

„Hast du was gefunden, das wir aufpeppen könnten?“, fragte ich in der Hoffnung, sie abzulenken.

„Nein. Hier gibt es nichts zu berichten. Ich spreche nur von Autos, weißt du.“

„Das ist schade. Und ich bin mir sicher, dass ich nicht weiß, was du meinst.“

„Ach, komm schon, Boss. Warum gehst du nicht rüber und zeigst ihr deine schönen Augen?“ Sandy gluckste.

„Das reicht jetzt, Cowgirl. Wenn du kein Schnäppchen für uns finden willst, kannst du genauso gut zurück ins Büro gehen und dir dort deinen Unterhalt verdienen.“

„Ja, ich stimme zu. Sie ist ein echter Hingucker. Wie auch immer, ich sehe, meine Arbeit hier ist getan. Wir sehen uns Montag im Büro.“

Sandy lachte und überließ mich meinem Erkundungsauftrag. Ich machte meinen Zug, als Madison gerade alleine dastand und sich einen Ferrari 250 GTO ansah.

„Du hast einen guten Geschmack, was Autos angeht“, sagte ich und eröffnete damit die Kommunikation.

„Sie ist wirklich eine Schönheit“, antwortete Madison, ohne aufzusehen.

„Umwerfend.“

Als sie sich schließlich umdrehte und mich ansah, schimmerten ihre hellen, blaugrauen Augen voller Intelligenz. Aus der Nähe war sie sogar noch atemberaubender. Sie trug sehr wenig Make-up, was ich für ein ehemaliges Model ungewöhnlich fand. Aber bei ihrer perfekten Haut und den rosigen Lippen musste sie sich wohl nicht allzu sehr mit künstlicher Farbe beschmieren.

„Du bist weit weg von zu Hause“, fügte sie hinzu. „Italien?“

„Ich wusste nicht, dass mein Akzent so stark ist.“

„Ich liebe Italien“, sagte sie ganz sachlich. „Woher kommst du?“

„Du bist eine neugierige Dame.“

„Nur wenn es etwas Interessantes gibt“, sagte sie und lächelte. Mir lief ein wohliger Schauer über den Rücken.

„Ich weiß nicht, ob es in meinem Interesse ist, alles offenzulegen. Du könntest ein italienischer Spion sein."

„Madison Harris", sagte sie und streckte ihre Hand aus.

„Luca Gambrelli".

Die Hand von Madison war warm und weich. Sie hatte einen festen Händedruck, für eine Frau. Die Elektrizität, die von unserer kurzen Berührung ausging, entwaffnete mich.

„Es ist mir ein Vergnügen. Was machst du so, Madison Harris? Wenn du nicht gerade Ausländer ausfragst, meine ich."

„Okay, ich fange an. Ich habe eine Model-Agentur. Jetzt du."

„Ich lebe in den Staaten, seit ich die Schule in Italien beendet habe."

„Und was machst du so, Luca?"

„Ich kaufe und verkaufe Oldtimer."

Madison schaute auf meine Hände.

„Du siehst nicht wie ein Mechaniker aus. Deine Hände sind zu sauber."

„Ich fasse das als Kompliment auf", lachte ich. „Heutzutage kümmere ich mich mehr um das Kaufen und Verkaufen als um die Arbeit als Schmierfink."

Madison drehte sich um und betrachtete den Ferrari. Ihr langes Haar bewegte sich wie ein schwerer, glänzender Satinvorhang. Ich stand still da und bewunderte ihre Form.

„Hast du etwas gefunden, das dir gefällt, Luca Gambrelli?", fragte Maddison, während sie mit dem Finger über die Motorhaube des Autos fuhr.

„Ich glaube, das habe ich."

„Ein seltenes Stück?"

„Ja."

„Teuer?"

„Ich denke, ich kann das Budget strecken."

„Ausgezeichnet."

Madison drehte sich um und sah mich an.

„Es war mir ein Vergnügen, dich kennenzulernen", sagte sie und lächelte. „Vielleicht kannst du mich ja mal auf eine Fahrt mitnehmen", fügte sie verführerisch hinzu. „Wenn du dich für deinen Kauf entschieden hast, natürlich."

„Woher soll ich wissen, wo ich dich erreichen kann?", fragte ich und genoss das Spiel der atemberaubenden Frau.

„Du siehst aus wie ein fleißiger Typ. Ich bin sicher, du schaffst das schon."

Mit einem frechen Lächeln drehte sie sich um und ging auf den älteren Mann zu, mit dem sie zusammen hier war.

6

MADISON

Dad hatte am Abend zuvor angerufen und gefragt, ob ich mit ihm zu einer Autoschau gehen wollte. Ich sagte ihm, dass ich sowieso dort sein würde, da ich ein paar Models hatte, die bei der Firma unter Vertrag waren, die die Show veranstaltete. Wir vereinbarten, uns dort zu treffen.

Normalerweise lieben Lauren und ich es, mit unserem Vater auf Autoshows zu gehen, aber Lauren war so beschäftigt, dass sie es nicht schaffte. Es war ein herrlicher, sonniger Tag. Ich trug einen weißen, tief ausgeschnittenen Baumwolloverall, Sandalen und einen weißen Hut mit einer schwarzen Schleife. Das Weiß passte gut zu meiner olivfarbenen Haut. Ich hatte Wimperntusche und korallenroten Lippenstift aufgetragen - nichts Dramatisches.

Ich hatte nicht die Angewohnheit, High Heels zu tragen, da ich ziemlich groß war. Es sei denn, ich wollte die Leute einschüchtern. In diesem Fall trug ich unglaublich hohe Stilettos. Es war lustig, wenn kleine männliche Arschlöcher versuchten, das Sagen zu haben, während ich von meinem Aussichtspunkt im Himmel auf sie herabblickte.

Ich fand Papa im Gespräch mit einem Freund der Familie.

„Hallo, Jungs", begrüßte ich die beiden.

„Ach du meine Güte, Maddie. Du wirst immer schöner."

„Danke, Sam", lächelte ich und küsste ihn auf die Wange.

Sam und Dad waren Autoshow-Fanatiker. Er war ein liebenswerter Mann und seit kurzem verwitwet. Ich bewunderte ihn.

„Hi, Maddie, mein Schatz. Sam und ich haben uns gerade über die Preisschilder an diesen Schönheiten unterhalten."

„Ich glaube, wir werden alt, Mike", sagte Sam. „Geld bringt dir nicht mehr das, was es mal war."

„Ach, Quatsch. Ihr zwei werdet nie alt werden", lächelte ich und küsste Papa.

„Sag deiner Frau, dass sie das gut gemacht hat", zwinkert Sam Papa zu.

„Entschuldigt mich. Ich würde gerne glauben, dass ich auch etwas dazu beigetragen habe, vielen Dank", sagte Dad und tat verletzt.

„Wir sehen uns später", kicherte ich. „Gib nicht mein ganzes Erbe aus, Papa."

„Welches Erbe?", konterte er.

Eines meiner Models stand in der Nähe eines wunderschönen alten pulverblauen Buicks. Ich ging hinüber, um Hallo zu sagen.

„Hi, Trish."

„Oh, hallo, Madison. Wie schön ist dieses Auto?"

„Umwerfend."

„Hi, Madison", hörte ich jemanden hinter mir sagen.

Ich drehte mich um und erkannte den Dealer.

„Hallo, Bradley."

„Ist sie nicht umwerfend?", sagte er und sah sich den Buick an.

„Wirklich schön."

„Ja. Sie ist ein Neuankömmling."

„Du hast sie toll aufgemöbelt. Ich bin mir sicher, dass sie sich jemand schnappen wird."

„Ich nehme nicht an, dass ich dich für sie interessieren kann?"

„Nein, aber mein Vater hat eine Schwäche für einen Buick. Ich schicke ihn rüber, damit er ihn sich ansieht."

„Super. Danke."

Ich verließ Brad und Trish und schlenderte eine Weile über das

Messegelände, bevor ich anhielt, um einen Ferrari 250 GTO zu bewundern. Die Stimme eines Mannes unterbrach meine Gedanken. Ein seltsames Kribbeln durchströmte meinen Körper, als er sprach. Das musste an seinem italienischen Akzent liegen. Oder war es sein tiefes Timbre?

Mein Magen zog sich zusammen, als ich mich umdrehte und den Mann hinter mir stehen sah. Er war mit Abstand das attraktivste Wesen, das ich je gesehen hatte. Sein Haar war dunkelbraun. Er trug es oben lang und an den Seiten kurz. Mit einer Hand wischte er sich die Strähnen aus dem Gesicht. Seine Augen waren seltsam blassgrün, fast leuchtend. Es war, als ob er direkt in meine Seele blickte.

Ich kämpfte darum, mich einigermaßen zu beherrschen, während ich mit dem Mann sprach, der sich als Luca Gambrelli vorstellte. Während des kurzen Gesprächs - ich war mir sicher, dass es nicht länger als fünf Minuten dauerte - hatte ich das seltsame Gefühl, dass wir uns schon unser ganzes Leben lang kannten. Das ist mir noch nie passiert.

Obwohl ich unbedingt wollte, dass Luca mich um ein Date bittet, wollte ich es ihm nicht zu leicht machen. Wenn er wirklich so interessiert war, wie ich vermutete, würde er es beweisen müssen. Also ließ ich den sprichwörtlichen weißen Handschuh fallen und ging. Würde Luca anbeißen, oder war er nur ein Hund der laut bellte?

Später am Nachmittag setzten Dad, Sam und ich uns auf einen Drink an die Bar. Ich schaute mich immer wieder um, natürlich heimlich, um zu sehen, ob mein italienischer Schwarm in der Nähe war. Ich kam mir ein bisschen albern vor - wie ein verknalltes Schulmädchen -, aber er hatte mich wirklich beeindruckt.

„Entschuldige mich einen Moment", sagte ich zu Papa und ging ins Bad.

„Ich hoffe, du gehst nicht, bevor ich das Vergnügen habe, dir einen Drink zu spendieren", hörte ich, als ich aus der Toilette kam.

Mir wurde ganz flau im Magen.

„Hallo, schon wieder. Luca? Richtig?" Ich antwortete mit so wenig Aufregung, wie ich konnte.

„Jap."

„Da hast du Glück. Ich dachte, ich bleibe noch ein bisschen hier."

„Gut. Darf ich dich auf einen Drink einladen, Madison?"

„Klar."

Ich folgte Luca zu einem Tisch unter dem Festzelt. Er zog einen Stuhl heran und ich setzte mich. Ich nahm meinen Hut ab, legte ihn auf den Tisch und fuhr mit den Fingern durch mein Haar. Eine Kellnerin kam an unseren Tisch.

„Was möchtest du trinken?", fragte mich Luca.

„Eisgekühlter Champagner wäre schön, danke."

Luca bestellte unsere Getränke bei der Kellnerin, die ihre Bewunderung für den italienischen Hengst nicht verbergen konnte. Ich grinste, als sie wegging.

„Du erregst ziemlich viel Aufsehen bei den jungen Frauen", sagte ich.

Er lächelte, gab aber keinen Kommentar ab.

„Wie viele deiner Models sind heute hier?"

„Zehn."

„Ich stelle nicht gerne Vermutungen an, aber deine Größe und die Art, wie du dich bewegst, lassen darauf schließen, dass du auch mal Model warst."

„Ja, das war ich. Ich muss sagen, heutzutage bin ich lieber auf der anderen Seite des Laufstegs."

„Mehr Kohlenhydrate?" Luca grinste.

„Du bist ein Witzbold", lachte ich.

„Gelegentlich. War das dein Vater, mit dem ich dich vorhin gesehen habe?"

Hatte er mich beobachtet? Ich drehte mich um und schaute in die Richtung, in der sich Dad und Sam unterhielten.

„Ja, das ist mein Vater. Hast du Familie in den Staaten?"

„Nein, leider sind meine Eltern vor ein paar Jahren gestorben."

„Es tut mir leid, das zu hören. Hast du Geschwister?"

„Danke. Nein. Ich bin Einzelkind. Ist das der Teil, wo wir uns gegenseitig interviewen?", lächelte er teuflisch. „Ich bin mir nämlich nicht sicher, ob ich jetzt schon alle meine Geheimnisse preisgeben will."

„Ah, ein Mann der Intrigen. Also gut. Worüber möchtest du reden?"

„Erzähl mir mehr über die Welt des Modelns. Hat es dich an exotische Orte geführt?"

„Okay, das ist ein sicheres Thema, denke ich", räumte ich ein. „Lass uns mal sehen. Mailand, Paris, Tokio, Shanghai, Barcelona, London, Genf, New York - ich denke, man kann mit Sicherheit sagen, dass ich ein paar Flugmeilen angesammelt habe. Bist du viel gereist?"

„Nicht so viel wie du, aber ja. Ich reise ziemlich viel auf der Suche nach seltenen und klassischen Autos."

„Ich reise nicht mehr so viel. Mein Geschäftspartner und ich teilen uns die Last."

„Gut."

„Gut?"

„Ja, gut. Ich kann dich doch nicht zum Essen einladen, wenn du auf der anderen Seite des Globus bist, oder?", lächelte er und sah mich mit seinen leuchtenden Augen aufmerksam an.

„Abendessen? Du musst mich erst davon überzeugen, dass du ein netter Kerl bist. Woher weiß ich, dass du kein Verrückter oder verheiratet bist?", konterte ich.

„Gehört es nicht zum Spaß, das herauszufinden?"

Luca flirtete mit mir. Ich liebte jede Sekunde davon.

„Okay, Luca Gambrelli. Dann werde ich mich ins Abenteuer stürzen. Wehe, du bist es nicht wert."

Er grinste, zwinkerte mir zu und goss noch mehr Champagner in mein Glas.

„Si, Signora."

7

MADISON

Abendessen mit Luca. Endlich ein Date, auf das ich mich gefreut habe. Er war viel interessanter als die Typen, die in letzter Zeit versucht hatten, mich zu verführen. Ganz zu schweigen von der Tatsache, dass jeder Zentimeter von ihm, soweit ich sehen konnte, absolute Perfektion war.

Ich konnte mich nicht entscheiden, was ich anziehen sollte. Lauren war an diesem Nachmittag vorbeigekommen und hatte mich verspottet.

„Dieser Typ muss etwas Besonderes sein. Seit der Highschool, als Chaz dich gefragt hat, ob du mit ihm ausgehen willst, warst du nicht mehr so aufgeregt."

„Mach dich nicht lächerlich. Ich bin nur den Inhalt meines Kleiderschranks leid."

„Blödsinn. Keiner hat mehr oder bessere Klamotten als du. Gib es zu. Du bist nervös."

„Hilfst du mir nun oder nicht?", sagte ich und rollte mit den Augen.

„Mir gefällt, was du jetzt anhast."

„Toll. Dann lasse ich das an."

„Wo trefft ihr euch zum Abendessen?"

„Luca hat vorgeschlagen, dass wir das Restaurant im neuen Weingut ausprobieren. Da wollte ich eigentlich schon lange mal hin."

„Wie vornehm", sagte Lauren in einem überheblichen Ton. „Ich glaube, ich esse mein Fast Food heute Abend mit einer Serviette."

„Du Ärmste. Das Studentenleben ist so hart", lachte ich.

Ich betrachtete mich im Spiegel. Ich trug ein figurbetontes, silbernes Kleid mit einem ausgeschnittenen Rücken. Der Saum reichte mir bis zu den Knien und ich beschloss, High Heels zu tragen, um meine Waden zu betonen. Ich war zuversichtlich, dass Luca groß genug war, um das zu schaffen.

Dann steckte ich meine Haare zu einem Dutt hoch, um den offenen Rücken des Kleides zu betonen.

„Du siehst umwerfend aus, Maddie. Ich glaube, dein Date wird seine Zunge verschlucken."

„Danke, Schwesterherz."

„Wie schön ist er denn?"

„Gefährlich schön."

„Oh, ich muss mal kurz gucken. Wie war noch gleich sein Nachname?"

„Gambrelli."

Lauren nahm ihr Telefon in die Hand und begann zu tippen. Ich holte meine Lieblingsparfümflasche und tupfte den blumigen Duft auf.

„Das ist seltsam", sagte sie nach ein paar Minuten und runzelte die Stirn.

„Was denn?"

„Ich kann ihn in den sozialen Medien nicht finden. Luca Gambrelli?"

„Ja."

„Nö. Nichts. Bist du sicher, dass der Typ der ist, für den er sich ausgibt, Maddie?"

Seltsam, aber nicht per se verdächtig. Vielleicht war er einfach ein eher privater Mensch, was in Zeiten, in denen jedes kleine Detail online geteilt wurde, erfrischend sein könnte.

„Nicht jeder ist ein Fan von sozialen Medien, Lauren. Ich kenne viele Leute, die eine Pause machen."

„Okay. Ich finde es immer noch komisch. Versprich mir, dass du vorsichtig sein wirst. Du weißt nichts über diesen Kerl."

Ich lächelte Lauren an und hauchte ihr einen Kuss zu. Sie war so süß.

„Ich werde vorsichtig sein, Schwesterherz. Mach dir keine Sorgen."

„Ich glaube, ich sollte auch mitkommen. Du wirst gar nicht merken, dass ich da bin", sagte sie und zog ihr Hemd hoch, so dass nur ihre Augen zu sehen waren.

„Denk nicht einmal daran. Du wärst ein schlechter Spion."

„Woher willst du das wissen?", sagte sie und schnalzte spöttisch mit der Zunge.

„Du hast mir immer nachspioniert, als du klein warst. Glaub mir. Du bist schlecht darin."

„Oh, um Himmels willen. Du fällst von einem Baum und plötzlich bist du ein Tollpatsch", seufzte sie.

Lauren und ich lachten hysterisch. Meine Schwester war ein absoluter Pechvogel.

Es war 19 Uhr, als ich das Haus verließ, um Luca um 19:30 Uhr im Restaurant des Weinguts zu treffen. Ich hatte Schmetterlinge im Bauch bei dem Gedanken, ihn wieder zu sehen. Lauren hatte Recht. Ich benahm mich wie ein Teenager.

Der Ort war wunderschön. Die Rebstöcke hingen tief mit Chardonnay-Trauben und der Duft des fruchtbaren Bodens begrüßte mich, als ich die Autotür öffnete.

„Guten Abend, Ma'am", begrüßte mich ein junger Parkwärter.

„Hallo. Danke." Ich gab ihm die Schlüssel und machte mich auf den Weg zum Eingang des Restaurants, während er mein Auto parkte.

Die Dekoration war wunderschön gemacht. Gealterte Weinfässer aus Eiche, die mit Lichterketten bedeckt waren, gaben dem Raum ein authentisches Weinbergsgefühl. Die Tapete stellte die Erntezeit dar. Ich fühlte mich, als wäre ich mitten in den Weinbergsreihen.

„Willkommen, Ma'am. Essen Sie mit uns zu Abend?"

„Hallo, ja. Ich bin mit jemandem verabredet. Ist Luca Gambrelli schon da?"

„Ja, das ist er. Bitte, folgen Sie mir."

Ich folgte dem Weinkellner durch das Restaurant und nach draußen. Wohin wollte er mich bringen? Dann sah ich Luca.

Er stand an einem Tisch am Rande des Rasens, mit Blick auf die Weinberge. Er sah so gut aus in seinen langen, dunkelblauen Chinos und dem weißen Hemd.

Der Steward lächelte und fragte Luca, ob er uns die Getränke bringen könne, woraufhin mein Date nickte. Dann waren Luca und ich allein.

„Hallo", sagte er und beugte sich vor, um meine Wangen zu küssen. „Du siehst sensationell aus."

Sein Parfüm ließ meine Knie schwach werden.

„Danke. Ich hätte flache Schuhe getragen, wenn ich gewusst hätte, dass du mich in die freie Natur entführen würdest."

„Ich bin so froh, dass du es nicht getan hast", sagte er, trat ein Stück zurück und schaute auf meine Beine.

Wurde ich rot? Ich hoffte nicht.

„Es ist malerisch hier draußen."

„Ist es nicht so? Ich fände es schade, wenn wir die Umgebung nicht voll ausnutzen könnten. Bitte, setz dich."

Luca zog meinen Stuhl heran und ich setzte mich. Ich konnte nicht sagen, ob seine Finger versehentlich oder absichtlich über meinen nackten Rücken strichen, aber seine bloße Berührung jagte mir einen Schauer über den Rücken. Ein warmes, schweres Gefühl machte sich in meinem Becken breit.

„Ich habe eine Flasche von der Methode Cap Classique bestellt. Ich hoffe, es macht dir nichts aus."

„Ich bin sicher, er wird köstlich sein."

„Hattest du eine gute Woche?", fragte mich Luca, der seinen Blick keine Sekunde lang von mir abwandte.

„Die hatte ich. Was ist mit dir? Hast du eine alte Dame gefunden, die ein bisschen aufgemotzt werden will?"

„Das habe ich. Ein sexy kleiner Mustang Shelby. Sie wird schnurren wie ein Kätzchen, wenn wir mit ihr fertig sind."

„Ein Mustang, wow. Papa wird neidisch sein. Er liebt Mustangs."

„Ein Mann mit ausgezeichnetem Geschmack. Mein erster Oldtimer war ein Mustang."

„Papas wertvollster Besitz ist ein Ferrari 250 GT California SWB Spider von 1961."

„Das war's. Jetzt muss ich dafür sorgen, dass diese Beziehung funktioniert", grinste er.

„Da wirst du dich sehr anstrengen müssen", lächelte ich.

„Ich lerne schnell."

Der Kellner brachte den Champagner und sprach mit Luca und mir über das Menü. Wir entschieden uns für Mezze und schon bald unterhielten wir uns und genossen die wunderbare Umgebung. Nachdem wir mit dem Essen fertig waren, fragte mich Luca, ob ich einen Spaziergang machen wolle.

„Ich weiß nicht. Hast du irgendwo eine Landebahn entdeckt?" Ich lächelte und zeigte auf meine Schuhe.

„Willst du auf meinen Rücken hüpfen?", stichelte Luca.

Ich lachte und zog meine Schuhe aus.

„Okay, lass uns gehen."

„Hoffentlich gibt es irgendwo einen Bottich, in den wir hüpfen und mit unseren nackten Füßen Trauben pressen können."

„Igitt. Da bist du auf dich allein gestellt, danke. Ich hatte gehofft, wir würden stattdessen über einen seltenen Jahrgang stolpern."

Luca nahm meine Hand und sah mir in die Augen.

„Solange ich auf deine sexy Beine starren kann, ist es mir egal, was wir machen."

Und da war es - ein elektrischer Sturm brach in meinen Lenden aus. Ich folgte meinem hübschen Date in die Weinberge. Ich wusste sehr wenig über ihn, aber das war mir egal. Das war Teil der Mystik, oder? Außerdem sagte mir etwas in Lucas Augen, dass ich ihm vertrauen konnte, und ich hatte nicht vor, das zu bestreiten.

Als wir zwischen den schwangeren Weintrauben standen, blieb er stehen, drehte sich zu mir um und zog mich dicht an sich heran. Mein Herz schlug wie wild, als er noch näher kam, bis seine Lippen fast meine berührten.

„Darf ich?“, flüsterte er.

„Du darfst.“

Und das tat er.

Es war ein Kuss wie kein anderer. Leidenschaftlich und doch zärtlich. Hungrig. Unsere Körper verschmolzen miteinander. Mir war schwindelig vor Verlangen nach dem Fremden, in dessen Armen ich mich befand. Ich war süchtig.

8

LUCA

Madison ging mir nicht mehr aus dem Kopf, egal wie sehr ich es versuchte. Ich wusste in dem Moment, als wir uns im Weinberg küssten, dass ich verliebt war. Es kostete mich eine gewaltige Anstrengung, sie nicht auf der Stelle zu umarmen und ihren fantastischen Körper aus ihrem Kleid zu befreien.

Aber ich war ein Gentleman, meine Mutter hatte mich gut erzogen. Also bedankte ich mich stattdessen für den schönen Abend und litt im Stillen. Es war schwierig, mich auf die Arbeit zu konzentrieren. Sandy, der Bluthund schlechthin, bemerkte meine Zerstreutheit.

„Ich nehme an, sie war von deinen schönen Augen beeindruckt, Boss“, kicherte sie, als wir bei der Arbeit waren.

„Du vermisst doch nichts, oder?“

„Nö. Wieso?“

„Dann kümmere dich um deinen eigenen Kram, du neugierige Schnüfflerin.“

„Oh je. Dich hat es schlimm erwischt.“

„Sie ist fantastisch.“

„Gut. Du verdienst nichts anderes.“

„Okay, genug von dieser Trauerkloß-Scheiße. Wo ist unsere nächste Bohnenstange, Jack?“

„Hast du Lust auf einen kleinen Ausflug auf die Bahamas, Boss?“

„Warum zum Teufel nicht?“

„Soll ich zwei Tickets buchen?“, fragte Sandy mit einem verruchten Lächeln.

„Geh wieder an die Arbeit. Übrigens, Amor hat angerufen. Er will seinen Bogen zurück“, rief ich, als ich mich auf den Weg zum Auto machte. „Ich komme später wieder.“

Ich fuhr zu Madisons Büro, weil ich hoffte, dass sie vielleicht dort sein würde. Sandy war so subtil wie ein Zugwrack, aber ihr Vorschlag war gar nicht so schlecht. Ich hielt bei einem Blumenladen an und kaufte einen Blumenstrauß.

Madison war in ihrem Büro. Ihre Empfangsdame rief sie auf der internen Leitung an und sagte ihr, dass ein Herr an der Rezeption nach ihr gefragt habe. Meine schwarzhaarige Schönheit sah überrascht aus, als sie mich sah.

„Luca. Hi.“

„Miss Harris“, lächelte ich und zwinkerte.

Die Empfangsdame starrte uns fasziniert an.

„Bitte, komm in mein Büro“, sagte Madison und ich folgte ihr, meinen Blick fest auf ihren perfekten Hintern gerichtet.

Als wir durch das Studio liefen, wurden wir von vielen Leuten angestarrt. Ich stellte mir vor, wie seltsam es aussah, dass ich einer wunderschönen Frau mit einem Blumenstrauß in der Hand hinterherlief. Madison führte mich in ihr Büro und schloss die Tür hinter sich.

„Würdest du die bitte nehmen? Ich bin mir sicher, dass ich damit ein interessantes Gerücht in die Welt gesetzt habe.“

„Oh, natürlich“, lachte sie. „Danke. Sie sind wunderschön.“

„Gern geschehen.“

„Arbeitest du nebenbei als Blumenlieferant, oder hast du etwas auf dem Herzen?“, fragte sie mit einem frechen Lächeln. „Meine Mutter hat mir beigebracht, dass ich mich vor Fremden mit Geschenken in Acht nehmen soll.“

„Hast du die Angewohnheit, mit Fremden rumzumachen?“

„Normalerweise nicht. Aber du hast dir in den Weinbergen so viel

Mühe gegeben, dass ich dachte, es wäre nur richtig, dir einen Knochen zuzuwerfen."

„Oh, das hast du also gedacht, ja?", sagte ich und rückte näher an sie heran.

Mein Herz raste. Madisons Wangen erröteten und ihre Lippen wurden praller. Ich konnte an den Bewegungen ihres Brustkorbs erkennen, dass sich ihre Atmung beschleunigt hatte. Das war gut. Sie war genauso erregt wie ich.

Bevor sie etwas sagen konnte, legte ich die Blumen auf ihren Schreibtisch und klemmte sie sanft zwischen meinem Körper und dem Hartholztisch ein. Dann küsste ich sie. Ich spürte, wie sich ihre Brustwarzen unter der Seidenbluse verhärteten, während ich sie festhielt. Mit einer Hand stützte ich ihren Kopf und mit der anderen zog ich ihre Hüften an mich.

Ich hörte auf, Madison zu küssen, bevor es kein Zurück mehr gab.

„Ich bin mit einer Einladung gekommen", sagte ich.

Madisons Augen waren verträumt.

„Was ist das?"

„Ich fliege für ein paar Tage auf die Bahamas, um mir ein Auto anzusehen. Hast du Lust, mit mir zu kommen? Ganz unverbindlich", fügte ich vorsichtshalber hinzu.

„Darf ich darüber nachdenken?"

„Klar. Ich fliege in zwei Tagen."

Es klopfte an der Tür. Ich entfernte mich von ihr. Madison richtete ihren Rock und schaltete wieder in den Boss-Modus.

„Komm rein."

„Hallo", sagte eine Frau und blieb stehen, als sie mich sah. „Oh, Entschuldigung. Störe ich gerade?"

„Hi, Beth. Komm rein. Das ist Luca Gambrelli. Luca, meine Tante und Partnerin, Beth."

„Es freut mich, dich kennenzulernen, Beth", sagte ich.

„Gleichfalls."

„Ich wollte eigentlich gerade gehen. Tut mir leid, Madison. Ich muss los."

„Okay. Ich rufe dich später an", lächelte sie.

Ich fragte mich, worüber die beiden Frauen sprachen, nachdem ich gegangen war. Ich hoffte, Madison würde meine Einladung in Betracht ziehen. Alles, was ich tun konnte, war zu warten.

* * *

„Was hat dich überzeugt, mich zu begleiten?“, fragte ich, als Madison und ich nach dem Abendessen am mondbeschienenen Strand unter den Palmen der Karibik spazieren gingen.

„Ich war noch nie auf den Bahamas.“

„Autsch. Das ist ein Schlag in die Eier. Dann war es also nicht mein unwiderstehlicher Charme?“

„Der hat bei der Entscheidung eine kleine Rolle gespielt, wenn ich ehrlich bin.“

Ich sah sie an. Sie grinste. Ihr Gesicht war in Mondlicht getaucht, und die sanfte Brise spielte mit den Strähnen ihres lockeren Haares.

„Du bist exquisit, Madison Harris.“

Sie blieb stehen und nahm meine Hand. Die schöne Frau, die mich mit einem Flüstern in die Knie zwingen konnte, sah mir in die Augen.

„Und du, Luca Gambrelli, bist unwiderstehlich.“

Dann küsste sie mich. Oder vielleicht war es besser zu sagen, dass sie mich in Besitz nahm. Die Welt um uns herum verschwand. Ich konnte an nichts denken, was ich in diesem Moment brauchte, außer der Göttin in meinen Armen.

Meine Finger erkundeten ihre satinierte Haut. Ihre Lippen waren salzig von der Gischt - genau wie ihr Hals. Ich wollte jeden Zentimeter ihres sexy Körpers schmecken. Ich hatte ihr versprochen, dass ich keinen Sex erwarte, aber als wir hier am Strand standen und unsere Glieder in Leidenschaft verflochten waren, wünschte ich mir, ich hätte die Klappe gehalten.

„Ich will dich“, flüsterte sie mir ins Ohr, während ihre Zunge mit meinem Ohrläppchen spielte.

„Bist du sicher?“

„Bring mich zurück in unser Zimmer und ich zeige dir, wie sicher ich mir bin.“

„Ich weiß nicht, ob ich so lange warten kann“, neckte ich und drückte meinen Ständer an ihre Hüfte.

Ich keuchte, als sie ihre Hand in meine Hose steckte und nach meinem Schaft tastete.

„Oh, das?“, sagte sie und streichelte meinen erigierten Schwanz.

Ich konnte nicht sprechen. Stattdessen versuchte ich, meinen Atem zu beruhigen.

„Das Zimmer ist viel zu weit weg“, stöhnte ich.

Ich löste mich von ihrer Berührung und schaute mich am Strand um. Wir waren die einzigen beiden Menschen an diesem Strandabschnitt. Ich hatte eine Villa direkt am Meer gemietet, die über einen eigenen Privatstrand verfügte.

Ich zog mir mein Hemd über den Kopf und stieg aus meiner Hose aus. Dann zog ich Madison das Kleid und ihr Höschen aus, trat zurück und betrachtete ihre Nacktheit.

Ich nahm ihre Hand und führte meine Geliebte in den warmen Ozean. Sobald wir tief genug drin waren, schlang Madison ihre Beine um meine Taille. Sie war schwerelos. Ich saugte an einer ihrer Brustwarzen, bevor ich sie auf meinen harten Schwanz hob. Ich glitt mit Leichtigkeit in ihre Wärme - ihre Nässe hieß mich willkommen.

Wir küssten uns, atmeten schwer und schaukelten, bis wir vor orgasmischer Freude explodierten.

„Jetzt bringe ich dich in unser Zimmer“, schnaufte ich und trug die umwerfende Schönheit in mein Schlafzimmer, wo ich sie erneut schändete. Langsam.

9

MADISON

„Hallo, jemand zuhause?“, rief Beth und winkte mit ihrer Hand vor meinem Gesicht.

„Äh, ja klar.“

„Nun, ich glaube nicht. Ich habe fast drei Minuten lang geplappert und du hast kein einziges Wort von dem gehört, was ich gesagt habe.“

„Es tut mir leid. Ich bin abgelenkt.“

„Ich nehme nicht an, dass es etwas mit einem großen, dunklen Italiener mit Scheinwerfern als Augen zu tun hat?“

„Igitt! Ich hasse es, ein Klischee zu sein.“

„Mädchen, ich würde mich gerne freiwillig zum Klischee machen, wenn ich einen so schönen Mann wie Luca in die Finger kriegen könnte. Manche Frauen haben einfach nur Glück.“

„Anton ist nicht gerade ein Aussätziger, Beth.“

„Ja, ich weiß. Er ist lecker, aber er ist kein Luca.“

„Du bist ein schlechtes Beispiel, Tante Beth“, sagte ich und verzog das Gesicht. „Warte, bis ich das Mama erzähle.“

„Du vergisst, dass ich jahrelang Dreck über dich und deine Schwester gesammelt habe“, grinste Beth.

„Du bist gemein.“

„Komm schon. Ich will Details. Was macht er, wenn er nicht gerade Lenden in Brand steckt?“

„Okay, das ist einfach falsch“, lachte ich.

„Spuck es aus.“

„Er handelt mit klassischen und seltenen Autos. Geboren in Italien. Keine Geschwister. Seine Eltern sind bereits verstorben. Das ist alles, was ich dir sagen kann, fürchte ich. Der Rest ist geheim und nicht jugendfrei.“

Beth lachte.

„Du siehst so glücklich aus, Maddie.“

„Das bin ich. Luca ist unglaublich. Er ist lustig, klug, süß und verrückt nach mir. Was kann sich ein Mädchen mehr von einem italienischen Hengst wünschen?“

„Hast du ihn schon Lauren und deinen Eltern vorgestellt?“

„Nein. Lauren war so beschäftigt an der Uni und ich wollte Luca noch ein bisschen besser kennenlernen, bevor ich ihn vor die Spanische Inquisition schleppe. Du weißt doch, wie Papa ist.“

„Ich bringe dich um, wenn du mich bei der Begrüßung außen vor lässt.“

„Würde ich das meiner verwerflichen Lieblingstante antun?“

„Das solltest du jedenfalls besser nicht.“

„Ich habe mir überlegt, ihn dieses Wochenende zum Grillen einzuladen.“

„Gut. Ich werde meinen Terminkalender freimachen.“

„Bring Anton mit.“

Später an diesem Tag rief ich Mama an und sagte ihr, dass es da jemanden gibt, den sie und Papa kennenlernen sollten. Sie war überglücklich.

„Also, Mama. Können wir bitte keine eine ganze Affäre im Südstaaten-Stil veranstalten? Eine kleine Feier ist okay“, sagte ich am Telefon.

„Maddie, ich gehe immer aufs Ganze. Das weißt du doch.“

„Gut, aber keine anderen Gäste. Okay?“

„Klar, Schatz.“

Das Letzte, was ich gebrauchen konnte, war, dass der arme Luca in ein Südstaaten-Grillfest gerät. Er lachte, als ich ihm sagte, dass ich meine Mutter gewarnt hatte, nicht zur Supernova zu werden.

„Du vergisst, dass ich Italiener bin. Warst du schon mal bei der italienischen Version eines Barbecues? Ich bin sicher, wir würden die Südstaatler locker schlagen."

„Du kennst meine Mutter noch nicht."

Mama hielt ihr Versprechen. Der Picknicktisch war so königlich und vollgepackt wie immer, aber sie und Papa waren entspannt und das Haus war kein Bahnhof von Gästen.

„Daddy, ich möchte dir Luca Gambrelli vorstellen."

Luca schüttelte Papas Hand.

„Es ist mir eine Freude, Sie kennenzulernen, Mr. Harris."

„Luca. Freut mich auch, dich kennenzulernen. Bitte, nenn mich Mike."

„Luca, das ist meine Mutter, Caroline. Mama, das ist Luca."

„Schön, dich kennenzulernen, Caroline."

„Hallo, Luca. Bitte, setz dich. Fühl dich wie zu Hause."

Lauren und Beth kamen pünktlich zu spät.

„Maddie hat mir erzählt, dass du eine Leidenschaft für Oldtimer hast, Luca", sagt Papa.

„Und was für eine. Madison hat mir erzählt, dass du ein Mustang-Mann bist."

„Und was für einer", lächelte Dad. „Ich war sofort Feuer und Flamme, als ich Tilly Masterton in Goldfinger auf der Leinwand gegen James Bond antreten sah."

„Grand Prix war einer der Lieblingsfilme meines Vaters", sagt Luca strahlend. „Der Shelby Mustang war meine erste große Liebe."

„Wir können auch nach den Vorbereitungen für den Nachtisch sehen, Mama", sagte ich seufzend. „Wir werden hier eindeutig nicht gebraucht."

„Ja, wir könnten genauso gut unsichtbar sein", sagte sie, küsste Papa auf die Stirn und ging in Richtung Küche.

Ich zwinkerte Luca zu und folgte Mama.

„Er ist umwerfend", brummte sie, als wir außer Hörweite waren. „Und dieser Akzent. Oh, Mann."

Ich konnte mir ein Grinsen nicht verkneifen. Luca war all das und noch mehr. Ich war verrückt nach ihm. Die Tatsache, dass er und Papa sich über Autos austauschten, war das Tüpfelchen auf dem i.

„Hat Lauren ihn schon getroffen?"

„Nein. Ich habe in letzter Zeit nicht viel von Lauren gesehen. Sie ist so beschäftigt."

„Das arme Ding verliert auch an Gewicht. Ich werde sie heute füttern, bis sie platzt."

„Es geht ihr gut, Mama. Ich bin überrascht, dass Beth noch nicht hier ist."

„Sie hat angerufen und gesagt, dass sie darauf wartet, dass Anton vom Golf nach Hause kommt."

„Wow. Es muss ernst sein zwischen den beiden. Beth wartet doch sonst auf niemanden."

„Ich muss sagen, ich war genauso überrascht wie du, als ich das hörte. Sie sind schon lange genug zusammen."

„Ist es komisch, eine Schwester zu haben, die fast so alt ist wie deine Töchter, Mama?"

„Manchmal. Ich muss sagen, ich sehe Beth eher als Tochter denn als Schwester."

„Habe ich meinen Namen gehört?", rief jemand aus der Nähe der Küche.

„Wenn man vom Teufel spricht", strahlte Mama.

„Doppelter Ärger", folgte Laurens Stimme.

„Hallo, Mädels", rief ich zurück. „Wir sind in der Küche."

„Darf ich auch reinkommen?"

Anton steckte seinen Kopf durch die Küchentür.

„Hey, du", antwortete Mom ihm. „Du darfst gerne, aber wenn du auf testosterongeschwängerte Autogeschichten aus bist, ist es vielleicht besser, wenn du nach draußen zu den Jungs gehst."

„Ich kann nicht glauben, dass sie das wunderschöne Frauenvolk unbeaufsichtigt gelassen haben. Dummköpfe! Nicht, dass es mich stört. Mehr Kuscheln für mich", gluckste Anton und umarmte erst Mama und dann mich.

„Ich habe gehört, du hast einen neuen Freund, Maddie", stichelte Anton.

„In der Tat. Er und Dad sind draußen und reden über Mustangs."

„Ich kann es nicht erwarten, ihn zu treffen", zwitscherte Lauren. „Er muss etwas Besonderes sein. Meine Schwester ist Hals über Kopf verliebt."

„Lasst uns alle nach draußen gehen", sagte Beth und marschierte zur Grillgrube.

Mama, Beth und Anton gingen voraus. Lauren und ich folgten dicht dahinter.

„Heiliger Strohsack", flüsterte Lauren, als wir uns Papa und Luca näherten. „Er ist umwerfend. Ich bin so neidisch."

„Halt dich zurück, Kleine. Ich habe ihn zuerst gesehen", flüsterte ich zurück. Lauren versuchte, ein Gackern zu unterdrücken.

Beth erregte heimlich meine Aufmerksamkeit und machte eine anzügliche Geste. Ich betete, dass Luca das nicht sah. Ehrlich gesagt, waren die Frauen in meiner Familie ein Haufen östrogengetriebener Verwerfungen.

Nach einem lebhaften Mittagessen hatten Papa und ich die Gelegenheit, uns zu unterhalten, während Anton und Luca über Golf sprachen und Mama, Beth und Lauren in eine Diskussion vertieft waren.

„Und? Was denkst du, Papa?"

„Luca scheint sehr nett zu sein."

„Oh, oh. Entdecke ich da irgendwo ein 'aber'?"

„Wie viel weißt du über ihn, Maddie?"

„Genug. Warum?"

„Er ist auf den üblichen Social-Media-Kanälen nicht sehr aktiv."

„Ist das etwas Schlimmes?"

„Nicht unbedingt."

„Ach du meine Güte, Dad. Du klingst genau wie Lauren. Vielleicht ist er von der alten Schule. Nicht jeder ist von den sozialen Medien besessen."

„Es tut mir leid, Maddie. Ich wollte dich nicht verärgern. Ich will nur das Beste für dich."

„Ich weiß, Papa. Aber mir geht es gut. Genug mit der Amateurdetektivarbeit."

„Es gibt eine Menge Verrückte da draußen, mein Schatz. Es ist meine Aufgabe, dich vor ihnen zu schützen. Das ist alles."

War ich unvorsichtig? Oder naiv? Mein Vater hatte einen guten Instinkt, wenn es um Menschen ging. Wenn er sich also Sorgen um Lucas Herkunft machte, sollte ich das vielleicht auch. Aber das wollte ich Dad gegenüber nicht zugeben.

Ich küsste meinen Vater auf die Wange. „Du machst einen fabelhaften Job, Dad. Aber ich bin fast dreißig Jahre alt. Ich glaube, ich kann es ab hier übernehmen, Detective Harris."

„Okay. Aber wenn du etwas brauchst..."

„Ich weiß. Mein Vater ist immer da, um die bösen Jungs zu verprügeln."

„Also, verprügeln würde ich jetzt nicht sagen. Ich werde nicht jünger, weißt du."

„Stimmt. Aber du wirst immer mein Hulk sein."

Dad war zwar mein Held, aber ich merkte, dass ich meine eigene Detektivarbeit leisten musste, um Antworten von Luca zu bekommen.

10

LUCA

Es bestand kein Zweifel daran, dass die Familie Harris sich mit dem Grill auskannte. Und Madison hatte nicht unrecht. Sie waren ein lebhafter Haufen.

Das Haus befand sich auf einem großen Grundstück mit einem Tennisplatz, einem Squashplatz, einem olympischen Schwimmbad, einer Driving Range und einem Hubschrauberlandeplatz. Beeindruckend für jedermanns Verhältnisse. Aber die Familie schien von ihrem Reichtum unbeeindruckt zu sein.

Caroline Harris war eine absolute Südstaatenschönheit. Blond, blauäugig, üppig und sehr beherrscht. Michael Harris war wie Wachs in den Händen seiner Frau. Er war groß, hellhäutig und intelligent. Madison hatte die gleichen Gesichtszüge wie ihr Vater. Ihre Augen waren die gleichen.

Lauren kam ganz nach ihrer Mutter. Zumindest vom Aussehen her. Ihre Persönlichkeit schien weicher zu sein als die der anderen, obwohl ich sie durchaus als Kämpferin sehen könnte, wenn die Situation es erforderte.

Beth war ein Brüller. Und frech dazu. Ich war mir der Tatsache bewusst, dass die Frauen mich unter die Lupe nahmen und nach Fehlern suchten.

Als Madison und ihre Mutter verschwanden, hatte ich den Eindruck, dass Michael mich verhörte. Er war subtil, aber ich erkannte ein Verhör, wenn ich es sah. Das konnte ich ihm nicht verübeln. Ich hätte jeden, der in der Nähe meiner Tochter herumschnüffelt, gründlich überprüft. Vor allem, wenn sie so hübsch und wohlhabend war wie Madison.

„Woher in Italien kommst du, Luca?"

Ich hatte keinen Grund, den Harris-Patriarchen zu täuschen, wenn es um mein Leben in Italien ging. Nur meinen Abstieg in den Mob-Wahnsinn in den Staaten behielt ich für mich.

„Ich wurde in Cefalù auf Sizilien geboren. Warst du schon mal in Italien?"

„Ja, aber ich fürchte, ich habe während meines Aufenthalts nicht viel von dem Land gesehen. Ich war in Mailand. Ich habe es geschafft, ein Fußballspiel zu besuchen, während ich dort war."

„Eine religiöse Erfahrung", lachte ich.

„Das würde ich sagen. Ich würde mich bestimmt nicht zwischen einen italienischen Fußballfan und seine Spielzeit stellen", sagte er.

„Männer sind schon für geringere Vergehen gestorben", grinste ich. „Du hast ein schönes Haus, Michael."

„Danke. Das meiste, was du siehst, hat Caroline eingerichtet. Die Frau kann eine Grotte in einen Palast verwandeln."

Ich lachte.

„Also, Luca. Erzähl mir mehr von dir."

„Was möchtest du wissen?"

„Dein Autogeschäft. Wie bist du dazu gekommen?"

„Ich habe Autos schon immer geliebt. Seit meine Füße die Pedale berühren konnten, saß ich am Steuer. Mein Vater war Mechaniker, also habe ich einen Großteil meiner Freizeit damit verbracht, mit ihm an Motoren zu basteln."

„Klingt wie die perfekte Kindheit."

„Das war es", log ich.

Ich liebte meinen Adoptivvater sehr, aber natürlich liebte ich meinen leiblichen Vater mehr. Es war schwer für mich, mich an meine neue Normalität anzupassen.

„Was hat dich in die Staaten gelockt?"

„Hollywood", grinste ich. „Die Filme zeichnen ein schönes Bild."

„Ah, ja. Und? Bist du glücklich hier, im Land der Freien?" Michael lächelte.

„Ja, jetzt, wo es hier Gelato gibt", sagte ich.

„Auf Mustangs und Gelato", sagte er und hob sein Glas.

„Saluti", lächelte ich.

„Komm schon, Daddy. Ich bin dran."

Und so wurde ich mit Lauren bekannt gemacht. Die neugierige Lauren. Sie stürzte heran, legte ihre Arme um meine und entführte mich zu meinem zweiten Verhör des Tages.

„Gern geschehen", kicherte sie, als wir nicht mehr in Hörweite ihres Vaters waren.

„Warum habe ich das Gefühl, dass dies ein 'Guter-Bulle-Böser-Bulle'-Szenario ist?"

„Ahh, du hast das also schon mal gemacht?"

„Ein oder zwei Mal."

„Okay, ich mache es kurz. Was sind Ihre Absichten gegenüber meiner Schwester, Mr. Gambrelli?"

„Der Plan ist, sie dazu zu bringen, sich in mich zu verlieben und mich dem lustigen Harris-Clan anzuschließen."

„Ein solider Plan. Und wie läuft es so?"

„Ganz gut, denke ich. Hast du einen Rat?"

„Du scheinst auf dem richtigen Weg zu sein."

„Gut. Kann ich darauf zählen, dass du mich auf mögliche Fallstricke hinweist?"

„Das kommt darauf an", sagte sie.

„Auf was?"

„Welchen deiner tollen Klassiker du mir zu Weihnachten schenkst", grinste sie.

„Du bist eine harte Nuss, Lauren Harris."

„Du kennst nicht einmal die Hälfte davon."

Wir liefen weiter und unterhielten uns. Ich mochte Lauren. Es war offensichtlich, dass sie und Madison sich sehr nahe standen. Ich fragte mich, wie das wohl ist. Eine Schwester oder einen Bruder zu haben, mit dem man seine Gedanken und sein Leben teilen kann. Jemand, der einen liebt, egal was passiert.

Ich fand Jahre nach der Ermordung meiner Eltern heraus, dass meine Mutter im dritten Monat schwanger gewesen war. Ich hätte ein großer Bruder werden sollen. Das war einer der Albträume, die mich verfolgten. Die Männer, die Mom und Dad getötet hatten, wurden nie gefunden. Als ich alt genug war, um mich frei zu bewegen, stellte ich einige Nachforschungen an, aber meine Bemühungen blieben leider erfolglos. Die Familie auf diese Weise zu verlieren, war brutal.

„Darf ich auch mal ran, solange der arme Luca noch bei Sinnen ist? Oder bin ich zu spät?“, rief Madison ihrer Schwester zu.

„Er ist ein zäher Bursche. Ich glaube, er wird gut zu uns passen“, rief Lauren zurück.

„Du armes Ding“, stöhnte Madison und legte ihre Arme um mich, als sie uns eingeholt hatte.

„Du kommst gerade rechtzeitig“, seufzte ich. „Ich kreise hier um den Abfluss.“

„Armes Baby“, sagte sie und küsste mich.

„Das ist mein Stichwort. Ich sehe euch zwei Turteltäubchen dann in der Inquisition“, lachte Lauren und verließ Madison und mich.

„Hey“, flüsterte sie und küsste mich erneut.

„Hey.“

„Hast du mich vermisst?“

„Verzweifelt“, stöhnte ich.

Madison legte ihren Arm um meinen und wir begannen, uns vom Rest der Gruppe zu entfernen. „Kann ich dich etwas fragen?“

„Ah, die Inquisition geht weiter. Schieß los.“

„Nutzt du überhaupt soziale Medien?“

Ich war angespannt. „Nein, ich ziehe Privatsphäre vor. Warum?“

Madison zuckte mit den Schultern. „Es ist ein bisschen ungewöhnlich, das ist alles. Und es macht es schwieriger, deine tiefen, dunklen Geheimnisse aufzudecken“, sagte sie mit Schalk in den Augen.

Ich spielte mit. „Du musst mich einfach weiter auf die altmodische Art und Weise kennen lernen.“

„Aber warst du wirklich noch nie irgendwo angemeldet? Ich kann absolut nichts über dich finden..."

„Da gibt es nichts zu finden", sagte ich ein bisschen zu nachdrücklich.

Madison hob die Augenbrauen.

„Das ist einfach nicht mein Stil", sagte ich etwas leiser.

„Ok, ich hab's verstanden. Noch eine Frage."

Ich machte mich auf das gefasst, was kommen würde.

„Willst du Laurens und mein Kindheitsversteck sehen?"

Ich atmete dankbar aus. „Das tue ich."

Madison nahm mich bei der Hand und führte mich zu einem großen Baum am Rande des Grundstücks.

„Ein Baumhaus?" Ich grinste.

„Jap. Willst du rummachen? Es ist zwar nicht der Mile-High-Club oder so, aber ich bin sicher, wir können unsere Fantasie spielen lassen."

„Du steckst voller Überraschungen, Madison."

Madison fing an, die Leiter hochzuklettern. Ich war begeistert, hinter ihr herzuklettern und ihren perfekten Hintern zu bewundern. Als wir den Treppenabsatz erreichten, war ich steinhart. Das Innere des Baumhauses war beeindruckend. Es war überhaupt nicht so, wie ich es erwartet hatte. Es sah aus wie das Innere einer kleinen Wohnung.

Es gab ein Futon, ein Bücherregal und eine große Kinderspielzeugkiste mit geprägten Einhörnern an den Seiten.

„Wow", sagte ich.

Meine Geliebte lächelte. Sie zog ihr Höschen aus und ließ es an ihrem kleinen Finger baumeln. Ich schluckte schwer bei dem Gedanken an ihre Nacktheit unter ihrem Sommerkleid. Madison rückte so nah an mich heran, dass ich sie berühren konnte. Sie war feucht vor Verlangen nach mir.

Ich ging mit ihr zum Futon und legte sie sanft hin. Keiner von uns beiden sprach. Ich zog ihr Kleid bis zur Taille hoch und schaute an ihr herunter, um ihre nasse, geschwollene Schönheit zu betrachten. Dann öffnete ich ihre Beine und stürzte mich auf ihren perfekten Schoß.

Madison stöhnte, als ich sie mit meiner Zunge reizte. Sie schmeckte so gut. Ich wollte, dass sie kam, während ich in ihr war, also hörte ich nach einer Weile auf und öffnete den Reißverschluss meiner Hose. Beides zog ich mir schnell aus.

Ich stieß schnell in den warmen Kern meiner erregten Geliebten hinein und wieder heraus - Madison keuchte und hielt sich an meinem Hintern fest. Wir liebten uns wie wild, bis wir erschöpft waren. Danach lagen wir regungslos auf dem Futon und atmeten schwer.

„Keine Ahnung, wie ich die Leiter runterkommen soll", sagte ich außer Atem. „Ich weiß nicht, ob meine Beine danach noch funktionieren."

„Ich könnte Mama anrufen und ihr sagen, dass wir hier übernachten", lachte sie.

„Ich glaube, das musst du wohl. Hast du hier oben zufällig etwas zu essen und zu trinken?"

„Nein, aber ich glaube, im Bücherregal ist noch ein Joint versteckt. Mein Cousin und ich sind früher immer hier hochgeschlichen, um uns zu bekiffen."

„Maddie, ich muss dich vielleicht heiraten."

11

MADISON

Das Ergebnis war da. Ich war offiziell Hals über Kopf in Luca verliebt. Meine Gefühle waren stark genug, um alle Zweifel über seine Herkunft zu verdrängen. Sogar Papa, der anfangs vorsichtig war, fand, dass Luca und ich ein tolles Paar wären.

Ich war in meinem Büro. Es war Montagmorgen, und Beth und ich arbeiteten an der Liste der Models, die wir für ein Fotoshooting nach Paris schicken wollten.

„Was ist mit Ryan?", fragte Beth und blätterte zu seiner Mappe.

„Ich weiß nicht. Er ist ein bisschen zu groß für den Auftrag. Außerdem glaube ich, dass er für die Laufstegshow in Mailand am Ende der Woche gebucht wurde."

„Du glaubst? Das solltest du besser überprüfen. Dein Kopf war in den Wolken, Maddie. Es ist Zeit, auf den Boden der Tatsachen zurückzukommen."

„Danke, Partnerin. Betrachte mich als gerügt."

Beth rollte mit den Augen.

„Sieh mich nicht mit diesem Hundeblick an, Missy. Ich weigere mich, jemanden zu bemitleiden, der es regelmäßig von einem so tollen Mann besorgt bekommt. Du Glückspilz."

„Eifersucht macht hässlich, Beth."

„Ach, halt die Klappe, du Göre“, lachte sie. „Anton denkt, er ist der Größte.“

„Ja, vielleicht sollten wir vier zusammen essen gehen.“

„Tolle Idee. Wie sieht seine Wohnung aus?“

„Sehr schön. Er hat ein Penthouse in Rocky Edge. Schöne Aussicht auf die Berge.“

„Toll. Verbringst du viel Zeit dort?“

„Wir versuchen, unsere Zeit zwischen seiner Wohnung und meiner zu teilen. Ich finde das ein bisschen anstrengend.“

„Warum zieht ihr nicht einfach zusammen? Ihr seid doch schon lange genug zusammen, warum also nicht den nächsten Schritt machen?“

„Ich will Luca nicht bedrängen, Beth. Ich bin mir sicher, dass er Andeutungen machen wird, wenn er bereit ist. Du weißt ja, wie Männer sind. Wenn man das L-Wort erwähnt, bekommen sie einen Ausschlag und sind über alle Berge.“

„Das L-Wort? Du meinst ‚Liebe‘?“

„Nein, ich meine das Zusammenleben.“

„Und?“, fragte Beth aus heiterem Himmel.

„Und was?“

„Liebst du ihn? Mensch, Frau, ich glaube, dein Kopf knallt zu oft gegen das Kopfteil.“

„Haha. Liebe ist ein großes Wort.“

„Ja, das weiß ich, Maddie.“

„Liebst du Anton?“

„Oh, nein, keine Chance. Wechsle nicht das Thema.“

Mein Telefon klingelte, bevor Beth die Chance hatte, sich weiter über mich aufzuregen. Es war Luca.

„Hey, Hübscher. Hast du Schluckauf?“

„Du sprichst über mich, oder?“

„Ja. Ich habe Beth gerade erzählt, wie verrückt du nach mir bist“, kicherte ich.

„Schamlos.“

„Was ist los?“

„Kann ich dich für eine Stunde aus dem Büro entführen?“

„Ähm", sagte ich und schaute auf die Uhr. „Klar. Wann?"

„Ich komme um 11 Uhr vorbei. Ist das okay?"

„Sicher. Wir sehen uns dann."

„Ciao, meine Schöne."

Ich fragte mich, was er vorhatte. Er klang aufgeregt.

„Es ist ein bisschen früh für einen Quickie, oder?"

„Beth, ganz ehrlich. Es ist nie zu früh für einen Quickie."

„Alles in Ordnung?"

„Ja. Luca kommt um elf Uhr vorbei."

Beth schaute auf ihre Uhr. „Nun, dann sollten wir beide diese Liste besser abarbeiten."

* * *

„Wohin bringst du mich denn?", fragte ich Luca, als wir das Büro verließen.

„Ich wollte dir etwas zeigen. Ich brauche deine ehrliche Meinung."

„Klingt ernst."

„Das ist es."

Luca öffnete mir die Autotür und ich ließ mich auf den Beifahrersitz gleiten. Ich liebte den Geruch von Ledersitzen in einem Auto. Luca ließ den Motor an und schon bald waren wir auf dem Weg zu dem unbekannten Ziel.

Luca hielt vor einem Haus in den Hills an, nachdem wir etwa eine Viertelstunde gefahren waren.

„Besuchen wir jemanden?", fragte ich verwirrt.

„Das wirst du gleich sehen", sagte er, sprang auf der Fahrerseite aus dem Auto und öffnete mir die Beifahrertür.

„Was hast du vor, Luca?"

„Ich überlege, meine Wohnung zu verkaufen. Ich habe dieses Haus gesehen und wollte deine Meinung dazu hören."

„Oh. Okay. Klar. Warum verkaufst du? Ich dachte, du liebst deine Wohnung?"

„Sie ist schon in Ordnung, aber ich will mir schon seit einer Weile einen Hund zulegen und das Penthouse ist dafür nicht geeignet."

„Okay. Der Hof scheint groß genug zu sein. Lass uns einen Blick hineinwerfen."

Luca schloss die Haustür auf und ich folgte ihm hinein.

„Oh, wow", keuchte ich. „Das ist fantastisch."

Die gesamte Rückwand des Hauses war aus Glas und ermöglichte einen fantastischen Blick auf den Außenbereich. Es war, als würde man in einem Wald leben.

„Ich bin froh, dass es dir gefällt. Warte, bis du das Hauptschlafzimmer siehst."

Luca zeigte mir das Grundstück, nachdem wir das Innere des schönen Hauses erkundet hatten.

„Ich liebe es", säuselte ich, als wir draußen auf der großen Terrasse standen.

„Gut", sagte er. „Willst du hier mit mir leben?"

Mein Herz schlug doppelt so schnell. So viel zu subtilen Andeutungen. „Was, wenn ich keine Hunde mag?"

„Dann holen wir uns einen Papagei", grinste er. „Oder einen Goldfisch. Alles, was du willst."

„Das würde ich gerne", lächelte ich und küsste ihn.

„Du magst doch Hunde, oder?", fragte er nervös, als wir auf dem Weg zurück ins Büro waren.

„Ich liebe Hunde."

* * *

„Meine Güte, Frau! Wie viele Schuhe hast du denn?" Luca stöhnte, als er mit einem großen Karton in der Hand die Treppe zum Schlafzimmer hinaufstieg.

„Mecker nicht ständig. Ich hoffe, das ist kein Hinweis auf unsere Zukunft", rief ich von oben auf dem Treppenabsatz. „Ich werde von meinem italienischen Lebensgefährten zu Tode genervt."

Luca ließ die Schachtel auf den Boden fallen, nahm mich in die Arme, warf mich auf das Bett und kitzelte mich. In hysterischen Lachanfällen schrie ich um Gnade, aber es war sinnlos.

„Ich sehe schon, ich muss eine harte Hand bei dir anwenden,

Mitbewohnerin", sagte er mit einem leisen Knurren in meinem Nacken.

„Okay, okay. Es tut mir leid."

Luca ließ mich los und ich rollte mich vom Bett.

„Wie viele Kisten sind noch übrig?", fragte ich.

„Nicht zu viele."

„Gut, ich bin erschöpft. Warum gehst du nicht nach unten und holst uns eine Flasche mit etwas Kaltem und ich lasse uns ein Bad ein."

„So ist es besser. Sieht so aus, als wärst du doch noch lernfähig."

Luca verschwand und ich ging ins Badezimmer, um ein Bad einzulassen. Ich fügte duftende Badebomben hinzu und zündete ein paar Kerzen an.

„Es riecht gut hier drin", sagte er, als er zurückkam.

„Oh, gut, Champagner. Gut gemacht. Bring das hier rüber, Hübscher. Oh, und zieh die Klamotten aus."

„Ja, Ma'am."

Die Wanne war groß genug, dass wir beide bequem hineinpassten. Wir lehnten uns im warmen Wasser zurück und nippten an unseren Getränken.

„Das ist himmlisch", sagte ich und schloss die Augen, während der Dampf mein Gesicht umspielte.

„Ich hatte keine Ahnung, dass wir zusammen so viel Zeug haben."

„Ich bin froh, dass wir unsere eigenen Sachen mitgenommen haben. Jetzt weiß ich, was ich wegschmeißen kann, wenn du nicht zu Hause bist. Wie den hässlichen Couchtisch, den du versucht hast, an mir vorbeizuschmuggeln."

„Denk nicht mal dran", grinste Luca und stellte sein Glas auf den Rand der Badewanne. Dann nahm er mir meins ab.

„Oder was?" Ich stichelte und warf ihm einen Blick zu.

„Sonst mache ich *das* nicht", sagte er und zog mich auf seinen Schoß.

Meine feuchten Brüste waren auf seiner Augenhöhe. Luca beugte sich vor und stupste eine Brustwarze mit seiner Nase an, bis sie hart wurde. Dann nahm er sie in seinen Mund und saugte daran.

„Ooh, sauberer Sex", kicherte ich.

„Nicht so, wie ich ihn mache", krächzte Luca heiser. Er hob mich leicht an und schob mich dann auf seinen wartenden Ständer.

Das Badewasser spritzte auf den Boden, während wir beide vor und zurück, auf und ab schaukelten, bis wir zum Orgasmus kamen.

„Eins erledigt, bleiben noch fünf", sagte Luca, als er wieder zu Atem kam.

„Was?"

„Zimmer. Ich habe vor, in jedem einzelnen von ihnen mit dir zu schlafen."

„Du bist der beste Mitbewohner aller Zeiten."

12

LUCA

„Babe! Dein Telefon!“, hörte ich Madison nach mir rufen, als ich aus dem Pool stieg.

„Geh bitte ran, Maddie.“

Ich trocknete mir gerade das Gesicht und die Haare, als sie auf mich mit dem Telefon in der Hand zukam.

„Angelo ruft an.“

„Danke, Schatz.“

Madison ging zurück zum Haus und ich wickelte das Handtuch um meine Taille.

„Hey, Angelo. Schön, von dir zu hören.“

„Ciao, Luca. Ich habe Neuigkeiten.“

„Oh, ja? Was gibt's?“

„Sophia und ich kommen in die Staaten.“

„Das ist toll! Wann?“

„In zwei Wochen. Wir haben uns gefragt, ob wir für ein paar Tage bei dir und Madison bleiben können.“

„Natürlich. Du kannst so lange bleiben, wie du willst. Das sind tolle Neuigkeiten. Ich kann es kaum erwarten, euch zu sehen.“

„Ausgezeichnet. Tut mir leid, ich muss los. Ich schicke dir später die Details.“

„Kein Problem. Ciao."

„Ciao, Luca."

Die Sonne stand tief am Himmel. Madison und ich hatten vor, draußen auf der Terrasse zu essen. Wir wollten die letzten Wochen des Sommers ausnutzen.

Mit Madison zusammenzuziehen, war das Beste, was ich tun konnte. Ich liebte es, mit ihr zusammenzuwohnen. Wir verstanden uns prächtig. Wir hatten beschlossen, uns einen Welpen zuzulegen - einen Beagle, Mila. Sie war bezaubernd und hielt Maddie und mich auf Trab.

Madison und Mila waren in der Küche.

„Wie geht es Angelo?", fragte sie und ging an Mila vorbei, dessen Nase ihr verriet, dass möglicherweise ein verirrtes Stück Fleisch im Anmarsch war.

„Er und Sophia kommen zu Besuch."

„Oh, wow. Das ist großartig. Du musst so glücklich sein."

„Sehr. Du wirst Sophia lieben. Sie ist so ein Schatz."

„Wann kommen sie denn?"

„Angelo sagte, er würde mir bald Bescheid geben. Bist du einverstanden, dass sie bei uns bleiben?"

„Natürlich."

Ich half ihr, das Essen auf die Terrasse zu tragen. Mila half mir, das zu säubern, was dabei herunterfiel.

* * *

„Es ist so schön, dich zu sehen, Angelo", sagte ich und umarmte meinen ältesten Freund.

„Ich hatte gehofft, du hättest deine Haare verloren und einen Bierbauch bekommen", seufzte Angelo. „So ein Glück habe ich wohl nicht. Du bist immer noch der bestaussehende Mann im Raum."

Ich lachte und klopfte ihm auf den Rücken.

„Komm, setz dich. Bier?"

„Gerne, danke."

Angelo und Sophia waren gerade angekommen. Sophia und

Madison gingen mit Mila spazieren, während Angelo und ich draußen am Pool saßen.

„Ich kann immer noch nicht glauben, dass du hier bist", sagte ich.

„Es ist verrückt, dass wir uns so wenig sehen, alter Freund. Ich weiß nicht, warum du nicht zurück nach Italien kommst. Wir vermissen dich."

„Ich bin jetzt schon so lange hier, dass es zu meinem Zuhause geworden ist. Sophia ist nicht einen Tag gealtert. Sie ist so eine schöne Frau, Angelo. Du bist ein glücklicher Mann."

„Du leidest nicht gerade selbst, Buddy. Madison ist eine Wucht."

„Ich werde nie müde, sie anzuschauen."

„Es ist schön, dich so glücklich zu sehen, Luca."

„Das bin ich. Maddie ist unglaublich."

„Denkst du manchmal an dein früheres Leben?"

„Nicht, wenn ich es verhindern kann. Aber in meinen Albträumen schleicht es sich an mich heran.

„Du hast mir nie viele Details verraten."

„Das ist nichts, was ich am Telefon sagen wollte, Angelo. Das ist ein Teil meines Lebens, den ich lieber vergessen würde."

„Das verstehe ich. Die Tatsache, dass du deinen Namen geändert hast, war mein erster Anhaltspunkt. Was genau ist passiert?"

„Antonio Granata ist passiert. Der Mann hasst mich."

„Ich glaube, du hast ihn mir gegenüber einmal erwähnt."

„Das Arschloch hat mir das Leben zur Hölle gemacht. Er hat ein paar Mal versucht, mich zu töten, aber ich war ihm immer einen Schritt voraus."

„Auf die Gefahr hin, eine dumme Frage zu stellen: Warum wollte er deinen Tod?"

„Antonio hat viele Jahre lang für meinen Boss gearbeitet. Ich glaube, er war überzeugt, dass er die Organisation eines Tages übernehmen würde. Aber als der Boss getötet wurde, wurde ich mit großer Mehrheit zu seinem Nachfolger gewählt. Das war Antonios eigene Schuld. Er ist ein Arschloch und niemand mochte ihn. Keine Loyalität. Als er merkte, dass er übergangen wurde, ging er und gründete seine eigene Bande von Außenseitern."

„Du musst meine Frage nicht beantworten, wenn du nicht willst, Luca, aber in was wart ihr beide verwickelt?"

„Um ehrlich zu sein, ich glaube, ich war ein bisschen naiv, bis ich an die Macht kam. Niemand spricht über die zwielichtige Schattenseite. So etwas wird für sich behalten. Am Anfang, als ich den Chefposten übernommen hatte, habe ich mir geschworen, dass ich mich aus den Morden und dem Chaos heraushalten würde. Aber ich hatte mir etwas vorgemacht."

„Bist du deshalb gegangen?"

„Ja. Ich bin kein Mörder, Angelo. Wenn jemand es verdient, ziehe ich es in Betracht, aber zu töten, um meine Macht zu demonstrieren, ist nicht mein Stil. Diese Welt ist nichts für mich."

„Ich verstehe dich. Deshalb bin ich auch aus Cefalù weggezogen. Sizilien war schon immer die Hochburg der Mafia. Aber die Abruzzen sind sicher und schön. Sophia und ich sind dort sehr glücklich."

„Ja, du bist ein bisschen zu hoch eingestiegen, nachdem wir die Schule verlassen haben."

„Natürlich, das ist es, was ein junger Mann, der in Sizilien aufwächst, tut. Es ist leicht, auf das Versprechen von Reichtum hereinzufallen. Seien wir ehrlich, das Geld ist gut."

„Wohl wahr."

„Weiß Madison über deine Vergangenheit Bescheid?"

„Auf keinen Fall. Ich habe vor, sie von diesem besonderen Kapitel meines Lebens fernzuhalten. Erstens bin ich nicht stolz darauf, und zweitens ist da noch das Sicherheitsproblem. Wenn Granata herausfindet, dass ich noch am Leben bin, wird er vor nichts zurückschrecken, um es mir heimzuzahlen."

„Das bringt mich zu meiner ursprünglichen Frage zurück. Was ist zwischen euch beiden passiert?"

„Abgesehen davon, dass er seine Chancen auf den Posten des Big Bosses ruiniert hat? Ich habe ihm den Rotz aus dem Leib geprügelt."

„Ich schätze, die Prügel, die du damals im Waisenhaus einstecken musstest, haben sich gelohnt. Du hast auf jeden Fall gelernt, dich gegen Rüpel zu wehren."

„Das habe ich. Jedenfalls hat Antonio danach geschworen, mich zu töten. Ich habe nicht vor, ihm eine zweite Chance zu geben."

„Aber wie hast du es geschafft, abzuhauen?"

„Zu meinem Glück hatte ich jemanden in meiner Nähe, der mich unbedingt ablösen wollte. Danach hat Nico mir geholfen, meinen Tod vorzutäuschen, und der Rest ist Geschichte."

„Das ist eine ganz schöne Intrigengeschichte, Luca Gambrelli."

„Ja, oder?"

„Vielleicht solltest du ein Buch darüber schreiben", grinste er.

„Ach, halt die Klappe", grinste ich.

„Pass auf, kleiner Luca. Ich kann dich immer noch verprügeln."

„Ich würde nicht im Traum daran denken, meinen ehemaligen Beschützer zu beleidigen", lachte ich.

„Kluger Mann", zwinkerte Angelo.

„Ich weiß, dass Mama Ana auch sehr stolz auf den Mann war, der du geworden bist, mein Freund. Sie hat immer mit dir geprahlt, wenn wir miteinander gesprochen haben."

„Ich weiß nicht, wo ich gelandet wäre, wenn es nicht deine wunderbaren Eltern gegeben hätte. Ana und Mario haben mich glauben lassen, dass ich alles werden kann, was ich mir vornehme. Sie haben dich sehr geliebt, Luca."

„Ich vermisse sie so sehr. Danke, dass du dich um sie gekümmert hast, nachdem ich weg war. Ich werde immer in deiner Schuld stehen."

„Okay, werde jetzt nicht weich. Hol mir noch ein Bier und wir sind quitt."

„Abgemacht."

Ich stand auf und ging in die Küche. Madison und Sophia waren von ihrem Spaziergang zurück.

„Ich werde dir deine Mila klauen, Luca", sagte Sophia, während sie mit dem sehr glücklichen Beagle kuschelte.

„Viel Glück an Maddie vorbeizukommen", lachte ich.

„Sophia und ich gehen in den Laden, Babe. Ich dachte, wir könnten zum Abendessen ein Barbecue veranstalten. Es ist so ein schöner Abend."

„Ausgezeichnete Idee."

„Du solltest Mila ablenken. Sie ist verrückt nach Sophia und will nicht von ihrer Seite weichen."

„Das liegt daran, dass meine Klamotten nach italienischem Felino riechen", lachte Sophia. „Angelo hat etwas davon in seine Tasche geschmuggelt. Er sagte, dass Luca wahrscheinlich seit Jahren kein richtiges Fleisch mehr gegessen hat."

„Er hat nicht Unrecht", murmelte ich. „Komm, Mila, lass uns rausgehen."

13

MADISON

„Du musst erschöpft sein, Sophia. Der Jetlag ist ganz schön hart."

„Ehrlich gesagt, das Einzige, was mich aufrecht hält, ist der Espresso, den ich vor einer Stunde getrunken habe."

„Du armes Ding. Keine Sorge, wir machen früh Feierabend", sagte ich und drehte die Klimaanlage im Auto auf.

„Angelo und Luca werden wahrscheinlich bis tief in die Nacht reden."

„Es ist schön, Luca so glücklich zu sehen. Er und Angelo müssen sich sehr nahe stehen."

„Sie waren früher unzertrennlich."

„Kanntest du Luca, als er noch ein Junge war?", fragte ich, in der Hoffnung, ein besseres Bild von der Vergangenheit meines Liebsten zu bekommen. „Er spricht nicht viel über Italien."

„Wir waren zusammen in der Schule - Luca, Angelo und ich. Sie waren schon damals wie Brüder."

„Oh, gut. Dann kannst du mir mehr über den jungen Luca erzählen."

„Oh ja. Ich kenne all seine dunkelsten Geheimnisse", lachte Sophia.

„Gut, dann holen wir dir noch einen Espresso. Ich will das alles hören."

Nachdem wir uns mit Lebensmitteln eingedeckt hatten, kehrten Sophia und ich in ein Café ein. Es war ein schöner kleiner italienischer Laden, der einem jungen Ehepaar gehörte. Sie war Italienerin und er war Amerikaner. Sophia und die Frau hatten sich viel zu erzählen. Ich schnappte hier und da etwas auf, aber sie sprachen zu schnell, als dass ich hätte mithalten können.

„Wie klein die Welt doch ist", sagte Sophia, als die Frau den Tisch verließ. „Sie ist in dem kleinen Dorf aufgewachsen, in dem ich früher mit meiner Familie Urlaub gemacht habe."

„Das ist verrückt. Ich schätze, die Welt ist zu einem Dorf geworden."

„Also", begann Sophia, nachdem wir unseren Kaffee getrunken hatten, „was wolltest du über Luca wissen?"

„Wie war er so in der Schule?"

„Sehr klug, ruhig - er kam erst mit zwölf Jahren auf Angelos und meine Schule. Davor lebte er in einer anderen Stadt."

„Und seine Familie? Wie war die so?"

„Ich habe sie nur ein paar Mal getroffen. Sie waren ein bisschen älter als meine Eltern. Aber sie waren sehr nett. Angelo hat die meisten Wochenenden und Ferien mit Luca und seinen Eltern verbracht, bevor er und ich anfingen, uns zu treffen."

„Luca spricht nicht viel über seine Kindheit."

„Das überrascht mich nicht. Es war nicht einfach. Armer Kerl. Er war noch so jung, als seine Eltern starben. Oh, das tut mir leid. Ich hoffe, ich habe nicht zu viel verraten."

„Nein, Luca hat mir erzählt, dass er adoptiert wurde."

„Oh, gut. Ich würde mich schrecklich fühlen, wenn ich die Geheimnisse des umwerfenden Luca Bianchi verraten würde. Angelo würde mich umbringen."

„Bianchi?"

„Ja. Warum?"

„Ich glaube, du meinst Gambrelli."

„Oh. Wie dumm von mir. Ich verwechsle seinen Nachnamen immer mit einem von Angelos anderen Freunden aus der Schule. Mein Fehler."

Sophia versuchte, ihren Fehler herunterzuspielen. Trotzdem sah sie irgendwie nervös aus. Aber sie war ja auch auf Koffeinentzug. Vielleicht interpretierte ich in die Sache viel zu viel hinein.

„Du hast also eine Model-Agentur. Wow! Das muss Spaß machen", sagte Sophia und nahm einen Schluck von ihrem Kaffee.

„Das tut es."

„Bist du viel unterwegs?"

„Nicht so viel wie früher, als ich noch gemodelt habe. Meine Geschäftspartnerin verreist gerne, also verbringe ich die meiste Zeit hier und manage die Models. Und was machst du so?"

„Ich betreibe eine Galerie für einen Freund."

„Bist du auch Künstlerin?"

„Ja, ich male ab und zu."

„Hast du Fotos von deiner Arbeit auf deinem Handy?"

„Selbstverständlich", lächelte Sophia und kramte in ihrer Tasche nach ihrem Telefon. „Hier sind ein paar Beispiele", sagte sie und reichte mir das Handy.

„Oh, wow. Die sind brillant. Unglaublich."

„Oh, danke, Madison."

„Ich bin Experte im Zeichnen von Strichmännchen. Das ist so ziemlich alles, was mein künstlerisches Gespür hergibt."

Sophia lachte, als ich eine kleine Figur auf eine Papierserviette zeichnete und sie ihr gab.

„Das schenke ich dir. Eines Tages, wenn ich berühmt bin, kannst du es einrahmen."

„Ich werde es immer in Ehren halten", zwinkerte sie und steckte es in ihre Tasche.

„Wir sollten besser zurückgehen. Ich bin sicher, die Jungs sterben vor Hunger."

„Mila kann es bestimmt kaum erwarten, ihre Salamistange zu bekommen", kicherte Sophia.

* * *

Das Grillen war schnell erledigt. Danach saßen wir vier noch um das Feuer und tranken einen Schlummertrunk.

„Okay, das habe ich gut gemacht", seufzte Sophia nach einem dumpfen Gähnen. „Wenn ich nicht sofort ins Bett komme, musst du mich tragen, Angelo."

„Ja, ich denke, es ist Zeit, Feierabend zu machen", stimmte Angelo zu und stand auf. „Danke für das tolle Essen, Madison."

„Hey, was ist mit meinen Grillkünsten?", fragte Luca.

„Wie ich schon sagte, danke für das tolle Essen, Madison."

„Das war's. Pasta für dich für den Rest deines Aufenthalts", sagte Luca und tat so, als sei er beleidigt.

„Oh nein, das war doch nur ein Witz, Kumpel. Tolles Fleisch."

„Gute Nacht", sagte ich, als Sophia und Angelo nach oben ins Bett gingen.

„Bist du müde, Schatz?", fragte Luca, als wir allein waren.

„Noch nicht. Und du?"

„Ich könnte noch einen Brandy gebrauchen. Willst du auch einen?"

„Ja, danke."

Sophias Kommentar im Coffee Shop ging mir nicht mehr aus dem Kopf. Ich wurde das Gefühl nicht los, dass sie zu sehr versucht hatte, den Fehler zurückzunehmen.

„Sophia hat heute etwas Seltsames gesagt", sagte ich, als Luca mir das Schnapsglas gab.

„Was denn?"

„Sie hat dich Luca Bianchi genannt."

„Seltsam", sagte er nach einem kurzen Schweigen. „Aber Sophia konnte sich noch nie gut Namen merken."

„Anscheinend. Es war nur so, dass sie es mit so viel Überzeugung gesagt hat."

„Ich erinnere mich an ein anderes Kind in der Schule mit diesem Nachnamen. Vielleicht hat sie da was verwechselt. In Italien ist das ein ziemlich häufiger Nachname. Wie auch immer, wie wäre es, wenn du uns ein Bad einlässt? Ich lösche das Feuer und dann komme ich zu dir."

Wollte Luca dem Thema ausweichen? Oder war das wirklich alles bloß eine Verwechslung.

„Okay. Klingt gut."

Ich ging nach oben ins Bad und füllte die Wanne mit Badekugeln und Wasser. Luca kam mit der Flasche Brandy ins Bad. Er stellte sie auf dem Wannenrand ab, zog sich aus und schlüpfte zu mir in das warme Wasser.

„Habt du und Angelo euch gut unterhalten, während Sophia und ich weg waren?"

„Das haben wir. Es ist so schön, ihn zu sehen, Maddie. Was hältst du von Sophia?"

„Sie ist sehr nett. Sie hat mir ein paar ihrer Bilder gezeigt. Sie ist sehr talentiert."

„Sophia hat schon während unserer Kindheit immer gezeichnet und gemalt. Sie ist mit Abstand die talentierteste Künstlerin, die ich je kennengelernt habe."

„Luca, warum redest du nie von zu Hause?", fragte ich unvermittelt.

„Tu ich doch."

„Nur wenn ich frage. Es tut mir leid, ich will dich nicht drängen, aber du wirkst so zurückhaltend."

„Was möchtest du denn wissen, Schatz?"

„Was ist mit deinen richtigen Eltern passiert? Du sprichst über deine Adoptiveltern, aber nie über sie."

„Ich erinnere mich nicht wirklich an meine Eltern. Ich war erst neun, als sie starben."

Ok, Luca hatte also eine tragische Vergangenheit. Wahrscheinlich hat er das meiste davon verdrängt. Und die Sache mit dem Namen? Nur eine einfache Verwechslung. Das war alles.

„Es tut mir so leid, Luca. Das muss furchtbar gewesen sein. Ich kann mir gar nicht vorstellen, wie es sich anfühlen muss, ein Elternteil zu verlieren. Besonders in einem so zarten Alter."

Ich drehte mich um und lehnte mich mit dem Rücken an ihn. Er griff nach unten und legte seinen Arm um meine Brust.

„Ich könnte mich noch ein bisschen mehr in dich verlieben, mein Schatz“, sagte ich zärtlich.

„Das ist doch gar nicht möglich“, sagte er leise.

„Ich könnte mich ein bisschen mehr anstrengen“, gurrte ich.

„Oh, gut. Sex!“

„Komm her, du.“

14

LUCA

Es war schon nach Mitternacht und Madison lag neben mir im Bett und schlief fest. Ich beobachtete sie beim Schlafen - ihr Brustkorb bewegte sich stetig auf und ab und ab und zu gab sie ein unheimlich süßes Schnarchen von sich. Der Duft ihres Parfums wehte mir bei jeder meiner Bewegungen entgegen. Doch was eigentlich ein Gefühl der Zufriedenheit und des Glücks hätte sein sollen, wurde durch eine Vorahnung getrübt.

Ich konnte nicht schlafen - nicht nach der Bombe, die Sophia aus Versehen auf mich geworfen hatte. Mir lief es kalt den Rücken herunter, als mein Nachname nach dem Abendessen von Madisons Lippen rollte. Ich konnte nur hoffen, dass sie mir meine Erklärung abgenommen hatte. Ich war mir so sicher, dass mein Gesicht meine nonchalante Antwort verraten hatte, aber wenn Maddie es bemerkt hatte, sagte sie es nicht.

Mila wimmerte, als ich mich zum x-ten Mal umdrehte. Es war nur eine Frage der Zeit, bis meine Unruhe Madison stören würde, also stand ich ganz vorsichtig auf und ging nach unten, um mir ein Glas Milch zu holen. Mila folgte mir, zweifellos in der Hoffnung auf einen Snack.

Würde meine Vergangenheit jemals ruhen? War ich dazu

verdammt, für den Rest meines Lebens auf der Hut zu sein, immer auf der Suche nach Anzeichen von Ärger? Das war beunruhigend, aber nicht, weil ich Angst um mich selbst hatte. Ich hatte Angst, dass Madison irgendwie darunter leiden könnte.

Ich vermutete, dass es mein eigenes Verschulden war. Ich hätte Maddie von meiner Vergangenheit erzählen und sie vor die Wahl stellen sollen, zu bleiben oder zu gehen. Ich hatte mir eingeredet, dass ich sie beschützen wollte. Aber tat ich das wirklich? Oder habe ich stattdessen mich selbst geschützt?

An der Küchentheke sitzend fuhr ich mir mit den Händen durch die Haare. Die Milch beruhigte mich nicht.

Ich betete, dass Madison den Vorfall nicht mit ihrem Vater besprechen würde. Michael Harris war schon viel zu neugierig, was meine Vergangenheit betraf. Natürlich verstand ich, warum, aber trotzdem. Er würde zweifellos herausfinden, wer ich früher gewesen war, wenn er erneut recherchierte. Mein Nachname würde ihn dorthin führen, wo er nicht suchen sollte.

Oh, Mann! Was für eine dumme Situation. Ich schaute auf die Uhr. Es war kurz vor 2 Uhr morgens. Ich konnte nicht die ganze Nacht hier in der Küche sitzen, also ging ich zurück ins Bett und lag ganz still, bis ich vor lauter Erschöpfung einschlief.

Madisons Hand, die meinen Rücken auf und ab fuhr, weckte mich auf.

„Hey, Hübscher. Gut geschlafen?"

Mir fiel kein angenehmer Weg ein, um zu sagen: „Lass mich in Ruhe, ich schlafe noch", also entschied ich mich für etwas Sichereres.

„Hey, Babe. Geht so. Und du?", bot ich an.

„Wie ein Baby", säuselte sie und streckte sich. „Kaffee?"

„Du hast meine Gedanken gelesen."

„Netter Versuch. Heute bist du dran. Los geht's."

„Ich wäre nie mit dir zusammengezogen, wenn ich gewusst hätte, dass du so gemein bist", stöhnte ich und rollte mich aus dem Bett.

„Dann ist es ja gut, dass ich es dir nicht vorher gesagt habe", kicherte sie.

„Komm schon, Mila. Zeit loszuflitzen und die Vögel anzubellen", sagte ich.

Mila sprang vom Bett auf und folgte mir in die Küche. Ich hoffte, dass eine Tasse starker Kaffee mich aus meinem Trübsinn herausholen würde. Der Geruch von frisch gemahlenen Bohnen trug viel dazu bei, meinen Traum vom Wachsein zu verwirklichen.

„Guten Morgen, Luca."

„Hi, Sophia. Du bist früh aufgestanden."

„Schlechtes Gewissen", sagte sie leise. „Es tut mir so leid wegen gestern. Ich weiß nicht, was ich mir dabei gedacht habe. Es ist mir einfach rausgerutscht."

„Ist schon gut. Ich weiß, dass du nichts tun würdest, was mir schaden könnte."

„Wie bist du aus der Nummer wieder rausgekommen?"

„Du kannst dir jetzt offiziell keine Namen mehr merken", grinste ich.

„Alles klar!"

Sophia lehnte sich zu mir und umarmte mich. Ich konnte ihr nie böse sein.

„Kaffee?"

„Oh, ja, bitte. Mein Körper schreit geradezu nach Kaffee, nachdem ich gestern so viel Espresso getrunken habe, um wach zu bleiben."

„Kommt sofort. Ist Angelo auf?"

„Oh, bitte. Wir reden über den alten Nachtschwärmer. Er ist immer noch außer Gefecht gesetzt."

„Das wäre ich auch, wenn Maddie mich nicht geweckt hätte. Ich bin erst nach 2 Uhr eingeschlafen."

„Tut mir leid", entschuldigte sich Sophie erneut.

„Es liegt nicht an dir. Ich schätze, ich habe auch ein hartnäckiges schlechtes Gewissen", lächelte ich.

„Wirst du es ihr jemals sagen, Luca?"

„Ich weiß, dass ich es tun sollte, aber ich weiß nicht, wie. Ich sage mir immer wieder, dass es zu Madisons Schutz ist, aber ich fange an zu glauben, dass es meine eigene Feigheit ist, die mich zwingt, meine Vergangenheit zu verschweigen."

„Ich beneide dich nicht."

„Wie viel hat Angelo dir eigentlich erzählt?"

„Nicht viel. Er sagte, wenn du willst, dass ich es weiß, sagst du es mir."

„Das klingt wie etwas, das er sagen würde", lachte ich.

„Wie Woody in Toy Story, er ist... du weißt schon, du hast einen Freund in mir und so weiter."

„Ja. Der italienische Cowboy. Wir Glücklichen."

„Hey, wo ist mein Kaffee?"

Madison stürmte mit ihrem typischen „Lass-uns-den-Tag-beginnen"-Gehabe in die Küche. Sie ging auf mich zu und umarmte mich, als hätte sie mich seit Wochen nicht gesehen.

„Guten Morgen, Sophia. Hast du gut geschlafen?"

„Hey, Madison. Ja. Ich liebe die Matratze in unserem Zimmer."

„Das freut mich. Was habt ihr heute vor, du und Angelo?", fragte Maddie und hüpfte zum Schrank, um Tassen zu holen.

„Ich will an den Strand", sagte Sophia enthusiastisch. „Ich glaube, Angelo hat vor, mit Luca abzuhängen. Stimmt das?", sagte sie und schaute mich an.

„Ja, ich nehme ihn mit in die Werkstatt."

„Jungs und ihr Spielzeug, was?", sagte Madison neckisch.

„Aha. Und was ist mit Mädchen und ihren Schuhen und Taschen?" konterte ich.

„Er hat dich erwischt, Madison", lachte Sophia.

„Schenk den Kaffee ein, Klugscheißer", zwinkerte Madison mir zu. „Ich muss heute zur Arbeit, Sophia. Kommst du zurecht?"

„Machst du Witze? Ich kann es kaum erwarten, alleine rumzuhängen. Ich werde in den Laden für Kunstzubehör im Einkaufszentrum gehen, in dem wir gestern waren. Ich würde gerne unsere tollen Mila malen."

„Was für eine nette Idee, Soph", lächelte ich.

„Ich muss ja irgendwie für meinen Unterhalt aufkommen."

„Na dann viel Spaß. Ich werde ein Abendessen für uns vier reservieren, Babe", sagte ich zu Madison, bevor sie ins Büro ging.

„Danke, Schatz. Hab einen schönen Tag", antwortete sie und küsste mich lang und innig.

Angelo stand gegen 9 Uhr auf.

„Guten Tag", sagte ich, als er in die Küche stolperte.

„Kaffee", grinste er.

„Bediene dich. Die Maschine steht da drüben."

„Ich glaube, der Brandy war zu viel", stöhnte Angelo.

„Hast du deine Trinkfestigkeit verloren, Kumpel?"

„Jetlag".

„Ja, klar. Gib es zu. Du bist weich geworden."

„Sophia würde dir da nicht zustimmen."

„Du Hund."

„Wie geht es dir heute Morgen? Sophia fühlt sich schrecklich wegen gestern."

„Sie hat sich vorhin entschuldigt. Ich habe ihr gesagt, dass sie sich keinen Stress machen soll."

„Was hast du Madison erzählt?"

„Ich habe ihr gesagt, dass Sophia sich Namen schlecht merken kann."

„Ganz im Gegenteil. Meine Frau hat ein Gedächtnis wie ein Elefant. Ich muss es wissen. Sie erinnert sich immer noch an den Scheiß, den ich damals in der Highschool gemacht habe."

„Wie auch immer. Sieht so aus, als wäre ich damit durchgekommen. Du bewegst besser deinen Arsch. Ich nehme dich mit, um mir ein Auto anzusehen."

„Ja, ja. Gib mir zwanzig Minuten", seufzte er. „Schnell scheißen, duschen und rasieren, dann bin ich bereit, loszulegen.

„Cool."

Eine halbe Stunde später waren Angelo und ich auf dem Weg in mein Büro.

15

MADISON

„Beth, ich gehe mit Papa essen", sagte ich über die interne Leitung.

„Klar, Schatz. Wir sehen uns später."

Ich hatte Dad seit ein paar Wochen nicht mehr gesehen. Mom und ich hatten uns in der Woche zuvor zum Mittagessen getroffen und uns über den neuesten Klatsch und Tratsch ausgetauscht. Natürlich fühlte sich Papa beleidigt.

Wir trafen uns in seinem Golfclub.

„Hallo, mein schönes Mädchen", sagte er, als ich ankam.

„Hi, Dad. Tolles Hemd."

„Mama hat es mir heute früh rausgelegt", grinste er.

„Natürlich ist sie das", lachte ich.

„Was möchtest du trinken, mein Schatz?"

„Ich würde für einen Gin Tonic töten."

„Viel zu tun am Morgen?"

„Immer. Eines meiner Topmodels hat die Grippe. Das ist eine verdammte Katastrophe, denn sie sollte heute mit den Dreharbeiten für ein großes Projekt beginnen. Also bin ich den ganzen Morgen meinem verärgerten Kunden in den Arsch gekrochen."

„Armer Engel."

„Machen Sie sich über mich lustig, Mr. Harris?"

„Das würde mir im Traum nicht einfallen."

„Also, was gibt es Neues, Papa?"

„Ich hatte gehofft, dass du und Lauren mir bei der Planung von Moms und meiner Jubiläumsparty helfen könntet. Es ist ein großes Ereignis und ich möchte, dass es etwas Besonderes wird."

„Das ist richtig. Vierzig Jahre! Ich nehme an, du hast eine Art Medaille für Mama organisiert?"

„Autsch! Wofür war das denn?" Papa lachte.

„Ooh, ich weiß nicht. All die Konzerte, zu denen du mich in der Highschool nicht gehen lassen wolltest."

„Meinst du die, zu denen du dich sowieso rausgeschlichen hast und dann Beth als Alibi benutzt hast?"

Ich lachte, als Papa mir einen bösen Blick zuwarf.

„Ja. Genau die."

„Was hast du im Sinn, Papa?"

„Du weißt, wie sehr deine Mutter Partys liebt. Ich habe mir überlegt, dass wir eine im Strandhaus machen sollten. Aber ich will nicht, dass sie etwas davon erfährt. Ich werde ihr sagen, dass ich mit ihr übers Wochenende wegfahre oder so."

„Du kannst mich genauso gut um eine Niere bitten, Dad. Du weißt so gut wie ich, dass Mama es einfach weiß, wenn es um Überraschungspartys geht."

„Ich habe nicht gesagt, dass es einfach sein wird."

„Na gut. Ich arbeite an einem Menü und halte dich auf dem Laufenden. Ideen für die Gästeliste?"

„Alle."

„Verdammte Scheiße. Okay, ich kümmere mich darum."

„Danke, mein Schatz."

„Mach lieber einen doppelten Gin draus."

Dad kicherte und nickte dem Kellner zu, der sofort herüberkam. Ich liebte es, in Dads Club zu essen. Es war ein Erlebnis mit dem Charme der alten Welt. Dad war im Vorstand, deshalb ging alles besonders schnell, wenn er da war. Das hätte aber nicht sein müssen. Mein Vater war ein herzensguter Mensch - nie unhöflich oder unflätig. Es sei denn, man wollte sich mit ihm anlegen, natürlich.

„Wie läuft es zwischen dir und Luca?"

„Es könnte nicht besser sein. Ich bin so glücklich."

„Das ist wunderbar. Ich bin froh, das zu hören."

„Freunde von ihm aus Italien sind gerade hier. Ein nettes Paar. Luca kennt sie, seit er ein Junge war."

„Oh? Gefallen sie dir?"

„Sehr. Angelo ist ein Brüller und Sophia ist ein Schatz."

„Was machen sie zu Hause?"

„Angelo arbeitet auf dem Bau und Sophia ist Künstlerin. Sie ist sehr begabt. Sie malt gerade Mila als Dankeschön dafür, dass sie bei uns übernachten dürfen."

„Luca genießt sicher den Besuch."

„Sehr. Sie wechseln so nahtlos zwischen Italienisch und Englisch, dass ich Mühe habe, mitzuhalten."

„Du solltest lieber dein Italienisch auffrischen."

„Unbedingt."

Dad und ich unterhielten uns während des Mittagessens über dies und das. Danach ging ich zurück ins Büro und rief Beth zu mir.

„Papa hat uns eine Aufgabe gegeben", sagte ich, als sie sich setzte.

„Was für eine?"

„Er plant den vierzigsten Hochzeitstag von ihm und meiner Mutter."

„Eine Überraschungsparty?"

„Ich fürchte ja."

„Warum hasst er mich?"

„Ich werde Lauren anrufen und ihr die gute Nachricht überbringen", grinste ich und wählte die Nummer meiner Schwester. Als sie abnahm, schaltete ich auf Lautsprecher um.

„Hey, hey. Hör auf, deinem Professor in den Arsch zu kriechen und hör zu."

„Was gibt es?", fragte sie mit hörbarem Misstrauen.

„Hi, Lauren", sagte Beth, bevor ich antworten konnte.

„Hi, Beth. Oh, oh. Das ist schlimm, nicht wahr?"

„Es ist nicht toll. Mal sehen, ob du erraten kannst, was es ist. Ich gebe dir einen Hinweis. Ich habe mit Papa zu Mittag gegessen. Er braucht einen Gefallen."

„Ahhh, Scheiße! Keine Überraschungsparty zum Hochzeitstag mit Mom!" Lauren stöhnte.

„Wow. Das war unglaublich. Genau richtig", lachte Beth.

„Verdammt noch mal. Ich hasse die", sagte Lauren und machte ihrem Ärger Luft.

„Tun wir das nicht alle? Aber es ist etwas Besonderes, also sollten wir uns zusammenreißen und loslegen", sagte ich, um mein Team zu ermutigen.

„Gut."

„Okay, Leute. Lasst uns nächste Woche bei mir treffen, um die Details zu besprechen. Ich lasse euch Tag und Uhrzeit wissen. Okay?"

„Klar. Tut mir leid, Schwesterherz, ich muss los, sonst komme ich zu spät zur Vorlesung."

„Kein Problem. Wir hören uns, Lauren."

16

LUCA

Seit Angelos und Sophias Besuch war ein Monat vergangen, und Madison und ich waren seit acht glorreichen Monaten zusammen. Jetzt zogen wir uns für Caroline und Michaels Hochzeitstagsparty im Strandhaus der Familie an.

Madison betrachtete sich im Ganzkörperspiegel. Sie trug ein umwerfendes weißes Kleid und ich konnte meinen Blick nicht von ihr abwenden.

„Du siehst so schön aus, meine Liebe", gurrte ich, als sie die perfekte Drehung vollführte.

„Du Charmeur, du", kicherte sie, als ich sie auf den Hals küsste. „Denk nicht mal dran, Luca. Ich habe ewig gebraucht, um meine Haare hochzustecken und mich zu schminken."

„Ich hatte nicht vor, in die Nähe deines Gesichts oder deiner Haare zu kommen."

„Hau ab, du geiler Trottel", lachte sie und schubste mich spielerisch weg.

„Du warst mal so abenteuerlustig", seufzte ich.

„Ich bin immer noch sehr abenteuerlustig, vielen Dank. Aber wenn ich nicht so schnell wie möglich zum Strandhaus komme, werden mich meine Schwester und meine Tante ausnehmen wie einen Fisch."

„Gut“, sagte ich und spielte den Schmollenden. „Aber später gehörst du ganz mir.“

Madison schlang ihre Arme um meinen Hals.

„Du kannst nach der Party mit mir machen, was du willst“, flüsterte sie. „Versprochen.“

* * *

Madison hat nicht gescherzt, als sie sagte, die Party würde groß werden. Das Wohnzimmer und der Außenbereich waren vollgepackt mit Freunden und Familie, die alle darauf warteten, dass Michael und Caroline eintrafen.

Das Haus sah spektakulär aus. Ein großes Festzelt war aufgebaut worden, und darunter standen lange, mit weißem Tuch bedeckte Tische, die mit weißen Rosen, Sektkübeln, Kristallgläsern, köstlichen Vorspeisen, Laternen und Geschenken für die Gäste geschmückt waren.

„Ihr habt tolle Arbeit geleistet, meine Damen“, sagte ich zu Lauren, Beth und Madison.

„Ich werde mich viel besser fühlen, wenn Mom und Dad kommen“, sagte Lauren. „Ich werde mir einen starken Drink gönnen.“

„Dann sind wir schon zwei“, lächelte Beth.

„Drei“, fügte Madison hinzu.

Das Paar der Stunde traf kurz darauf unter großem Trara ein. Caroline hatte Tränen in den Augen, als sie sah, was ihre Mädchen geschafft hatten. Michael lächelte nur.

„Ich kann es nicht glauben, ihr kleinen Geheimniskrämer“, gurrte Caroline. „Das ist alles so wunderschön! Ist das...?“ Sie zeigte auf jemanden und machte ein aufgeregtes Geräusch, bevor sie losrannte, um die Person zu begrüßen.

„Danke, meine Lieben“, sagte Michael fröhlich und umarmte seine Töchter und Beth.

„Kann ich dich jetzt entführen?“, fragte ich Madison.

„Auf jeden Fall. Ich nehme den Drink jetzt.“

„Warum besorgen wir uns nicht etwas und gehen am Strand spazieren?“

„Klingt himmlisch“, lächelte sie.

Ich verließ sie und Lauren und ging zur Bar, um eine Flasche Champagner und zwei Gläser zu holen. Anton war dort und unterhielt sich mit Michael.

„Nochmals herzlichen Glückwunsch, Michael“, sagte ich und schüttelte seine Hand. „Vierzig Jahre sind beeindruckend.“

„Du machst es uns schwer, dir zu folgen, Mike“, grimassierte Anton.

„Ach, kommt schon, Jungs. Das Rezept ist einfach - die Frau hat immer Recht. Merkt euch das und ihr werdet lange und glücklich leben.“

„Kluge Worte“, lachte ich.

„Du und Beth seid schon eine Weile zusammen. Sind schon Hochzeitsglocken am Horizont zu sehen?“, fragte Michael einen grinsenden Anton.

„Nein. Beth und ich sind mit dem Status quo sehr zufrieden.“

Es war Zeit für mich, das Gespräch zu beenden. Ich schnappte mir den Sekt und die Gläser und verschwand aus dem Raum.

„Komm schon, meine Hübsche. Lass uns gehen“, sagte ich, als ich zu Madison zurückkam. „Wo ist Lauren hin?“

„Sie hat einen alten Freund der Familie entdeckt.“

„Oh, gut. Wir bleiben also unter uns“, lächelte ich.

„Folge mir“, sagte Madison und nahm meine Hand. „Ich zeige dir, wo Lauren und ich im Sommer immer süße Jungs aufgerissen haben.“

Ich gab ihr einen Klaps auf den Hintern. Sie lachte und rannte in Richtung Strand.

„Hey, langsam. Ich will den Champagner nicht zu sehr schütteln.“

Madison lachte aus vollem Herzen. Sie war noch umwerfender, wenn sie glücklich und verspielt war. Ich holte sie ein und hielt mich fest.

„Ich kenne eine geheime Bucht, in der wir ungestört sind“, flüsterte sie und ihre Augen leuchteten vor Schalk.

„Weise uns den Weg.“

Es war Ebbe, was es einfach machte, auf dem festen, sandigen Ufer zu laufen. Wir zogen unsere Schuhe aus und Madison hob den Saum ihres Kleides an, damit es nicht im nassen Sand schleift. Ich folgte ihr, als sie sich um die Bucht schlängelte, bis wir in einer Art Höhle waren.

Drinnen klang es wie das Innere einer Muschel, wenn man sie an sein Ohr hielt. Ich schloss die Augen und nahm den Duft von Farn und Seetang auf, der sich mit Madisons Parfüm vermischte.

„Es ist wunderschön hier, Maddie."

„Lauren und ich haben hier immer gepicknickt, als wir Kinder waren. Es ist einer meiner Lieblingsplätze auf der Welt."

„Ich verstehe, warum. Es ist magisch."

Ich zog meine Jacke aus und legte sie in den Sand.

„So, bitte sehr. Jetzt musst du mit dem Kleid nicht mehr im nassen Sand sitzen."

„Ich habe eine bessere Idee", sagte sie und zog sie aus.

Mein Herzschlag beschleunigte sich beim Anblick ihres fast nackten Körpers. Sie trug keinen BH und der dünne String, den sie anhatte, verdeckte nicht viel.

„Das wird das beste Höhlenpicknick, bei dem ich je war", sagte ich mit heiserer Stimme.

Madison grinste und fing an, mich zu entkleiden. Als wir nackt waren, hielt ich sie fest.

„Du riechst so gut, Maddie."

„Mach Liebe mit mir."

Ich hob meine Geliebte hoch. Sie schlang ihre langen Beine um meine Taille. Wir standen eine Weile so da, küssten uns, schmeckten, verloren uns ineinander.

„Ich will dich jetzt", flüsterte sie mir ins Ohr und knabberte an meinem Ohrläppchen.

„Was willst du, Baby? Zeig es mir", fragte ich atemlos.

Ich setzte Madison auf dem Sand ab. Sie ging zu einer der Höhlenwände und stellte sich mit ausgebreiteten Armen und Beinen dagegen. Ich war so hart. Ich kniete mich hinter sie und leckte mit meiner Zunge ihre nasse Muschi. Maddie stöhnte und keuchte.

Ich richtete mich auf und positionierte mich hinter ihr. Ich griff um sie herum, um ihre Brüste zu streicheln und drang in sie ein. Sie stöhnte auf. Ich streichelte ihre Klitoris mit meinen Fingern, während ich mich in ihr bewegte.

„Ist es das, was du willst?“, flüsterte ich.

„Ja. Oh, verdammt, ja. Fester, Baby.“

Ihre Worte erregten mich. Ich bewegte mich schneller und stieß härter und härter in den Kern meiner Geliebten. Maddie zitterte - ich konnte spüren, wie sie sich um meinen Schaft zusammenzog, als sie hart kam. Mein Orgasmus folgte kurz nach ihrem.

„Ich liebe dich, Maddie“, rief ich.

„Ich liebe dich auch“, antwortete sie.

Danach lagen wir nackt im Sand und nippten am Champagner.

„Das tue ich wirklich, weißt du“, sagte ich.

„Was?“

„Ich liebe dich.“

„Ich dich auch“, lächelte sie und küsste mich sanft.

Ich griff nach meiner Jacke und legte sie ihr um die Schultern.

„Ich habe etwas für dich“, sagte ich.

„Was denn?“

„Ja. Es ist in der linken Tasche.“

„Oooh, ich liebe Überraschungen.“

Sie griff in die Tasche und zog eine kleine Schachtel heraus.

„Mach es auf“, ermutigte ich sie.

Madison öffnete die Schachtel und zog langsam einen Ring heraus. Sie starrte ihn einen Moment lang an, bevor der Groschen fiel.

„Madison Harris, willst du mich heiraten?“

„Was?!“

Sie drehte ihn ein paar Mal in der Hand, als wäre sie sich nicht sicher, was sie damit machen sollte. Ihr Schweigen machte mich nervös, aber ich wartete geduldig.

„Ja. Natürlich will ich dich heiraten“, flüsterte sie schließlich.

Ich steckte ihr den Ring an den Finger.

„Es ist wunderschön, Luca“, gurrte sie.

„Fast so atemberaubend wie die Frau, die ihn trägt, mein Schatz.“

„Zieh dich an“, sagte sie plötzlich und sprang auf die Füße.

„Wozu die Eile?“

„Machst du Witze? Mom und Lauren werden es nicht glauben können! Lass uns gehen.“

„Ich schätze, jetzt fange ich an zu tun, was man mir sagt“, lachte ich.

17

MADISON

„Nein! Ist das dein Ernst? Oh, mein Gott! Er ist wunderschön!"

Das war die allgemeine Reaktion auf Mamas und Papas Jubiläumsparty. Ich schwebte auf Wolke sieben und genoss die Aufregung. Es war nicht mein erster Heiratsantrag, aber es war der erste, den ich angenommen habe.

Luca war mein Traummann. Ich konnte mir nicht vorstellen, mir ein Leben mit jemand anderem als ihm aufzubauen. Ich war so glücklich. Ich brauchte mindestens zwei ganze Tage, um das dumme Grinsen aus meinem Gesicht zu bekommen. Ich starrte jedes Mal auf meinen Ring, wenn der Diamant das Licht einfing. Was für ein perfekter Stein er doch war. Seine Klarheit war atemberaubend.

Luca und ich lagen eines Abends im Bett. Er prüfte sein Telefon auf E-Mails und ich schaute mir an, wie perfekt der Ring an meine Hand passte.

„Sollen wir über ein Datum reden, Babe?", fragte ich.

„Sicher, mein Schatz. An wann hast du gedacht?"

„Ich habe schon immer davon geträumt, im Sommer zu heiraten. Vielleicht könnten wir in unserem Strandhaus heiraten? Was hältst du davon?"

„Das macht mir nichts aus, Maddie. Das Strandhaus ist perfekt."

„Toll. Dann also am Strand, im Juli."

„Klingt perfekt", sagte er, legte sein Handy weg und kuschelte sich an mich.

„Gibt es außer Angelo und Sophia noch andere Freunde in Italien, die du gerne einladen würdest?"

„Du bist so süß, Maddie. Nein. Nur sie. Zu allen anderen habe ich den Kontakt verloren."

„Okay. Gibst du mir bitte eine Liste von Freunden, die du einladen möchtest?"

„Klar."

„Die Mädchen und ich werden nächste Woche für ein paar Tage wegfahren. Es geht um unsere Hochzeitsplanung. Mama will mich zu dem Designer mitnehmen, der ihr Kleid damals für sie gemacht hat. Kannst du glauben, dass sie noch lebt? Ich hoffe, sie versucht nicht, mich in ein Nachkriegskleid mit Rüschen und Schleifen zu stecken."

Luca lachte.

„Du spinnst."

„Nun, ja. Deshalb liebst du mich ja auch."

„Deine Mutter ist eine stilvolle Frau. Ich bin mir sicher, dass sie dich nicht in die Irre führen wird."

„Meine Mutter kommt aus dem Süden. Das ist alles, was ich dazu sagen werde."

„Okay, dann ruf mich an, wenn du fliehen musst."

„Mach dir keine Sorgen. Ich habe Lauren und Beth als Verstärkung."

„Ich meine ja nur. Du weißt, wen du anrufen musst, wenn du einen stämmigen Mann brauchst, um einen Zickenkrieg zu beenden. Und jetzt komm her, meine kleine Sexbombe", sagte Luca und zog mich näher zu sich. „Ich werde dich vermissen."

„Es sind nur ein paar Tage."

„Ein paar zu viele. Mila und ich müssen uns mit Essen versorgen."

„Es ist gut, dass ich dich nicht mit einem Haus voller Kinder zurücklasse", zwinkerte ich.

„Jedenfalls noch nicht."

* * *

„Um Himmels willen, können wir bitte eine Pause von der Hochzeitsplanung machen und ein Glas Wein trinken oder so?", stöhnte Lauren.

Mom, Beth, Lauren und ich waren den ganzen Tag über die Autobahnen und Nebenstraßen von Wedding Ville und seine imaginären Straßen gefahren und meine kleine Schwester war genauso genervt wie ich.

„Worüber beschwerst du dich", sagte ich verärgert, „ich bin diejenige, die von einer Schneiderin, deren Brille ein bisschen zu dick ist, mit Nadeln durchlöchert wird."

„Ach du meine Güte. Beruhigt euch, ihr zwei", bellte Mom.

„Greif durch, Schwester", lachte Beth.

„Oh, bitte. Du hast am lautesten gestöhnt, kleine Schwester", grinste Mama sie an.

„Luca hat mich gewarnt, dass wir uns gegeneinander wenden könnten. Wo ist der Wein?"

Ich ging zur Bar und öffnete den Kühlschrank. Wir vier hatten uns für eine Woche eine Villa gemietet. Es war wichtig, an einem neutralen Ort zu sein, damit sich niemand verpflichtet fühlte, die Gastgeberrolle zu übernehmen. Es war großartig.

„Was steht heute Abend auf dem Speiseplan, Mädels?", fragte ich, nachdem mein Magen einen peinlichen Aufruf zum Essen gemacht hatte.

„Ich habe Lust auf Meeresfrüchte. Soll ich den Koch bitten, etwas vorzubereiten?", rief Mama aus dem Wohnzimmer.

„Für ein Stück frischen Lachs würde ich töten", stimmt Lauren zu.

„Okay, ich rufe ihn an", bestätigte ich, während ich mir eine Flasche eiskalten Chardonnay aus dem Kühlschrank der Bar holte.

Ich rief den Koch an und arrangierte ein Abendessen, nachdem ich mich mit den Mädchen auf die Terrasse gesetzt hatte, um etwas zu trinken.

„Kommt Lucas Familie zur Hochzeit, Schatz?", fragte Mama.

„Nein. Seine Eltern sind verstorben und er hat keine Geschwister."

„Wie schrecklich", kommentierte Lauren.

„Ja, es muss ein einsames Leben ohne Familie sein", seufzte Beth.

„Ich weiß nicht, was ich tun würde, wenn ich euch Verrückten nicht um mich hätte", lächelte Mama.

„Ich bin mir sicher, du würdest neue Leute finden, die du herumkommandieren kannst, Mama", grinste ich.

Die anderen lachten.

„Das ist ganz schön frech für jemanden, dessen Kinder mich eines Tages besuchen werden", lächelte Mama. „Ich hoffe, du weißt, dass ich sie verwöhnen und mit Bäuchen voller Zucker nach Hause schicken werde."

„Mach langsam, Mama. Keiner hat etwas von Kindern gesagt."

„Warum hasst du mich?" Mama seufzte und fasste sich an die Brust. „Lauren, wenigstens du wirst Mama Enkelkinder schenken, nicht wahr?"

„Ich muss zuerst einen Ehemann finden. Ich muss dich aber warnen, dass selbst das in diesem Stadium eine Herausforderung ist."

„Ich kann nicht glauben, dass du keinen Mann finden kannst, Lauren", mischte sich Beth ein. „Du bist umwerfend."

„Um ehrlich zu sein, Beth, suche ich nicht aktiv nach einem. Ich bin viel zu sehr damit beschäftigt, mein Leben zu genießen, um mich an einen Mann zu binden."

„Ich habe keine Ahnung, wovon du sprichst, Lauren", sagte Mama. „Meine Mama hat sofort angefangen, einen Mann für mich zu suchen, als sie erfuhr, dass sie ein Mädchen bekommt."

„Das ist etwas anderes, Mama. Du kommst aus dem Süden, wo Familie und Fortpflanzung praktisch eine Religion sind."

„Du kannst dir den Skandal vorstellen, als ich meiner Mama erzählte, dass ich in einen Nordstaatler verliebt bin. Ich dachte, Daddy würde gleich auf dem Wohnzimmerboden einen Schlaganfall bekommen. Stell dir seinen Schock vor. Ein Yankee und ein Nordstaatler. Oh, was für eine Schande."

„Mama hat diese Geschichte jedem erzählt, der sie hören wollte, Caroline. Ich kann dir gar nicht sagen, wie oft ich sie gehört habe, als ich aufwuchs", mischte sich Beth ein.

„Ich weiß nicht, ob Daddy mir jemals ganz verziehen hat."

„Oh, bitte. Dir wurde an dem Tag vergeben, als Michael Daddy einen Dodge Charger geschenkt hat", lachte Beth.

„Ich vermisse sie", seufzte Mom.

„Ich auch", fügte Beth hinzu.

„Ich kann immer noch nicht glauben, dass meine Schwester heiratet", sagte Lauren und drückte meine Hand.

„Ich weiß. Es scheint so seltsam zu sein."

„Es ist ein großer Schritt, Maddie. Ich werde nicht lügen und sagen, dass es nur um Sonnenuntergänge und Romantik geht. Manchmal möchte ich deinen Vater zu Tode würgen. Und es war hart, als ihr Mädchen klein wart. Euer Vater war oft unterwegs, um zu arbeiten, und es war eine Herausforderung, zwei so fleißige kleine Wühlmäuse wie euch zu erziehen. Aber ich kann ganz ehrlich sagen, dass ich ohne meine Familie verloren gewesen wäre."

„Ah, Mama. Das ist wunderschön. Ich hoffe, Luca wird mich so glücklich machen, wie Papa dich gemacht hat."

„Das sollte er auch, sonst bekommt er es mit mir zu tun", zwinkert Mama.

„Und mir", mischte sich Beth ein.

„Und vergesst mich nicht", sagte Lauren.

Mama hob ihr Glas.

„Auf die Familie!"

„Auf die Familie", stießen wir an.

„Jetzt trinkt aus", sagte Mama. „Als nächstes müssen wir uns Kuchen ansehen."

18

LUCA

„Hallo, Michael. Ich bin's, Luca."

„Hallo, Luca. Wie geht es dir?"

„Mir geht es gut, danke. Ich muss sagen, es ist ein bisschen ruhig hier ohne Madison."

„Wem sagst du das. Ohne Caroline ist dieses Haus eine Geisterstadt. Hast du etwas von ihnen gehört?"

„Madison hat mich gestern Abend angerufen, um mich auf den neuesten Stand zu bringen. Es hört sich an, als hätten sie viel Spaß."

„Das freut mich. Also, was ist bei dir los?"

„Ich habe mich gefragt, ob du mich morgen begleiten möchtest. Ich bin zu einer Besichtigung seltener Autos eingeladen. Es ist eine exklusive Veranstaltung für eine der Wohltätigkeitsorganisationen, die ich unterstütze."

„Du hattest mich bei seltenen Autos. Das würde ich gerne. Wo soll ich dich treffen?"

„Ich komme gegen Mittag vorbei und hole dich ab."

„Toll. Ich freue mich schon darauf."

„Wir sehen uns mittags, Michael."

„Ciao, Luca."

Ich hielt es für eine gute Idee, etwas Zeit mit Madisons Vater zu verbringen. Er erinnerte mich an meinen eigenen Vater - fleißig, klug, ehrgeizig. Außerdem hatte Michael eine weiche Seite, die auch mein Vater besaß.

Zugegeben, mein Vater war nicht sehr lange in meinem Leben gewesen, aber der Teil, an den ich mich erinnerte, war der eines Mannes, der das Große liebte. Damals wusste ich es noch nicht, aber mein Vater war beruflich auf einem guten Weg. Kurz vor seiner Ermordung hatte er bei einer großen Buchhaltungsfirma angefangen. Ich stellte mir vor, dass ich ein privilegiertes Leben geführt hätte, wenn er und meine Mutter nicht ermordet worden wären, und nicht das Leben eines Waisenkindes, das ich hatte führen müssen.

Meine Mutter war Lehrerin gewesen. Sie war freundlich, aber streng. Genau wie Caroline hatte sie ihren eigenen Kopf. Ich fand, dass Maddies und meine Eltern sich gut verstanden hätten. Aber manche Dinge sollten einfach nicht sein. So ist das Leben.

Am nächsten Tag holte ich Michael um Punkt 12 Uhr bei ihm zu Hause ab. Ich fuhr meinen Mustang.

„So macht man einen guten Eindruck", lächelte er.

„Hi, Michael. Spring rein."

„Nenn mich Mike. Michael ist zu spießig. Bald wirst du mich Dad nennen. Das ist noch einfacher."

„Okay, Mike. Lass uns ein paar Jungenspielzeuge anschauen."

„Sie ist gut in Schuss", sagte Michael, während er mit den Händen über das Armaturenbrett fuhr.

„Nichts ist zu gut für meine Prinzessin", lächelte ich.

„Ja, aber was hast du für meine Tochter vor?", zwinkerte er.

„Ich würde meinen letzten Mustang für Madison verkaufen."

„Hoffen wir, dass es nie so weit kommt", lachte Mike.

„Dein Wort in Gottes Ohr, Mike", grinste ich.

„Ich will nicht, dass du das falsch verstehst, Luca, aber du bist ein stiller Typ, nicht wahr?"

„Was meinst du?"

„Ich meine, du gibst dich nicht oft zu erkennen."

„Oh, ich verstehe. Nein. Ich bin ein ziemlich verschlossener Mensch. Aber warum? Stört dich das?"

„Nein. Es ist nur so, dass ich gerne mehr über den Mann erfahren würde, der meine Tochter heiraten wird. Nicht, dass ich herumschnüffeln würde, aber..."

„Das ist fair. Also gut. Was würdest du gerne wissen, Mike?"

„Maddie hat mir erzählt, dass du als Kind adoptiert wurdest."

„Das ist richtig. Meine Eltern starben, als ich neun war."

„Es tut mir leid, das zu hören, Luca. Ich kann mir nicht vorstellen, wie schwer das für dich gewesen sein muss."

„Danke. Ja, es war sehr hart. Aber meine Adoptiveltern waren wunderbare, liebevolle Menschen. Ich bin geliebt aufgewachsen und dafür bin ich dankbar."

„Wie sind deine Eltern gestorben, wenn ich das fragen darf?"

„Sie wurden bei einem Einbruch ermordet."

„Oh, Gott. Kein Wunder, dass du nicht darüber reden willst. Es tut mir leid, Luca. Verzeih, dass ich so neugierig war."

„Schon gut, Mike. Es ist ein ganzes Leben her."

„Du freust dich bestimmt schon darauf, deine eigene Familie zu gründen."

„Sehr sogar. Ich hätte nie gedacht, dass ich die richtige Frau finden würde. Maddie ist unglaublich."

„Sie ist etwas Besonderes, ja."

Wir fuhren den Rest des Weges zur Ausstellung schweigend. Ich stellte mir vor, dass Michael meine Neuigkeiten verdaute. Ich betete, dass er nicht zu viele Fragen stellen würde. Ich war nicht abgeneigt, ihm von meiner Kindheit zu erzählen. Es war mein Leben nach Italien, das ich zu vergessen versuchte.

„Hat Maddie dir erzählt, dass ich früher in Italien Autorennen gefahren bin?", fragte ich, als wir bei der Show angekommen waren.

„Nein, das hat sie nicht erwähnt. Wie bist du dazu gekommen?"

„Mein Adoptivvater Mario war Mechaniker - der beste in unserer Stadt. Er hat Rennwagen gewartet und so bin ich zum Rennsport gekommen. Ich war ziemlich gut, wenn ich das sagen darf."

„Machst du das ab und zu immer noch?"

„Ich fahre manchmal auf der Rennstrecke. Bist du schon mal Rennen gefahren?"

„Nicht viel."

„Ich sage dir Bescheid, wenn ich das nächste Mal gehe. Du kannst mitkommen, wenn du willst."

„Hattest du jemals einen Unfall?"

„Jap."

„Dann erzählst du Caroline besser nichts davon", lachte er.

„Was soll ich ihr erzählen?" Ich lächelte.

„Guter Mann."

Michael und ich genossen die Autoshow. Es gab ein paar seltene Schönheiten, die ich seit Jahren nicht mehr gesehen hatte. Michael machte ein Gebot für eines und fragte mich, ob ich es für ihn restaurieren würde. Ich war froh, dass er mich darum bat. Es war eine gute Gelegenheit, uns näher kennenzulernen.

Nach der Show kehrten wir in seinem Club zum Mittagessen ein. Es war ein prächtiges Lokal. Als Boss der Mafia hatte ich schon viele Country Clubs besucht, aber keiner war so traditionsreich.

Ich lernte schnell, dass der Name Harris in diesen Kreisen Gewicht hatte. Das war verlockend und beunruhigend zugleich. Ich fühlte mich nicht besonders wohl dabei, als zukünftiger Schwiegersohn des Clubpräsidenten im Rampenlicht zu stehen. Es war gut, dass ich weit weg von der Stadt war, in der ich einst als angehender Supreme Mobster regiert hatte.

„Bist du Mitglied in einem Country Club, Luca?"

„Nein, leider nicht."

„Ich lege gerne ein gutes Wort für dich ein, wenn du willst."

„Das wäre sehr anständig von dir, Mike."

„Es ist ein hervorragender Ort, um andere Autoliebhaber zu treffen."

„Ein guter Grund, um mitzumachen, ganz sicher."

„Am Anfang bist du vielleicht ein bisschen unbeliebt", lächelte Michael.

„Wie das?"

„Es gibt mehr als nur ein paar gebrochene Herzen, seit du Maddie vom Markt genommen hast, verstehst du?"

„Oh. Danke für die Vorwarnung. Ich werde mich bei den Pissoirs in Acht nehmen."

„Mach du das."

„Also, was soll es sein? Brandy oder Whiskey?"

„Du entscheidest, *Dad*."

„Gut gespielt."

Madisons Vater bestellte uns Getränke und führte mich dann kurz durch den Club. Danach aßen wir zu Abend. Ich setzte Michael gegen 21 Uhr bei ihm zuhause ab und fuhr nach Hause. Es war ein sehr angenehmer Nachmittag gewesen.

Was ich zu diesem Zeitpunkt nicht wusste, war, dass jemand Michael und mir gefolgt war. Jemand, der nicht erfreut war, mich zu sehen. Und das war noch milde ausgedrückt.

19

MADISON

Lauren und ich waren auf dem Rückweg zu ihrer Wohnung, nachdem wir Mama und Beth bei sich abgesetzt hatten. Es war 20 Uhr und Lauren wollte unbedingt in eine warme Wanne und dann ins Bett.

„Ich hatte eine tolle Zeit, Schwesterherz", sagte sie, als wir vor ihrem Haus anhielten.

„Ich auch. Wir haben nicht viel für die Hochzeitsplanung getan, aber ich habe es genossen, von vorne bis hinten bedient zu werden und jede Menge Wein zu trinken."

„Ich werde es vermissen, unseren persönlichen Koch zu haben."

„Das war toll. Aber ich kann es kaum erwarten, Luca und Mila zu sehen", sagte ich, nachdem ich den Motor abgestellt hatte.

„Ich bin sicher, Luca wird dir einen großen Empfang bereiten", grinste sie.

„Du bist ein böses Mädchen. Aber das hoffe ich doch. Lass mich dir helfen, deine Taschen zu tragen."

„Nein, ist schon gut. Ich komme schon klar. Geh du nach Hause zu deinem italienischen Hengst."

„Danke", lachte ich und startete den Motor. „Ich rufe dich morgen an."

„Küsschen."

Ich war etwa fünf Minuten von Lauren entfernt, als mein Telefon klingelte. Es war Lauren.

„Was ist los?"

„Du wirst es nicht glauben. Meine Wohnung steht unter Wasser."

„Was? Was ist passiert?"

„Ein Rohr muss geplatzt sein. Das ist eine verdammte Sauerei."

„Ah, Scheiße, Mann. Okay. Ich hole dich ab."

„Es tut mir leid, Maddie."

„Sei nicht albern. Ich bin schon auf dem Weg."

Ich machte eine Kehrtwende und fuhr zurück zu Lauren. Sie hat nicht gescherzt. Das Haus war unbewohnbar.

„Oh, Scheiße! Dieser Geruch!", sagte ich, als ich ihre Wohnung betrat.

„Riecht gut, oder?", sagte Lauren sarkastisch.

„Hast du den Hausmeister angerufen?"

„Es ging nur die Mailbox an. Ich habe eine Nachricht hinterlassen."

„Nimm dir ein paar saubere Klamotten mit. Du kannst bei Luca und mir bleiben, bis alles geklärt ist."

„Bist du sicher? Werde ich euch nicht im Weg sein?"

„Bist du verrückt? Natürlich nicht."

„Okay. Gib mir ein paar Minuten."

Zwanzig Minuten später waren wir wieder auf der Straße. Kurz vor 21 Uhr kamen wir bei mir zu Hause an. Ich war so froh, Luca zu sehen. Mila drehte völlig durch.

„Zwei zum Preis von einem?", sagte Luca, als er Lauren sah. „Was habe ich verpasst?"

„Hi, Babe", sagte ich und küsste meinen wunderbaren Verlobten. „Laurens Wohnung steht unter Wasser. Es riecht wie in der Kanalisation. Sie wird bei uns bleiben, bis alles wieder in Ordnung ist. Macht dir das was aus?"

„Natürlich nicht, mein Schatz. Oooh, es ist so schön, dich zu sehen."

„Ich bin kaputt. Rieche ich etwa Lasagne?", fragte ich.

„Ja. Ich habe gekocht."

„Das ist richtig. Tritt ein Mädchen, wenn sie am Boden liegt", seufzte Lauren. „Nicht nur, dass mein Haus eine Toilette ist, meine Schwester hat sich auch noch den letzten italienischen Helden geschnappt."

„Tja, Pech gehabt", stichelte ich.

„Warum macht ihr euch nicht frisch und ich decke den Tisch?"

„Zieh ins Gästezimmer, Lauren", sagte ich.

„Danke, Maddie."

„Du", sagte ich zu Luca, „komm mit."

„Juhu, Sex!"

„Es wird bloß ein Quickie. Ich bin am Verhungern." Ich kicherte.

„Das wird kein Problem sein. Ich bin fast fertig."

„Du bist so süß."

Eine halbe Stunde später aßen wir Lasagne.

„Das ist unglaublich, Luca", sagte Lauren mit vollem Mund.

„Danke. Meine Mutter wäre stolz gewesen. Also, erzählt mal, wie ist die Hochzeitsplanung gelaufen?"

„Ich habe dafür gesorgt, dass Maddie das perfekte Kleid für ihre Trauzeugin ausgesucht hat. Keine Schleifen und Bänder für mich", verkündete Lauren siegreich.

„Lauren ist eine kleine Drama-Queen, Schatz."

„Ich habe von den Besten gelernt", konterte sie und blies mir einen Kuss zu.

„Ich kann nicht glauben, dass deine Wohnung so ein Chaos ist. Sie muss komplett renoviert werden, Schwesterherz."

„Das Timing könnte nicht schlechter sein. Verdammt noch mal. Ich habe Projekte und das erste ist in weniger als einer Woche fällig."

„Sag Bescheid, wenn ich dir irgendwie helfen kann, Lauren", versuchte Luca sie zu trösten.

„Danke, Luca. Danke, dass ich hier bei dir bleiben darf, das ist schon eine große Hilfe."

„Ich dachte, es wäre besser, als bei Mama und Papa zu wohnen, weil wir näher am Campus sind."

„Es ist perfekt. Danke."

„Ich bin sicher, dass sich die Versicherung darum kümmern wird.

Aber du kannst gerne so lange hier bleiben, wie du willst." Luca lächelte.

„Wenn du mich weiter so fütterst, komme ich hier vielleicht nie weg."

„Ich fürchte, ich bin ein bisschen ein One-Trick-Pony", grinst Luca. „Lasagne ist mein Spezialgericht. Außerdem ist es mein einziges Gericht."

„Macht nichts, Hübscher", gurrte ich. „Du hast noch andere gute Eigenschaften."

„Bäh, muss das sein?", sagte Lauren und rollte mit den Augen.

„Ist es nicht schon spät für dich, kleine Schwester?" Ich grinste.

„Nein, aber ich glaube, ich gehe besser auf mein Zimmer. Diese schamlose Zurschaustellung von Romantik bereitet mir Übelkeit."

Luca lachte. Lauren stand vom Tisch auf und küsste ihn auf die Wange.

„Danke fürs Essen, Bruder."

„War mir ein Vergnügen, Schwesterherz", zwinkerte er.

Es war so schön zu sehen, dass die beiden sich so gut verstanden.

„Gute Nacht, Lauren."

„Ich glaube, es ist auch für mich Zeit, ins Bett zu gehen, Baby", sagte ich und gähnte.

Ich war erschöpft. Luca und ich lagen kurz darauf im Bett und unterhielten uns noch ein bisschen, bevor wir das Licht löschten.

„Was hast du getrieben, während ich weg war?"

„Ich habe deinen Vater zu einer Autoshow mitgenommen. Wir hatten eine schöne Zeit. Danach hat er mich in seinen Club zum Mittagessen eingeladen."

„Das ist toll, Babe. Worüber habt ihr Jungs gesprochen?"

„Alles Mögliche."

„Klingt faszinierend. Gibt es Staatsgeheimnisse, von denen ich wissen sollte?"

„Bloß Männerzeug", lächelte Luca und knabberte an meinem Ohrläppchen.

„Oh, also nichts, was eine zierliche, kleine Dame wie mich betrifft?"

„Genau."

„Oh, großer Mann, ich bin so froh, dass du so starke, männliche Arme hast", säuselte ich und biss sanft in seine Brustwarze.

„Whoa! Ganz ruhig, Tiger."

„Ich kann mir nicht helfen. Ich habe deinen sexy Körper vermisst."

„Oh, das freut mich zu hören. Gibt es ein bestimmtes Teil, das du nicht mehr aus dem Kopf bekommst?"

„Hm, lass mich nachdenken."

Ich küsste das Schlüsselbein meines Geliebten.

„Ich habe deinen gemeißelten Knochenbau vermisst."

Als nächstes fuhr ich mit meiner Zunge um Lucas Brustwarzen.

„Deine frechen Brüste auch."

Ich ging weiter zu seinem straffen Bauch und küsste seine Bauchmuskeln.

„Mmm, lecker", stöhnte ich.

Ich steckte meine Hand in Lucas Unterwäsche und streichelte seine Erektion.

„Mmm, das ist definitiv der Teil, den ich am meisten vermisst habe", sagte ich und nahm seinen harten Schwanz in den Mund.

Luca warf den Kopf zurück und stieß ein zufriedenes Grunzen aus.

„Uhhh, willkommen zu Hause, Baby", säuselte er und tastete nach meinen nackten Brüsten.

Wir schliefen in dieser Nacht zwei Mal miteinander, bevor ich ohnmächtig wurde - wahnsinnig glücklich und völlig erschöpft.

20

LUCA

„Guten Morgen, meine kleine Sexbombe", sagte ich und streckte mich faul.

„Mmmm, hallo, du."

„Ich habe wie ein Baby geschlafen, dank deiner genialen Melkkünste", sagte ich und kraulte Madisons Hals.

„Pff, das war gar nichts. Du solltest mich mal sehen, wenn ich in Topform bin."

„Du bringst mich noch ins Grab, Frau."

„Ich nehme nicht an, dass du auf dem Weg in die Küche warst, um mir eine Tasse Kaffee zu machen, oder?", lächelte sie süß und klimperte mit den Wimpern.

„Jetzt übertreibst du es aber."

„Ich bitte dich."

„Na gut. Ich denke, du hast es verdient."

„Du bist ein Heiliger."

„Denk an diese Worte, wenn ich unseren Jahrestag vergesse oder so."

„Ich gebe dir einen Freifahrtschein, Luca Gambrelli. Nur einen."

„Zur Kenntnis genommen."

Ich verließ Madison und ging nach unten, um den Kaffee zu kochen. Es war Sonntagmorgen, also kein Grund, in Hektik zu verfallen. Wenn ich meine Karten richtig ausspielte, würde Madison mir zum Frühstück ihre berühmten Pfannkuchen mit knusprigem Speck und Ahornsirup machen.

„Oh, hey", ertönte Laurens Stimme hinter der Kühlschranktür.

Es war gut, dass ich meinen Morgenmantel trug. Es gibt nichts Besseres als Morgenlatte, um eine Schwägerin zu verscheuchen.

„Hey, du bist aber früh wach."

„Jap. Keine Ruhe für die Müden. Ich muss mich heute an meine Projekte machen, sonst werde ich von der Dekanatsliste gestrichen."

„Viel Glück."

„Danke."

„Kann ich dir eine Tasse Kaffee machen?"

„Das wäre großartig. Ich werde noch etwas Toast essen und dann bin ich weg."

„Du bist uns nicht im Weg, Lauren. Bitte, fühl dich wie zu Hause. Lass dich nur nicht von Mila dazu verleiten, ihr dein Essen zu geben. Manipulation ist ihre Superkraft."

„Okay, ich werde es nicht noch einmal tun."

„Die Petze hat dich schon erwischt, oder?"

„Das darf ich nicht sagen", lachte sie.

Ich brachte Madison den Kaffee hoch und kuschelte mich wieder zu ihr unter die Decke.

„Lauren ist früh aufgestanden", sagte ich.

„Ja, sie ist ein Frühaufsteher. Hat sie gut geschlafen?"

„Ich glaube schon. Sie scheint es kaum erwarten zu können, aus dem Haus zu kommen. Wie ist der Kaffee?"

„Göttlich. Warum? Was willst du?"

„Pfannkuchen?"

„Wie kann ich nein sagen?"

„Danke, Schatz. Hör zu, ich muss raus aus der Stadt, um mir ein Auto anzusehen. Ich nehme nicht an, dass du mitkommen willst? Wir waren schon lange nicht mehr zusammen weg."

„Ich weiß nicht, Schatz. Ich war eine Woche lang weg. Ich bin mir sicher, dass mein Schreibtisch ein Chaos ist."

„Argh! Karrierefrauen..."

„Schmoll nicht. Ich mache es wieder gut. Versprochen."

„Das solltest du auch. Pfannkuchen zum Beispiel helfen mir, den Schmerz in meinem Herzen zu lindern."

„Oi. In diesem Haus ist immer nur Platz für eine Drama-Queen, und das ist im Moment Lauren."

„Ich nehme extra Ahornsirup auf meinem, danke", lächelte ich schelmisch. „Ich werde schnell unter die Dusche springen."

Der Duft von Pfannkuchen empfing mich, als ich wenig später die Küche betrat.

„Ja, das ist es, was ich meine."

„Ich würde gerne nach dem Frühstück auf den Markt gehen. Hast du Lust mitzukommen?"

„Klar. Wir nehmen Mila mit. Sie könnte etwas pelzige Gesellschaft gebrauchen. Sie ist verrückt nach dem Retriever des Gemüsehändlers."

„Oh, Ozzy. Ja, er ist hinreißend. Ich werde Lauren fragen, ob sie etwas braucht."

Nach dem Ausflug auf den Markt verbrachten Madison und ich den Rest des Tages damit, uns zu entspannen. Lauren kam zum Abendessen nach Hause und sprach ausführlich über das Projekt, an dem sie den ganzen Tag gearbeitet hatte. Wir waren wie eine perfekte kleine Familie.

Am Montagmorgen fühlte ich mich ausgeruht und tatkräftig. Ich kam kurz nach 8 Uhr im Büro an.

„Hallo, Boss. Du siehst erfrischt aus. Wie war die Woche für Madison?"

„Klingt, als hätten die Mädchen viel Spaß gehabt."

„Ich würde mich auch amüsieren, wenn ich so viel Kohle hätte", seufzte Sandy wehmütig.

„Ach ja? Was würdest du mit dem Geld machen?"

„Ich würde mehr Autos und Schmiermittel kaufen", grinste sie.

„Wir beide“, lachte ich. „Hast du meinen Flug für Mittwoch schon gebucht?“

„Ja. Nur ein Ticket? Oder schließt sich Madison dir an?“

„Nein, ich fürchte nicht. Sie ist zu beschäftigt.“

„Das ist eine Schande.“

„Fleißige kleine Unternehmerin, meine Madison“, zwinkerte ich.

„Überhaupt nicht herablassend.“

„Oh, das war nur ein Scherz. Komm mir nicht mit diesem Frauenrechtlerinnen-Zeug. Du weißt, dass ich kein Chauvinist bin.“

„Ich weiß. Ich wäre sonst auch nicht hier.“

„Zum Streiten ist es zu früh am Morgen. Wie auch immer, was hast du für mich?“

Sandy und ich gingen die Zahlen für den Monat und andere Verwaltungsaufgaben durch. Ich verließ das Büro um 16 Uhr und ging joggen. Es war 18 Uhr, als ich zu Hause ankam. Die Mädchen waren noch unterwegs, also bestellte ich chinesisches Essen und wartete darauf, dass die Harris-Schwestern nach Hause kamen.

* * *

Es war 11 Uhr am Mittwoch und ich stand in der Warteschlange, um das Flugzeug zu besteigen, als mich jemand in den Hintern kniff. Ich drehte mich erschrocken um.

„Was? Was machst du denn hier?“

„Das ist keine sehr einladende Begrüßung“, schmollte Madison.

„Ich dachte, du hättest gesagt, du könntest nicht kommen.“

„Hey, ich bin der Chef. Stimmt's? Was nützt es mir, das Sagen zu haben, wenn ich keine Entscheidung treffen kann, meine Verantwortung zu ignorieren und mit einem umwerfenden italienischen Hengst durchzubrennen?“

„Genau“, sagte ich und küsste sie. „Ich habe das Gefühl, dass du und Sandy unter einer Decke stecken. Habe ich recht?“

„Was soll ich sagen? Sie ist ein Juwel.“

„Ich bin so froh, dass du hier bist.“

„Dito."

* * *

Sandy hat eine Suite für Madison und mich gebucht. Nachdem wir den Tag damit verbracht hatten, uns Autos anzuschauen, gingen wir zum Abendessen aus. Ich hätte mir keinen besseren Tag wünschen können. Alles, was ich liebte, an einem Tag.

Wir lagen am nächsten Morgen noch im Bett, als Madison Lauren anrief.

„Hey, Maddie. Wie läuft die Reise?", hörte ich sie über den Freisprecher fragen.

„Hallo, Lauren. Wir haben eine schöne Zeit. Wie läuft es zu Hause? Wie geht es Mila?"

„Bestens."

„Hi, Lauren", sagte ich.

„Oh, hi, Luca."

„Lauren, Luca und ich bleiben noch einen Tag länger. Das Wetter ist herrlich und ich möchte heute ein Weingut besuchen."

„Das klingt wunderbar. Okay, kein Problem. Wir sehen uns dann morgen."

„Okay, Schwesterherz. Ich liebe dich."

„Ich liebe euch, Leute. Habt Spaß."

Madison hat aufgelegt.

„Na gut, lass uns Wein trinken", sagte sie, sprang auf mich und küsste mich von oben bis unten.

„Hm, vielleicht später."

* * *

Madison und ich wollten gerade den Flug zurück nach Hause antreten.

„Lauren meldet sich immer noch nicht", sagte sie und runzelte die Stirn.

„Sie hat wahrscheinlich einen verrückten Tag, Babe. Du weißt ja, wie das Studentenleben so ist."

„Ja, vielleicht. Ich hasse es, wenn ich sie nicht erreichen kann."

„Wir versuchen es noch einmal, wenn wir landen, Maddie."

„Okay."

Ich nahm Madisons Hand und ging auf das Flugzeug zu. Wir würden früh genug zu Hause sein.

21

MADISON

Ich hatte schon den ganzen Tag ein ungutes Gefühl. Als wir landeten, war ich überzeugt, dass etwas nicht stimmte.

„Ihr muss etwas zugestoßen sein, Luca. Es ist nicht normal, dass Lauren so lange offline ist."

„Warum rufst du nicht deine Mutter an?", schlug Luca vor, als wir im Auto saßen.

„Ich denke, das sollte ich."

Ich wählte Moms Nummer.

„Hallo, Maddie. Das ist eine schöne Überraschung."

„Hallo, Mama. Hast du heute schon mit Lauren gesprochen?"

„Nein, mein Schatz. Aber wir sprechen nicht jeden Tag miteinander und ich weiß, dass sie mit ihren Projekten sehr beschäftigt ist. Warum, Liebes?"

„Ich versuche schon den ganzen Tag sie anzurufen, aber bei ihr geht immer nur die Mailbox ran. Ich weiß nicht, Mama. Irgendetwas stimmt nicht."

„Wo bist du, Maddie?"

„Luca und ich sind jetzt auf dem Weg nach Hause. Das Flugzeug ist früher gelandet als erwartet."

„Rufst du mich an, wenn du nach Hause kommst, Schatz? Vielleicht ist deine Schwester da. Aber wahrscheinlich schläft sie schon, das arme Ding."

„Okay. Ich rufe dich an, wenn ich zu Hause bin. Hab dich lieb, Mama."

„Ich liebe dich, Maddie."

„Wir sind in fünfzehn Minuten zu Hause, Maddie. Versuch dich zu entspannen", sagte Luca und hielt meine Hand.

Ich starrte aus dem Fenster. Draußen war es dunkel und die Landschaft war mit bunten, künstlichen Lichtern beleuchtet. Mein Magen war wie verknotet. Wo zum Teufel war Lauren?

Die Heimfahrt kam mir wie eine Ewigkeit vor.

„Ihr Auto ist da", sagte Luca, als die Einfahrt in Sicht kam.

„Oh, Gott sei Dank. Vielleicht hatte Mama recht. Sie schläft wahrscheinlich schon."

Luca öffnete das automatische Garagentor. Mila kam nach draußen gesprintet. Sie bellte und kläffte hysterisch.

„Hey, kleines Mädchen", sagte ich, als sie an mir hochsprang. „Frauchen hat dich auch vermisst, mein Schatz."

Ich stellte meine Tasche ab und hob sie hoch. Sie zitterte.

„Was ist los, Mila?", fragte ich sie, als ob sie mir antworten würde.

„Mila benimmt sich total daneben, Baby", rief ich Luca zu.

Sobald ich sie absetzte, sprintete sie auf die Straße.

„Mila! Komm zurück, du freches Mädchen!", rief ich und rannte ihr hinterher.

„Ich gehe rein und hole ihren Ball, Maddie", rief Luca. „Sie will sich bestimmt bloß bewegen."

„Okay. Mila! Komm her, Süße."

Schließlich holte ich sie ein und hielt sie am Halsband fest. Ich ging mit ihr zurück zum Auto und wartete auf Luca. Er brauchte ewig.

„Luca! Beeil dich! Mila verliert hier draußen den Verstand. Ich habe sie noch nie so aufgeregt gesehen. Luca!"

Luca kam nach draußen und blieb vor dem Garagentor stehen. Er war weiß wie ein Gespenst. Er stand einfach da und starrte mich an.

„Wo ist der Ball? Luca? Was ist denn los? Was?"

„Oh, Maddie. Es ist..."

„Was ist los, Luca?", rief ich. „Du machst mir Angst. Was soll das?"

„Es ist Lauren."

Bei der Erwähnung von Laurens Namen ließ ich Milas Halsband los und rannte zum Haus. Ich wollte reinstürmen, aber Luca hielt mich fest.

„Was machst du da? Lass mich los! Wo ist sie? Was ist los mit ihr?"

„Es tut mir so leid, Maddie", war alles, was er sagen konnte, bevor ich ihm einen Schlag in den Solarplexus versetzte und mich aus seinem Griff befreite, während er nach Luft schnappte.

„Madison! Nein! Stopp!"

Ich kam bis zum Wohnzimmer, bevor ich abrupt stehen blieb. Ich blinzelte wieder und wieder. Ich konnte nicht glauben, was ich da sah. Lauren lag auf dem Boden vor dem Fernseher. Regungslos. Sie hatte ihren Seidenpyjama an - den ich ihr zum Geburtstag geschenkt hatte - und ihr Haar war offen. Aber sie war nicht mehr blond. Ihr Haar war rot. Es war eine seltsame Farbe. Fleckig.

Zuerst konnte ich nicht begreifen, was ich da sah. Langsam begann das Bild einen Sinn zu ergeben.

„Lauren", flüsterte ich. „Lauren."

Ich ging näher heran, erst langsam und dann mit großer Dringlichkeit.

„Lauren!", schrie ich aus vollem Halse.

Es waren wahrscheinlich nur wenige Sekunden vergangen, seit ich mich aus Lucas Umklammerung befreit und neben Laurens leblosem Körper gekniet hatte. Sie fühlte sich kalt an. Ihre Augen waren geschlossen. Ich schüttelte sie in der Erwartung, dass sie aufwachen und mich anschauen würde. Aber das tat sie nicht.

„Nein, nein, nein, nein...Lauren!"

„Sie ist tot, Maddie", hörte ich Lucas zittrige Stimme irgendwo in der Ferne sagen.

Ich schaute nach unten und sah seine Hand auf meinem Arm.

„Nein!", rief ich wieder.

Luca versuchte, mich von meiner Schwester wegzuziehen, aber ich wollte sie nicht loslassen. Ich klammerte mich mit all meiner Kraft an sie. Ich hatte kein Zeitgefühl. Erst als ein Polizist mich berührte und mir sagte, dass ich sie loslassen müsse, kam ich wieder zu mir.

„Miss Harris. Bitte, kommen Sie. Wir werden uns um Ihre Schwester kümmern. Bitte, wir müssen sie jetzt mitnehmen."

„Luca", flüsterte ich und sah mich nach ihm um.

„Ich bin hier, mein Schatz", sagte er und half mir vom Boden auf.

„Mama! Hast du Mama angerufen?", fragte ich.

„Ja. Deine Eltern sind auf dem Weg", sagte Luca leise.

„Lauren ist tot, Luca. Sie ist tot."

„Es tut mir so leid, Maddie. Oh, Gott. Es tut mir leid."

„Wer würde so etwas tun?", jammerte ich verzweifelt. „Warum?"

„Ich weiß es nicht, mein Schatz."

Luca begleitete mich nach draußen. Meine Beine waren zittrig.

„Ich muss mich hinsetzen", flüsterte ich.

Luca brachte mich zum Liegestuhl und half mir darauf. Er setzte sich neben mich und hielt mich fest. Ich zitterte unkontrolliert am ganzen Körper. Alles um mich herum geschah wie in Zeitlupe. Dann hörte ich die Stimme meiner Mutter. Sie weinte.

„Maddie! Wo ist meine Maddie?", rief sie hysterisch.

„Ich bin hier, Mama!"

„Sie lassen mich sie nicht halten, Maddie", weinte sie, als sie mich sah. „Wo ist mein Baby? Sie lassen mich mein Baby nicht sehen."

Papa war totenblass. Er schien um zehn Jahre gealtert. Ich konnte fast sehen, wie sein Haar weiß wurde. Tränen kullerten ihm über die Wangen, aber er gab keinen Laut von sich. Er stand einfach nur da und betrachtete die Stelle, an der Lauren verblutet war.

Ich sprang auf, um zu ihm zu laufen, aber die Schwärze überwältigte mich. Ich schwebte ins Nichts.

* * *

„Luca!", rief ich, als ich meine Augen öffnete.

„Ich bin hier, mein Schatz."

Ich spürte seine Hand auf meiner. Er drückte sie sanft.

„Wo bin ich?", fragte ich und sah mich im Raum um.

„Du bist im Krankenhaus, Maddie. Versuch, ruhig zu bleiben. Du bist ohnmächtig geworden und mit dem Kopf ziemlich hart auf den Boden aufgeschlagen."

Ich tastete nach meinem Hinterkopf und fand eine große Beule, die mit Gaze bedeckt war. Die Stelle war empfindlich bei der Berührung.

„Autsch."

„Fass das nicht an, Maddie. Du wurdest genäht", sagte er und schob meine Hand vorsichtig weg.

Dann erinnerte ich mich. Die schreckliche Wahrheit kam zu mir zurück wie eine Tsunami-Welle, die auf einen Strand aufprallt. Lauren. Meine Schwester war tot. *Oh, Gott! Bitte, lass es ein Irrtum sein. Bitte, ich werde alles tun, was du verlangst. Bitte, Herr.*

„Wo ist Mama?"

„Dein Vater hat sie nach Hause gebracht. Der Arzt hat ihr ein Beruhigungsmittel gegeben. Sie schläft wahrscheinlich."

„Wo ist Lauren?"

Luca schaute mich verwirrt an.

„Wo haben sie ihre Leiche hingebracht, Luca?"

„Der Gerichtsmediziner hat sie mitgenommen."

„Ich muss sie sehen, Luca."

Ich wollte vom Bett aufstehen, aber eine Welle der Übelkeit zog mich wie ein totes Gewicht nach unten.

„Whoa..."

„Langsam, mein Schatz. Der Arzt sagt, du hast vielleicht eine leichte Gehirnerschütterung."

„Oh, F...U...C...K. Mein Kopf tut weh."

„Die Krankenschwester hat dir eine Spritze gegeben. Es sollte bald anfangen zu wirken. Hier, trink einen Schluck Wasser."

„Bettpfanne...schnell, gib mir die Bettpfanne."

Luca bewegte sich mit Lichtgeschwindigkeit und brachte die Pfanne gerade noch rechtzeitig zu mir. Schon bald war mein Magen so leer wie meine Seele.

Als es nichts mehr zu kotzen gab, legte ich mich auf die Seite und weinte mich in den Schlaf.

22

LUCA

Ich war dankbar, dass Madison endlich einschlief. Ich musste schnell von dort verschwinden. Ich stieg in mein Auto und fuhr los. Ich hatte kein bestimmtes Ziel vor Augen - nur weg. Weg von Madisons schmerzverzerrten Augen, weg von Michaels und Carolines trauernden Gesichtern. Aber vor allem weg von dem Ort, an dem Lauren tot lag. Denn es war alles meine verdammte Schuld!

Ich ertappte mich dabei, wie ich den Bergpfad hinter meiner alten Wohnung hinaufging. Ich kletterte stetig hinauf, bis ich den Gipfel erreichte und auf die atemberaubende Aussicht auf den Ozean hinunterblickte, die mein Herz immer zum Singen gebracht hatte.

Aber als ich dort stand, zitternd und mit Übelkeit, empfand ich keine Freude, keine Euphorie, nur Schuld und Reue.

Ich griff in meine Tasche und holte den Zettel heraus, den ich neben Laurens erschlagenem Körper gefunden hatte. Ihre leblosen Augen hatten mir in die Seele gestarrt, während ich nach dem blutverschmierten Zettel griff und ihn las.

Du dachtest also, du könntest weglaufen, Luca? Ich wette, du bereust es jetzt,

dass du es versucht hast, oder? Schade, dass du nicht da warst, als wir vorbeigekommen sind.
Ich wollte dich töten, aber das ist so viel besser. Jetzt kannst du mit den Konsequenzen deines Handelns leben.
Deine hübsche Freundin bettelte um ihr Leben. Sie hat sich in die Hose gemacht, als sie die Waffe sah. Ich dachte nur, dass du das wissen willst.
Niemand geht, ohne einen Preis zu zahlen, Luca. Nicht einmal du.
Mit freundlichen Grüßen
Antonio Granata

Ich hatte noch nie zuvor einen so rohen Hass erlebt. Ich wollte Antonio langsam töten. Er würde um Gnade betteln, aber ich würde ihm keine gewähren.

„Maddie. Was zum Teufel habe ich dir angetan?", flüsterte ich laut.

Die leichte Brise trug meine Worte fort - ich wusste, dass ich keine Antwort erhalten würde. Kein Rat. Keine Vergebung. Unser Leben hatte sich in einem Augenblick verändert, und ich konnte nie wieder dahin zurückkehren, wo ich mit Maddie, der Liebe meines Lebens, gewesen war.

Was würde sie tun, wenn sie herausfand, dass ich für den Tod ihrer geliebten Lauren verantwortlich war? Ihre kleine Schwester war tot, weil ich dumm genug gewesen war zu glauben, dass meine Vergangenheit mich nicht einholen würde. Ich hätte es besser wissen müssen.

Ich musste mit jemandem reden. Die einzige Person, die mir einfiel, war Nico. Er war der einzige andere Mann auf dem ganzen Planeten, der mich verstehen würde. Ich nahm mein Handy heraus und wählte seine Nummer.

„Hey, Luca. Schön, von dir zu hören", antwortete er gut gelaunt.

„Nico", sagte ich mit brüchiger Stimme.

„Luca. Was ist denn los?"

„Madisons Schwester ist tot, Nico. Er hat sie getötet", war alles, was ich sagen konnte.

„Was? Wer? Wer hat sie getötet?"

„Antonio. Er hat Lauren ermordet. Er hat ihr in den Kopf geschossen, als wäre sie ein tollwütiger Hund. Oh, Scheiße! Ich weiß nicht, was ich tun soll, Nico."

„Oh, Gott."

Wir waren ein paar Sekunden lang still.

„Bist du sicher, Luca? Woher weißt du, dass es Antonio war?"

„Weil der sadistische Mistkerl einen Zettel neben ihrer Leiche hinterlassen hat."

„Bastard! Was stand drauf?"

Ich las Nico die Notiz vor.

„Du bist in Gefahr, Luca. Du musst Madison und ihre Familie holen und von dort verschwinden. Glaube nicht an Antonios blödsinnige Geschichte, dass ihr quitt seid. Er wird nicht ruhen, bis du tot bist."

„Er wird es jetzt nicht riskieren. Nach dem Anschlag ist die Aufmerksamkeit zu groß. Aber ich stimme zu. Der Wichser muss sterben."

„Wie kann ich dir helfen, Luca?"

„Halte bitte deine Ohren offen, Nico. Sag mir Bescheid, wenn du etwas herausfindest. Ich will den Namen des Schützen. Granata macht die Drecksarbeit nicht selbst."

„Okay. Ich werde sehen, was ich herausfinden kann. Pass in der Zwischenzeit auf dich auf."

„Das werde ich."

„Luca", sagte Nico, bevor ich auflegte, „das mit Lauren tut mir leid".

„Danke."

Ich saß dort eine Stunde lang, bevor ich die Kraft hatte, zurück ins Krankenhaus zu gehen, um Maddie zu holen. Mein Herzschlag schoss in die Höhe, als ich ein Polizeiauto auf dem Parkplatz sah. Die Polizisten waren keine Idioten. Sie würden bald herausfinden, dass der Mord an Lauren kein missglückter Raubüberfall war. Ich betete, dass sie der Familie Harris nichts sagen würden. Noch nicht. Erst wenn ich

Zeit hatte, das Geschehene zu verdauen und mir eine Lösung einfallen zu lassen.

Ein Polizist sprach gerade mit Maddie, als ich in das Zimmer kam, in dem der Arzt sie zur Beobachtung hatte dabehalten wollen. Er machte sich Sorgen um sie, nachdem sie sich bei ihrer Ohnmacht so heftig den Kopf gestoßen hatte.

Ich stand schweigend vor der Tür. Ich wollte das Gespräch zwischen den beiden hören.

„Nein! Natürlich hatte meine Schwester keine Feinde. Sie war der netteste Mensch, den man sich vorstellen kann."

„Okay", sagte er ruhig, keineswegs beleidigt über ihre temperamentvolle Antwort. „Hat sie einen Freund? Einen Ex?"

„Nein, nicht wirklich."

„Warum war Ihre Schwester bei Ihnen zuhause?"

„Ihre Wohnung hatte einen Wasserschaden. Sie wohnte bei uns, bis..." Madisons Stimme wurde leiser, als wäre sie plötzlich weit weg.

„Wer wusste, dass sie dort war?"

„Woher soll ich das denn wissen? Ihre Freunde, schätze ich. Warum stellen Sie mir diese lächerlichen Fragen, Detective? Sollten Sie nicht da draußen sein und nach den Einbrechern suchen?"

„Ich muss das fragen, Miss Harris. Sie sagen, dass Sie und Ihr Verlobter keine Feinde haben, also muss ich nach Lauren fragen." Der Gesichtsausdruck des Polizisten verriet mir, dass er sich nicht so sicher war wie Maddie, dass ein Einbruch das Motiv für den Mord gewesen war. „Ich kann Ihnen versichern, Miss Harris, dass unsere Leute da draußen alles tun, was sie können. Das sind Standardfragen in einer Situation wie dieser."

„Es tut mir leid, Detective", sagte Madison leise. „Ich wollte nicht andeuten, dass Sie Ihren Job nicht machen."

„Alles gut. Ich verstehe, dass das unglaublich schwer für Sie ist. Aber fällt Ihnen denn niemand ein, der Ihrer Schwester etwas antun wollen könnte - auch wenn Ihnen der bloße Gedanke daran lächerlich vorkommt."

„Nein. Mir fällt kein Grund ein, warum jemand Lauren etwas antun sollte."

Madison fiel es offensichtlich zu schwer, das Wort Mord auszusprechen.

„Hier ist meine Karte. Bitte rufen Sie mich direkt an, wenn Sie sich an etwas erinnern."

„Danke", sagte sie und nahm sie entgegen. „Haben Sie schon mit meinen Eltern gesprochen?"

„Ich gehe jetzt dorthin."

„Bitte, seien Sie sanft. Meine Mutter ist in einem schrecklichen Zustand."

„Natürlich. Würden Sie Mr. Gambrelli bitten, mich anzurufen, bitte? Ich muss ihm ebenfalls ein paar Fragen stellen."

„Das werde ich."

Ich schlüpfte ins Bad, bevor der Polizist mich sehen konnte. Ich hatte keine Lust, mit ihm zu reden. Er würde mein schuldbewusstes Gesicht wie einen billigen Roman lesen. Ich wartete ein paar Minuten, bis ich sicher war, dass er weg war, bevor ich in Maddies Zimmer ging.

„Luca. Wo warst du hin?"

„Hi, Maddie. Entschuldige, ich musste eine Runde fahren, um nach dem schrecklichen Schock einen klaren Kopf zu bekommen. Du hast geschlafen."

„Der Detektiv war gerade hier. Er will, dass du ihn anrufst. Er hat mir die lächerlichsten Fragen gestellt."

„Wie zum Beispiel?"

„Ob Lauren etwa Feinde hatte. Wie verdammt lächerlich. Er hat mich sogar gefragt, ob ich weiß, ob jemand dir oder mir etwas antun will. Es war offensichtlich ein schief gelaufener Einbruch. Davon gab es in unserer Gegend schon einige."

„Ich bin sicher, dass sie das fragen müssen."

„Das hat *er auch* gesagt."

„Hat jemand Beth angerufen?"

„Beth! Oh, Luca. Ich weiß es nicht. Ich kann nicht, Babe. Ich kann einfach nicht."

„Ist schon gut, mein Schatz. Ich werde sie anrufen."

„Danke, Luca. Ich weiß nicht, was ich tun würde, wenn du nicht hier wärst“, sagte sie und schlang ihre Arme um meinen Hals.

Wenn Schuld ein übler Geruch wäre, hätte mein Gestank Madison sofort abgestoßen. Ich selbst konnte den Geruch kaum ertragen.

23

MADISON

„Bist du bereit, mein Schatz?"

Luca stand an der Schlafzimmertür. Ich saß an meiner Kommode und starrte in den Spiegel. Ich war dort hängen geblieben und dachte an die Zeiten, in denen Lauren und ich uns in Mamas Zimmer geschlichen und ihre Schminkschublade geplündert hatten.

Solange ich mich erinnern konnte, bewahrte Mama ihr parfümiertes Puder in einem Glasgefäß auf ihrer Kommode auf. Lauren und ich hatten staunend zugesehen, wie sie den Talkumpuder mit einem flauschigen, weißen Applikator auftupfte, der wie ein kleines, rundes Kissen mit einem Seidenband aussah.

Wir dachten schon, Mama würde uns bei lebendigem Leib häuten, als Lauren das Glasgefäß einmal auf den Boden fallen ließ und es in ein Meer von glänzenden Scherben zerbrach. Wir waren krank vor Sorge, bis Mama das Problem unserer klebrigen kleinen Finger löste, indem sie Lauren und mir unsere eigenen Puderdosen kaufte.

„Maddie", sagte Luca wieder und berührte meine Schulter.

„Was?", antwortete ich, immer noch benommen.

„Können wir los? Wir kommen sonst zu spät."

„Ich kann das nicht, Luca", flüsterte ich.

„Es ist Laurens Beerdigung, mein Schatz. Ich weiß, dass du sie nicht verpassen willst. Das ist schon okay. Ich werde die ganze Zeit bei dir sein. Ich werde deine Hand halten."

Ich wollte weinen, aber ich hatte keine Tränen mehr. Stattdessen war da, wo in mir früher das Leben durchfloss, nur noch ein Gefühl der Taubheit. Ich wusste, dass Luca recht hatte. Ich würde es mir nie verzeihen, wenn ich nicht noch einmal die Chance bekäme, mich von Lauren zu verabschieden.

„Okay."

Ich trug nicht oft Schwarz. Der einzige Grund, warum ich einen schwarzen Hosenanzug in meinem Schrank hatte, war, dass ich ihn einmal für ein Shooting gebraucht hatte. Wer wusste schon, welche Farbe für einen solchen Anlass angemessen war? Der Gedanke, eine lebhafte junge Frau in ihren Zwanzigern in eine Kiste zu stecken und sie in der Erde zu begraben, hatte keine passende Farbpalette.

Ich machte mich auf den Weg zum Auto, schnappte mir aber auf dem Weg eine Flasche Wasser aus dem Kühlschrank. Ich fühlte mich langsam wie eine Rosine von all dem Wasser, das ich als Tränen vergossen hatte.

„Ach, verdammt", sagte ich leise.

„Was ist los, Maddie?", fragte Luca.

„Erinnere mich daran, unsere Haushälterin zu bitten, das Essen von Lauren aus dem Kühlschrank zu räumen. Dem Salat wachsen Beine."

„Okay, Babe."

„Genau. Bringen wir es hinter uns."

Wenn ich hart und gefühllos klang, würde ich mich vielleicht auch so fühlen. Welche Wahl hatte ich denn? Ich musste für Mama und Papa stark sein.

Luca war still. Er wirkte distanziert. Der Tod macht seltsame Dinge mit denen, die zurückbleiben. Ich stellte mir vor, dass der plötzliche und unerwartete Tod von Lauren bei ihm Kindheitserinnerungen auslöste. Mein armer Luca. Der dumpfe Schmerz in mir pochte weiter und wurde lauter, als die Stunde bis zum Leichenzug verstrichen war.

„Es tut mir leid, Luca“, sagte ich, als wir zur Kirche fuhren.

„Wie bitte?“

„Ich bin sicher, dass das auch für dich schmerzhaft ist. Wegen deiner Vergangenheit und so.“

Ich wusste, dass ich einen Nerv getroffen hatte, denn seine Knöchel wurden weiß, als er das Lenkrad fester umklammerte.

„Du musst dich für nichts entschuldigen, Maddie.“

„Ich war so in meinen Schmerz vertieft, dass ich nicht an deine Gefühle gedacht habe, Babe. Geht es dir gut?“, fragte ich und legte meine Hand auf seine.

Luca sah mich einen Moment lang an. Seine Augen strahlten Schmerz aus.

„Du kannst mit mir reden, weißt du“, sagte ich.

„Ich mache mir Sorgen um dich, mein Schatz. Das ist alles. Es geht mir gut.“

Ich hatte nicht vor, in der Wunde zu bohren, also ließ ich es bleiben. Wir fuhren den Rest des Weges schweigend.

„So viele Autos“, seufzte ich, als wir auf das Kirchengelände fuhren. „Ich hoffe, dass mich niemand anspricht“, sagte ich wehmütig, denn ich wusste genau, dass ich gleich bombardiert werden würde.

„Sag einfach Bescheid, wenn es dir zu viel wird, Maddie. Ich übernehme dann.“

„Ich liebe dich so sehr, Luca.“

„Ich liebe dich mehr“, sagte er leise und stieg dann aus dem Auto aus.

Beth parkte neben uns. Sie tupfte sich die Augen ab und stieg aus.

„Hallo, mein Schatz“, sagte sie und umarmte mich fest. „Luca.“

„Hi, Beth“, sagte ich und klammerte mich an ihre warme Umarmung.

„Bereit?“, fragte sie mich.

„Nicht wirklich, aber lass uns gehen.“

„Maddie, ich werde deinen Vater suchen“, sagte Luca.

„Okay, Babe. Wir sehen uns dann drinnen.“

Luca küsste mich und ging weg.

„Wie geht es ihm?“, fragte mich Beth, als er außer Hörweite war.

„Ich glaube, das alles hat bei ihm Kindheitserinnerungen wieder wachgerufen. Er ist sehr ruhig."

„Armer Mann."

„Ja. Ich weiß nicht, wie es sich angefühlt haben muss, als er seine beiden Eltern verloren hat, aber ich weiß, wie ich mich jetzt fühle, wo Lauren nicht mehr da ist. Der Schmerz ist unbeschreiblich."

„Ich weiß. Es tut mir so leid, Maddie."

„Danke, Beth. Mama ist wie in Trance. Sie spricht nicht und weigert sich zu essen. Ich mache mir große Sorgen um sie."

„Ich werde deinem Vater vorschlagen, dass ich für ein paar Wochen bei ihnen einziehe, damit ich ein Auge auf sie haben kann. Dein armer Vater kann damit nicht allein fertig werden. Er hat seinen eigenen Verlust zu betrauern."

„Danke, Beth. Was für eine wunderbare Idee. Ich würde es tun, aber..."

„Blödsinn. Du hast genauso viel zu kämpfen wie sie. Mach dir keine Gedanken darüber. Ich habe das im Griff."

„Ich hab dich lieb, Tante Beth", sagte ich und drückte ihre Hand.

„Ich habe dich auch lieb, mein Engel. Lass uns reingehen und deine Mama suchen."

„Okay."

Die Kirchenbänke waren voll. Die erste Reihe war für die Familie reserviert, also begab ich mich dorthin und setzte mich neben Mama und Papa. Luca war auch da. Ich war weggetreten, während der Pfarrer die Trauerrede hielt.

Ich erinnere mich vage daran, dass ich aufstand und ein paar Worte sagte, und das Nächste, woran ich mich erinnere, ist, dass ich neben dem Sarg an der Grabstätte stand, als er in die Erde gesenkt wurde.

Mama wimmerte leise. Papa zitterte beim Weinen. Beth, Luca und ich standen regungslos da - gefangen in der großen Hand eines unsichtbaren Monsters, das immer fester zudrückte und uns erstickte.

Die Familie hatte beschlossen, die Trauerfeier nicht bei sich zuhause abzuhalten. Wenn Mama müde war, konnten sie und Papa gehen, ohne sich um die anderen Trauernden zu kümmern. Lauren wurde so sehr geliebt. Ihre Freunde aus der Schule und von der Uni hatten nur tolle Dinge über sie zu sagen. Sie alle waren am Boden zerstört über ihren plötzlichen Verlust.

Nach einer Stunde bat ich Luca, mich nach Hause zu bringen - oder besser gesagt, zu dem Hotel, in dem wir seit Laurens Ermordung wohnten. Ich konnte es nicht ertragen, zurück ins Haus zu gehen. Dort angekommen, nahm ich ein Beruhigungsmittel und kletterte ins Bett. Ich war erschöpft. Seit dem Mord hatte ich nicht viel geschlafen, und mein Körper war auf Hochtouren gelaufen.

Am nächsten Tag wachte ich gegen Mittag auf. Mein Kopf fühlte sich dick an. Ich war allein in der Hotelsuite. Ich rief den Zimmerservice an und bestellte Kaffee und Toast. Dann rief ich Luca auf seinem Mobiltelefon an.

„Hallo, Schatz, wie geht es dir?"

„Hey, Babe. Okay, danke. Wo bist du?"

„Ich war früh auf, also bin ich joggen gegangen. Du hast noch geschlafen, als ich zurückkam und ich wollte dich nicht stören, also bin ich ins Büro gefahren."

„Oh, okay."

„Möchtest du, dass ich dich abhole und wir einen Happen essen gehen?"

„Ich habe beim Zimmerservice Toast bestellt. Ich denke, ich werde den Rest des Tages hier bleiben. Wenn es dir nichts ausmacht."

„Natürlich nicht. Es ist ein sonniger Tag. Warum legst du dich nicht an den Pool? Die Sonne wird dir gut tun."

„Okay. Wir sehen uns später, Schatz."

„Bitte, ruf mich an, wenn du etwas brauchst."

„Das werde ich."

„Ich liebe dich, Maddie."

„Ich liebe dich auch."

24

LUCA

Ich konnte Madison nicht ansehen, ohne mich schuldig zu fühlen. Alles, was sie sagte und tat, war ein Stich ins Herz. Das Schlimmste war, dass sie Mitleid mit mir hatte. Mit *mir*! Dem Arschloch, das für den Mord an ihrer Schwester verantwortlich war.

Alles in mir sagte mir, dass ich meine Verluste begrenzen sollte, bevor es noch mehr Kollateralschäden in meinem Krieg mit der Vergangenheit gab. Was wäre, wenn es Madison gewesen wäre? Der Gedanke ließ mich erschaudern. Lauren war schon schlimm genug, aber ich wäre dem Wahnsinn verfallen, wenn ich Maddie in dem Zustand vorgefunden hätte, in dem ihre Schwester war, als ich neben ihrem leblosen Körper gekniet hatte.

Ich fühlte mich weniger wert als Walscheiße auf dem Meeresgrund, als Caroline mir dafür dankte, dass ich für ihre Maddie da war. Ich schämte mich zutiefst, als Michael mir die Hand schüttelte und mich Sohn nannte. Wenn sie nur wüssten, wie falsch sie damit lagen.

Ich wollte zu dem Haus zurückkehren, um nach Hinweisen auf die Unterschrift des Auftragskillers zu suchen, aber die Polizei behielt das Haus im Auge. Das Letzte, was ich brauchte, war eine eingehende Untersuchung meiner Vergangenheit.

Ich war ohnehin besorgt über die Fingerabdrücke, die sie hinterlassen hatten. Meine waren überall im Haus. Dabei spielte das keine Rolle. Ich war noch nie verhaftet worden, also waren meine Fingerabdrücke nicht in System. Ich dankte Gott dafür. Trotzdem hatte ich ein schlechtes Gewissen und eine blühende Fantasie.

Alles, was ich tun konnte, war, auf Zack zu bleiben. Ich war erschöpft. Geheimnisse zu bewahren war ein anstrengendes Unterfangen.

„Es tut mir so leid, das von Madisons Schwester zu hören, Boss", sagte Sandy, als ich am Morgen im Büro ankam.

„Danke, Sandy."

Ich war dankbar, dass sie das Thema danach in Ruhe ließ. Ich brauchte eine Pause davon. Stattdessen gingen sie und ich die Kaufprotokolle durch und vereinbarten die Lieferung der fertigen Autos.

Mein Kontostand sah gut aus. Ich war versucht, das Geld und Maddie zu nehmen und zu verschwinden. Irgendwohin zu gehen, wo uns niemand kennt und niemand auf die Idee kommen würde, nach uns zu suchen. Aber wie? Wie sollte ich Maddie erklären, warum ich weglaufen wollte?

Nein. Ich saß fest.

Mein Handy klingelte. Es war Nico.

„Hey, Luca. Wie kommst du zurecht?"

„Kaum. Gibt es etwas Neues?"

„Ja. Ziemlich viel. Ich habe deinen Auftragskiller gefunden."

„Das ging aber schnell. Wer ist es?"

„Ein Typ, den Antonio benutzt, um alte Rechnungen zu begleichen. Erinnerst du dich an Pedro? Er hat früher für Antonio gearbeitet. Der hat auch dran glauben müssen."

„Du meinst, bevor er zu groß für seine Schuhe wurde?"

„Ja."

„Vage. Warum?"

„Nun, es heißt, dass Pedro etwas mit Antonios Mädchen hatte. Die beiden kamen zusammen und verschwanden. Sie heirateten und bekamen ein paar Kinder. Antonio fand sie vor kurzem und ließ Pedro und die Frau umbringen. Bei Lauren hat er denselben Killer eingesetzt."

„Dieser Mistkerl. Er hat keine Seele. Wer ist der Typ?"

„Ein echter Psycho namens Vaughn."

„Kein Nachname?"

„Nein. Das Arschloch denkt, er sei eine Berühmtheit, also kein Nachname."

„Er ist ein bisschen wie Madonna, oder?"

„Ja, anscheinend schon, aber ohne die spitzen Titten und die Tänzerbeine."

„Wo kann ich diesen Vaughn in die Finger kriegen?"

„Er ist ein fieser Kerl. Er wohnt bei Antonio. Bei allem Respekt, Luca, aber du bist kein Auftragskiller. Du kannst es nicht allein mit dem Kerl aufnehmen. Nicht ohne Verstärkung."

„Ich weiß. Wirst du mir helfen, Nico?"

„Ich muss erst mit Sam reden. Ich habe ihr ein Versprechen gegeben, als wir geheiratet haben. Das weißt du. Ich kann es nicht hinter ihrem Rücken tun."

„Ich weiß, Nico. Und glaub mir, ich würde dich nie bitten, Samantha zu hintergehen. Ich liebe sie auch."

„Okay. Ich rede mit ihr und melde mich bei dir."

„Danke, Nico."

Ich musste etwas unternehmen. Ich konnte nicht zulassen, dass Antonio mit dem, was er getan hatte, davonkam. Ich musste dafür sorgen, dass er nie wieder jemanden verletzt, der mir etwas bedeutet. Aber zuerst musste ich für die Sicherheit von Madison und ihren Eltern sorgen. Dieser Teil war nicht einfach. Ich konnte ihnen nicht sagen, warum ich um ihre Sicherheit besorgt war - nicht ohne mich zu verraten. Mist!

Ich würde mit Maddie überreden müssen, bei ihren Eltern zu wohnen, während ich mich um Antonio und seinen Handlanger Vaughn kümmerte. In dieser Hinsicht sah ich keine Probleme voraus. Sie würde meine Zurückhaltung verstehen, sie allein zu lassen.

Ich hatte vor, das Haus zu verkaufen; keiner von uns wollte mehr dorthin zurückkehren. Es hatte seine ruhige Anziehungskraft verloren - es war ein Haus des Todes geworden.

Mein Telefon klingelte wieder.

„Hallo", antwortete ich.

„Mr. Gambrelli, hier ist Detective Cross."

„Hallo, Detective. Haben Sie schon irgendwelche Neuigkeiten? Wie kann ich helfen?"

Meine Stimme war leicht, ohne schnoddrig zu sein, und streng, ohne panisch zu klingen. Ich fand, das war unter den gegebenen Umständen der beste Ton.

„Wie geht es der Familie?"

„Schwierig, wie Sie sich sicher vorstellen können."

„Ich nehme nicht an, dass Sie an jemanden gedacht haben, der ein Motiv hätte, Lauren zu verletzen?"

„Ich dachte, es war ein Einbruch, Detective?"

„Oh, das war es wahrscheinlich auch, aber wie ich schon sagte, wir decken alle Bereiche ab."

„Ich verstehe. Nein. Madison und ihre Eltern wissen von niemandem."

„Und Sie?", fragte er in einem seltsamen Ton, den ich nicht besonders mochte.

„Ich? Warum ich?"

„Nun, es hat in Ihrem Haus stattgefunden, Mr. Gambrelli. Es wurde nicht viel gestohlen. Warum sollte jemand einbrechen und dann kaum etwas stehlen? Es sei denn, er hat nicht gefunden, was oder wen er gesucht hat."

„Detective, ich habe es Ihnen doch schon gesagt. Ich weiß nicht, wer Lauren getötet hat. Keiner von uns weiß es."

„Okay. Ich rufe an, wenn ich eine Spur habe. Danke."

Cross legte auf. Mein Herz schlug wie wild in meiner Brust. War er mir gegenüber aus einem bestimmten Grund misstrauisch oder machte er einfach nur seinen Job, wie es ihm beigebracht wurde? Jeder weiß, dass eine ermordete Frau in der Regel von ihrem Ehepartner, ihrem Freund oder jemandem, der ihr nahe steht, umgebracht wird. Zufällige Morde sind, statistisch gesehen, selten.

Ich brauchte einen Drink.

Es war 18 Uhr, als ich die Arbeit verließ. Maddie duschte gerade, als ich in die Hotelsuite zurückkam. Ich sehnte mich danach, sie zu halten und mit ihr zu schlafen, aber ihr Schmerz und meine Schuldgefühle bildeten eine Kluft zwischen uns.

„Hi, Maddie. Hattest du einen erholsamen Tag, mein Schatz?"

„Hey, Babe. Es war okay. Ich war schwimmen und lag eine Stunde lang am Pool. Du hattest Recht. Ich fühle mich schon ein bisschen besser."

„Wohin möchtest du zum Abendessen gehen?"

„Lass uns was bestellen."

„Bist du sicher? Hast du keine Lust, ein bisschen rauszugehen? Du bist jetzt schon seit einer Woche hier drin."

„Übertreibe nicht. Es sind erst vier Tage vergangen. Außerdem dachte ich, wir könnten uns entspannen und einen Film anschauen."

Maddie versuchte, fröhlich zu wirken, aber ich konnte an ihren Augen erkennen, dass sie traurig war. Sie hatte sich in ihr Schneckenhaus verkrochen und nur ein Kran würde sie wieder herausholen, bis sie bereit war, also drängte ich nicht.

„Klingt toll. Chinesisch? Indisch? Italienisch?"

„Pizza. Mit viel Käse und Peperoni."

„Kommt sofort, mein Schatz."

25

MADISON

„Ich werde nicht zerbrechen, weißt du", sagte ich.

„Was meinst du?", antwortete Luca neugierig.

„Wir haben seit Laurens Tod nicht mehr miteinander geschlafen."

„Ich wollte dich nicht unter Druck setzen, meine Liebe."

„Mich unter Druck setzen? Was ist los mit dir, Babe? Du bist nicht du selbst."

„Deine Schwester wurde ermordet, Maddie. Keiner von uns ist wir selbst."

„Das verstehe ich. Aber du bist distanziert."

„Ich weiß nicht, was du von mir hören willst, Madison."

„Hm. Madison, was? Okay. Tut mir leid, dass ich es erwähnt habe."

„Warum bist du wütend?"

„Ich bin nicht wütend. Ich bin frustriert. Ich vermisse die Art und Weise, wie wir früher waren. Alles ist ein verdammtes Chaos", sagte ich mit zittriger Stimme und konnte mich kaum zusammenreißen.

„Nicht weinen, Maddie. Es tut mir leid. Du hast ja recht. Ich war distanziert. Aber ich dachte, dass du genau das brauchst - etwas Abstand."

„Das ist das Letzte, was ich brauche. Ich fühle mich innerlich so wund. Ich vermisse es, dir nahe zu sein. Ehrlich gesagt, ist es unsere Sicherheit, die mich davor bewahrt hat, völlig zu implodieren."

Luca nahm mich in seine Arme und drückte mich fest an sich. Seine Nähe fühlte sich wie ein Zuhause an.

„Ich vermisse dich, Luca", flüsterte ich.

„Ich bin hier."

„Mach Liebe mit mir."

Luca küsste mich zärtlich. Wir liebten uns, und es war das beste Gefühl, das ich hatte, seit wir Lauren tot aufgefunden hatten. Danach schlief ich in seinen starken Armen ein. Es war ein süßer Schlaf - einer ohne Albträume.

Ich wachte auf und schaute auf meine Uhr. Es war 23 Uhr. Luca schaute gerade Sport.

„Hey du", sagte er und küsste mich auf die Stirn.

„Hey. Es fühlt sich an, als hätte ich tagelang geschlafen. Ich kann nicht glauben, dass es noch nicht Morgen ist."

„Ja, du warst wie vom Erdboden verschluckt. Wie geht es dir?"

„Entspannt", sagte ich und streckte mich. „Ich bin am Verhungern."

„Ich habe diese Wirkung auf Frauen", grinste er.

„Ha-ha. Ich werde unten anrufen und einen Burger bestellen. Möchtest du auch einen?"

„Unbedingt."

Ich rief den Zimmerservice an und bestellte zwei Cheeseburger mit Pommes. Als das Essen kam, verschlang ich es.

„Ich bin so satt", stöhnte ich hinterher.

„Hast du überhaupt gekaut?" Luca gluckste.

„Ein bisschen", zuckte ich mit den Schultern. „Du bist so süß", sagte ich und küsste ihn auf die Nasenspitze.

„Maddie, ich wollte mit dir über etwas reden."

„Klingt ernst. Ist alles in Ordnung?"

„Ich weiß, es ist nicht der beste Zeitpunkt, Maddie, aber ich muss für eine Woche oder so die Stadt verlassen."

Nein. Ich wollte nicht allein sein. Es war lächerlich, aber ich fühlte mich verletzlich. Wie sollte ich ihm das erklären, ohne Gefahr zu laufen, wie ein Kind zu wirken?

„Wohin gehst du?“, fragte ich, während ich mein bestes, lässiges Gesicht aufsetzte.

„Ich muss mich mit einem sehr wichtigen Käufer treffen. Ich habe es aufgeschoben, aber wenn ich nicht hingehe, verliere ich ihn.“

„Oh.“

„Kommst du klar?“

„Ich denke schon.“

„Du klingst nicht gut, Maddie.“

„Was willst du von mir hören? Wenn ich dir sage, du sollst bleiben und du verlierst deinen Kunden, wirst du mir das übel nehmen. Wenn ich dir sage, du sollst gehen, werde ich unglücklich sein. Ich kann nicht gewinnen, oder?“

„Es tut mir leid, Schatz. Du weißt, ich würde bleiben, wenn ich könnte. Aber ich verspreche, dass ich so schnell wie möglich zurückkomme.“

„Ich komme mir wie ein verdammtes Kind vor“, sagte ich und seufzte.

„Warum?“

„Ich jammere. Ich hasse Jammern. Und vor allem hasse ich es, mich wie ein Schwächling zu fühlen. Ich bin immer stark gewesen, Luca. Was zum Teufel ist los mit mir?“

„Du hast etwas Schreckliches durchgemacht, Maddie. Ich wäre überrascht, wenn du dich nicht so fühlen würdest.“

„Ich schätze, du hast recht.“

„Ich werde mich viel besser fühlen, wenn du bei deinen Eltern bleibst, während ich weg bin.“

„Ich komme hier schon zurecht.“

„Bitte, Madison. Ich kann nicht gehen, wenn ich nicht sicher bin, dass du in Sicherheit bist.“

„Gut. Ich rufe Mama morgen früh an und sage es ihr.“

„Toll. Danke.“

„Hast du den Makler wegen des Verkaufs des Hauses angerufen?“

„Ja. Lass uns ein neues Zuhause finden, wenn ich zurückkomme. Okay?“

„Okay.“

Luca schaltete den Fernseher aus. Wir lagen noch eine Weile zusammen im Dunkeln.

„Ich werde dich vermissen“, sagte ich.

„Ich vermisse dich jetzt schon“, seufzte er.

„Die arme Mila muss so verwirrt sein. Papa sagt, sie sitzt nachts vor der Tür und wartet auf uns.“

„Sie wird so froh sein, dich wiederzuhaben.“

„Ich vermisse sie. Ich vermisse unser Leben, so wie es früher war, Luca.“

„Ich vermisse uns auch.“

Ich spürte, wie eine Träne aus meinem Auge floss. Sie lief in mein Ohr.

„Ich bin die ganze Zeit so traurig, Luca. Wird es irgendwann besser?“

„Die Zeit lindert den Schmerz“, sagte er.

„Das hoffe ich, denn ich weiß nicht, ob ich diese Schmerzen überleben werde. Es ist überwältigend.“

„Ich weiß, Schatz. Es tut mir so leid, dass du das durchmachen musst. Ich wünschte, ich könnte dir den Schmerz nehmen.“

„Ich auch. Gute Nacht, Luca.“

„Schlaf gut, mein Schatz.“

* * *

Ich war mir bewusst, dass Luca meine Augen küsste.

„Aufwachen, Dornröschen!“

„Wie spät ist es?“

„Halb acht. Ich fahre mit dir zu deinen Eltern, bevor ich mich auf den Weg mache. Willst du noch zu Hause vorbeischauen und ein paar saubere Klamotten holen?“

„Ich will nicht, aber ich muss.“

„Es wird alles gut, Maddie. Du musst nicht durch das Wohnzimmer gehen.“

„Gott sei Dank.“

„Kann ich dir ein Croissant und einen Kaffee bestellen, während du duschst?" Luca lächelte.

„Ja, bitte."

„Okay."

Nach der Dusche aß ich und bald waren Luca und ich auf dem Weg zu unserem Haus. Mir war mulmig zumute, als wir in die Einfahrt fuhren. Das gelbe Klebeband war abgebaut worden. Keine Polizeiautos, Blinklichter oder Sirenen, aber trotzdem war mir übel.

Luca stellte den Motor ab und drehte sich zu mir um.

„Bereit?"

Ich nickte, ohne den Mund aufzumachen, nur für den Fall, dass das Croissant wieder auftauchen würde. Luca und ich betraten das Haus durch die Hintertür. Ich bewegte mich langsam und auf wackeligen Beinen in Richtung Schlafzimmer. Es fiel mir schwer, zu atmen.

„Geht es dir gut, Maddie?"

„Nicht wirklich. Lass uns das einfach so schnell wie möglich hinter uns bringen, bitte."

„Natürlich."

Das Wohnzimmer zog mich an wie ein Elektromagnet. Ich wollte nicht dorthin gehen, aber es war der Ort, an dem ich Lauren zum letzten Mal gesehen hatte - bevor sie wie eine Porzellanpuppe aussah. Der Maskenbildner im Beerdigungsinstitut hatte die natürliche Schönheit meiner Schwester überhaupt nicht eingefangen. Ich nahm an, dass es schwer war, jemandem so wieder Leben einzuhauchen.

„Bist du bald fertig?", fragte Luca.

„Ja, nur eine Sekunde."

Ich öffnete meinen Schuhschrank, suchte ein paar Paare heraus und packte sie in eine Tasche.

„Bereit."

Luca ging in Richtung der Hintertür.

„Warte."

„Was ist los?"

„Ich muss es tun."

„Was?"

„Nur noch ein Mal. Ich muss nur noch einmal dorthin gehen."

„Ich glaube nicht, dass das eine gute Idee ist, Maddie."

„Das ist eine schreckliche Idee. Aber ich muss es tun."

„Okay. Möchtest du, dass ich mit dir komme?"

„Ja, bitte."

Er nahm meine Hand und wir machten uns gemeinsam auf den Weg ins Wohnzimmer. Der Teppich war sauber. Luca hatte ihn ausgetauscht, sobald die Spurensicherung mit dem Sammeln von Beweisen fertig war. Das Zimmer war makellos. Fast so, als hätte es den Albtraum nie gegeben.

„Das ist es wohl, was sie meinen, wenn sie sagen, dass das Leben weitergeht", sagte ich sardonisch.

Luca antwortete nicht. Er nahm mich einfach in seine Arme und hielt mich fest.

„Wollen wir?"

„Ja. Lass uns von hier verschwinden."

26

LUCA

Madison zurückzulassen, während ich zu Nico flog, war die Hölle. Mein paranoider Verstand malte sich eine endlose Reihe von quälenden Szenarien aus - und alle endeten mit ihrem Tod. Aber ich hatte keine andere Wahl. Ich musste gehen, wenn ich Antonio und seinen mörderischen Handlanger davon abhalten wollte, noch mehr Chaos in unserem Leben anzurichten.

Ich entschied mich für einen Flug, der in der Nacht landen würde. Im Schutz der Dunkelheit konnte ich wenigstens versuchen, unbemerkt zu bleiben. Es war bloß ein Versuch, aber ich fühlte mich trotzdem besser.

In der Ankunftshalle herrschte reges Treiben. Unser Flug war früher gelandet, also beschloss ich, noch ein paar Shots zu trinken, bevor ich Nico traf, der auf dem Weg zum Flughafen war, um mich abzuholen. Ich trug einen Hut und eine Brille und mischte mich unter die Menge. Nachdem ich zwei doppelte Whiskeys getrunken hatte, klingelte mein Handy. Es war Nico. Er näherte sich der Abholzone, also verließ ich die Bar, um ihn zu treffen.

Nach einer Weile fand ich sein Auto.

„Spring rein, Kumpel. Ich will hier nicht zu lange rumhängen. Man weiß ja nie, wer einen beobachten könnte", sagte er, als ich die Tür öffnete.

„Danke, dass du mich abgeholt hast, Nico. Mann, ist das schön, dich zu sehen."

„Geht mir genauso. Ich wünschte, es wäre nicht unter diesen Umständen."

„Ditto."

„Wie geht es Madison?"

„Sie hat zu kämpfen. Und ich habe mich noch nie so sehr gehasst, Nico."

„Blödsinn. Das hättest du nie vorhersehen können, Luca. Das ist weit mehr als Auge um Auge. Antonio ist ein kranker Wichser. Es ist nicht deine Schuld."

„Ich wünschte, ich könnte das glauben."

„Du bist jetzt hier. Mal sehen, was wir tun können, damit du dich besser fühlst."

„Es gibt nur ein Heilmittel für das, was ich habe, Nico, und das ist, Antonio und Vaughn vom Angesicht der Erde zu tilgen. Apropos: Hast du mit Sam gesprochen?"

„Ja."

„Wie ist das gelaufen?"

„Nicht toll. Ich werde für die nächsten Jahre in der Hundehütte schlafen, aber sie versteht es. Es ist verrückt, wie viel du ihr bedeutest. Du hast Glück, dass ich nicht der eifersüchtige Typ bin", lächelte Nico.

„Sam ist einer unter Millionen. Du bist ein Glückspilz."

„Ich versuche, dass es so bleibt. Also keine Heldentaten, okay? Wenn einem von uns etwas passiert, wird meine Frau uns bei lebendigem Leib häuten."

„Ich habe euch so sehr vermisst."

„Du wirst doch nicht anfangen zu heulen, oder?"

„Halt die Klappe und fahr, Klugscheißer."

Nach einer Reihe von Kurven und einer endlosen Reihe von buschigen Hügeln beleuchteten die Scheinwerfer des Autos Nicos Haus.

„Deine Wohnung ist genauso schön wie in meiner Erinnerung."

„Wir lieben es."

Die Haustür öffnete sich und Sam ging auf das Auto zu. Sie war umwerfend schön, als sie zu uns herüberglitt.

„Luca", sagte sie mit einem Lächeln. „Es ist so schön, dich zu sehen."

„Hi, Sam."

Wir umarmten uns eine Weile.

„Du siehst gut aus, Sam. Glücklich."

„Das bin ich auch. Die Kinder halten mich auf Trab."

„Und der hier?", sagte ich und gestikulierte in Richtung Nico.

„Ja, wie gesagt. Die Kinder", grinste sie.

„Zurück in die Küche, du", scherzte Nico.

„Barfuß und schwanger, so mögen sie uns", sagte sie und rollte mit den Augen. „Bist du hungrig, Luca?"

„Sehr."

„Na dann komm. Lass uns dich einrichten."

Ich folgte Sam ins Haus, während Nico meine Tasche aus dem Kofferraum holte. Im Haus war es still.

„Schlafen die Kinder schon?", fragte ich.

„Aus wie Licht. Gott sei Dank. Das gibt mir Zeit, mich selbst denken zu hören", seufzte Sam.

Nico holte meine Tasche und brachte sie ins Gästezimmer.

„Schatz, machst du uns bitte eine gute Flasche Rotwein auf, während ich die Soße aufwärme?", fragte Sam Nico, als er in die Küche zurückkehrte.

„Klar, Babe. Ist Merlot okay?"

„Toll. Danke. Fühl dich wie zu Hause, Luca."

„Danke, Sam. Ich bin gleich wieder da. Ich will mich vor dem Essen noch etwas frisch machen."

„Du kennst das Haus", sagte Nico und ging in den Weinkeller.

„Ja, danke."

„Luca", sagte Sam, bevor ich die Küche verließ.

„Ja?"

„Geht es dir gut?"

„Das werde ich bald sein."

Das Gästezimmer war wunderschön dekoriert. Sam kannte sich mit Farbpaletten aus. Ihr Inneneinrichtungsgeschäft war auf der ganzen Welt bekannt. Mit ihren Fähigkeiten als Innenarchitektin und Nicos Talent als Künstler war ihr Zuhause jedem Cover eines Designmagazins würdig.

Ich wusch mir die Hände und spritzte mir Wasser ins Gesicht. Ich beschloss, Madison vor dem Abendessen anzurufen. Ich wollte sie wissen lassen, dass ich in Sicherheit war und vor allem, dass ich an sie dachte.

„Hey, Maddie", sagte ich, als sie den Anruf entgegennahm.

„Hi, Babe. Schön, von dir zu hören."

„Wie läuft es zu Hause?"

„Okay, denke ich. Mama ist ruhig. Papa hat den ganzen Tag an seinen Motorrädern gebastelt. Beth kam zu einem späten Mittagessen vorbei."

„Wie geht es ihr?"

„Erstaunlich. Ich weiß nicht, was Mama ohne ihre Schwester getan hätte."

Madisons Stimme knisterte leicht, als sie das Wort Schwester sagte. Ich wechselte das Thema, in der Hoffnung, sie abzulenken.

„Der Agent hat mich angerufen, als ich am Flughafen war."

„Oh?"

„Ja, sie sagte, sie hat einen Kunden, der sehr am Kauf interessiert ist. Er will ein Angebot machen."

„Gut."

„Wie auch immer, ich bin müde von der Reise. Ich rufe dich morgen früh an. Okay?"

„Okay, Babe. Schlaf gut."

„Du auch, Maddie. Ich liebe dich."

„Ich liebe dich auch."

Ich ließ mein Handy auf dem Bett liegen und ging zu Nico und Sam in die Küche.

„Setzt euch an den Tisch, Jungs", rief Sam. „Das Essen ist fertig."

„Das riecht wunderbar", sagte ich, während Nico den Wein einschenkte.

„Das ist Nicos Spezialrezept", grinste Sam. „Er leiht es mir ab und zu."

„Nur zu besonderen Anlässen", fügte Nico hinzu.

„Pass auf, der Teller ist heiß", sagte sie und stellte ihn in die Mitte des Tisches.

„Ist es so feurig, wie ich es in Erinnerung habe?", fragte ich.

„Natürlich", antwortete Nico.

Ich lud eine große Portion auf meinen Teller.

„Auf gute Freunde", sagte Nico und hielt sein Glas hoch.

„Auf die Familie", fügte Sam hinzu.

„Auf die Rache", bot ich an.

Weder Nico noch Sam äußerten sich zu meinem Toast.

„Wie geht es Madison, Luca?", fragte Sam.

„Sie hat es schwer."

„Ich kann mir nur vorstellen, was sie durchmachen muss. Es tut mir so leid für deinen Verlust, Luca", sagte sie leise und legte ihre Hand auf meine.

„Ich möchte mich bei dir bedanken, Sam."

„Wofür?"

„Ich weiß, wie du dich fühlst, wenn Nico wieder in diese Welt eintritt. Das tut mir sehr leid. Ich möchte, dass du weißt, dass ich ihn nie um Hilfe gebeten hätte, wenn ich es allein geschafft hätte."

„Das weiß ich, Luca. Nico ist ein großer Junge. Er und ich haben darüber gesprochen und ich verstehe, dass er dir helfen will. Versprich mir, dass du vorsichtig sein wirst."

„Versprochen."

„Okay. Lass uns essen."

„Wir beide werden uns morgen unterhalten, Luca", sagte Nico, während wir aßen. „Lass uns den heutigen Abend nutzen, um alles aufzuholen."

„Das wäre toll."

Das Abendessen war köstlich und die Unterhaltung kam gut in Gang. Mir wurde klar, wie sehr ich die beiden vermisst hatte. Es gab keinen Ersatz für geliebte Menschen. Ich schwor mir, dass ich Nico mit meinem Leben beschützen würde. Ich wollte nicht zulassen, dass Antonio eine weitere Familie zerstört. Nur über meine Leiche.

27

MADISON

„Guten Morgen, Miss Harris."

„Hallo, Detective."

„Können Sie mich heute auf dem Revier treffen? Ich wollte etwas mit Ihnen besprechen."

„Warum? Gibt es eine neue Entwicklung in dem Fall?"

„Ich habe noch keinen Verdächtigen, falls Sie das wissen wollen. Aber ich wollte etwas mit Ihnen besprechen."

„Okay. Um wie viel Uhr?"

„Sagen wir 10 Uhr."

„Okay, wir sehen uns dann."

„Danke."

Ich fragte mich, warum Detective Cross mit mir reden wollte. Ehrlich gesagt, hatte ich die Hoffnung aufgegeben, dass die Polizei Laurens Mörder jemals finden würde. Sie waren einer Verhaftung nicht näher gekommen als am Tag des Mordes.

Ich kam um 9:50 Uhr auf dem Polizeirevier an und wartete auf Cross vor seinem Büro.

„Danke, dass Sie gekommen sind", sagte er, als er um Punkt 10 Uhr die Tür öffnete.

Ich setzte mich an seinen Schreibtisch.

„Darf ich Ihnen einen Kaffee anbieten, Miss Harris?"

„Nein, danke, Detective. Worum geht es hier?"

Ich wollte, dass er direkt auf den Punkt kommt.

„Wir haben den Mord an Ihrer Schwester als vorsätzlichen Mord untersucht und nicht als Einbruch, der schief gelaufen ist."

Zuerst verstand ich nicht, was er sagte. Dann fiel langsam der Groschen.

„Was meinen Sie?"

„Ich will damit sagen, dass der Mord an Lauren eher auf einen Anschlag hindeutet als auf einen Einbruch, bei dem sie einen Möchtegern-Einbrecher überrascht haben könnte."

„Aber warum? Wer, um Himmels willen, würde Lauren ermorden wollen? Das ergibt doch keinen Sinn, Detective Cross."

„Es wurde nichts Wertvolles aus dem Haus gestohlen. Das ist an sich schon ein eindeutiges Zeichen. Das Haus ist ziemlich abgelegen, so dass der Einbrecher genug Zeit und Gelegenheit gehabt hätte, Miss Harris zu töten und dann das Haus auszuplündern, ohne Angst haben zu müssen, entdeckt zu werden."

Ich starrte den Polizisten an, während er sprach. Es war, als ob mein Verstand in den Leerlauf geschaltet hätte.

„Dann ist da noch die Art und Weise, *wie* Ihre Schwester getötet wurde. Ich will Sie nicht erschrecken, Miss Harris, aber es war ein sauberer Schuss. Das erfordert Geschick."

„Was sagen Sie da?"

„Ich möchte, dass Sie die Möglichkeit in Betracht ziehen, dass Ihre Schwester das Ziel eines Anschlags war."

„Sie machen wohl Witze, Detective Cross. Lauren war Studentin und kein Drogenbaron. Warum zum Teufel sollte jemand ihren Tod wollen?"

„Genau das versuchen wir herauszufinden. Ich hatte gehofft, dass Sie mit diesen Informationen ausgestattet, gründlich darüber nachdenken würden. Sind Sie sicher, dass Lauren nicht kürzlich jemanden getroffen hat, der sich in kriminellen Kreisen bewegt? Vielleicht eine neue Beziehung, die sie nur am Rande erwähnt, aber nicht weiter ausgeführt hat?"

„Ich kann mich ehrlich gesagt nicht an ein solches Szenario erinnern."

„Wir haben mit ein paar von Laurens Studienfreunden gesprochen. Einer von ihnen erwähnte, dass sie einen neuen Liebhaber hatte. Hat sie Ihnen etwas über ihn erzählt?"

„Lauren hat mit mir über alle möglichen Leute gesprochen. Wissen Sie denn, wie er heißt?"

„Ich glaube, es war ein Kommilitone namens Chad Bentley. Sagt Ihnen der Name etwas?"

„Nein, tut es nicht. Wer ist er?"

„Es tut mir leid, aber es steht mir nicht frei, im Detail über ihn zu sprechen. Nicht, bevor er nicht als Verdächtiger entlastet wurde."

„Er ist ein Verdächtiger?"

„Jeder ist ein potenzieller Verdächtiger, bis er entlastet ist, Miss Harris."

„Gut. Gibt es sonst noch etwas, Detective?"

„Nein. Danke, dass Sie gekommen sind. Ich melde mich wieder."

„Danke."

Als ich das Revier verließ, drehte sich mein Kopf. Ich rief Dad von meinem Auto aus an und sagte ihm, dass ich mit ihm reden wollte, weg vom Haus. Er schlug vor, dass wir uns in seinem Club treffen sollten, also fuhr ich direkt dorthin und wartete auf ihn. Ich setzte mich in die Lounge und bestellte einen Kaffee.

„Maddie. Ist alles in Ordnung?", fragte Dad, als er ankam.

„Hi, Dad. Ich hatte gerade ein sehr beunruhigendes Treffen mit Detective Cross."

„Was hat er gesagt?"

„Anscheinend sind sie nicht davon überzeugt, dass Lauren von einem Einbrecher getötet wurde. Sie ermitteln gegen einen von Laurens Kommilitonen, Chad Bentley."

„Wofür?"

„Cross sagte, dass der Mord wie ein professioneller Anschlag aussah."

„Das ist Wahnsinn, Maddie."

„Das habe ich auch gesagt."

„Wer ist dieser Chad?“

„Ich habe keine Ahnung. Lauren hat ihn mir gegenüber nie erwähnt.“

„Ich werde ein paar Anrufe machen. Ich würde gerne mit ihm reden.“

„Das würde ich auch.“

„Bitte erzähl deiner Mutter nichts davon, bitte. Sie ist ohnehin schon in einem schlimmen Zustand.“

„Deshalb habe ich dich hierher gebeten, anstatt mit dir zu Hause darüber zu reden.“

„Ich werde meinen Privatdetektiv anrufen.“

Ich wollte nicht darauf warten, dass Dads Ermittler Dreck über Chad fand. Nach unserem Treffen machte ich mich auf den Weg zur Uni. Wenn Bentley ein Verbrecher war, wollte ich es selbst herausfinden.

Die Tatsache, dass Lauren außerhalb des Campus lebte, machte es für sie einfacher, Geheimnisse zu haben. Das Campusleben geht so ziemlich jeden etwas an. Lauren hatte es immer vorgezogen, ihre Privatsphäre zu haben. Meine beste Möglichkeit war, mit ihrer engsten Kommilitonin Becky zu sprechen.

Ich fand sie in ihrem Wohnheim.

„Madison. Was für eine schöne Überraschung. Ich habe nicht damit gerechnet, dich zu sehen“, lächelte sie.

„Hi, Becky. Es tut mir leid, dass ich so unerwartet auftauche. Darf ich reinkommen?“

Becky schaute auf ihre Uhr.

„Ähh, klar. Ich habe noch eine halbe Stunde Zeit, bevor ich zum Unterricht muss. Komm rein. Bitte, setz dich. Kann ich dir etwas zu trinken anbieten?“

„Nein danke, Becky. Ich werde nicht lange bleiben.“

„Okay.“

„Becky, kennst du Chad Bentley?“

„Klar. Er hat letztes Jahr seinen Abschluss gemacht. Ich glaube, er macht im Moment seinen Doktor. Warum?“

„Kannte Lauren ihn?“

„Ja. Warum? Was ist hier los?"

„Ich habe heute mit dem Ermittler in Laurens Fall gesprochen und er scheint zu glauben, dass Chad und Lauren zusammen waren. Stimmt das?"

„Nicht, dass ich wüsste. Ich weiß, dass er ein paar Mal mit ihr ausgehen wollte, aber sie hat erwähnt, dass er nicht wirklich ihr Typ ist. Wer hat den Bullen von Chad erzählt?"

„Er sagte, jemand von der Universität hätte es ihm gegenüber erwähnt."

„Na ja, du weißt ja, wie es läuft. Die Uni ist wie die High School. Es wird viel geklatscht. Ich weiß nicht, wer seine Quelle ist, aber das ist Unsinn."

„Bist du sicher, Becky?"

„Natürlich. Lauren hätte es mir gesagt, wenn Chad oder irgendein anderer Typ sie belästigt hätte. Außerdem war sie so mit ihrem Studium beschäftigt, dass sie wohl kaum Zeit hatte, sich am Hintern zu kratzen, geschweige denn sich zu verabreden."

„Das habe ich mir gedacht."

„Hat der Polizist gesagt, warum sie nicht wegen eines schief gelaufenen Einbruchs ermitteln?"

„Ja, aber ich glaube, das darf ich nicht weitererzählen. Ich würde trotzdem gerne mit Chad sprechen. Weißt du, wo ich ihn finden kann?"

„Klar. Er ist einer der Assistenten unseres Professors. Ich werde dir den Stundenplan besorgen."

„Danke, Becky."

„Klar doch, Madison. Wie kommst du zurecht?"

„Es ist schwer. Wir vermissen sie so sehr."

„Lauren war eine meiner besten Freundinnen. Ihr Verlust hat eine schreckliche Lücke hinterlassen", sagte Becky leise und wischte sich eine Träne weg.

„Es tut mir leid, Becky. Es ist schwer für alle, die sie kannten."

„Ich hole den Zeitplan für dich."

Ich verließ Beckys Wohnung mit dem Zeitplan in der Hand. Ich wollte nirgendwo hingehen, bevor ich nicht mit Chad gesprochen hatte.

Der Coffee Shop auf dem Campus war ein festlicher Ort. Aufgeregte Schülerinnen und Schüler versammelten sich - ähnlich wie in der High School - und die beliebten unter ihnen standen an der Spitze des Gesprächs. Ich bestellte einen Kaffee und ein Sandwich und setzte mich in die Nähe einer großen Gruppe lärmender Studenten.

Ich hatte keine Ahnung, was ich zu Chad Bentley sagen sollte. Cross würde wahrscheinlich einen Anfall bekommen, wenn er wüsste, was ich vorhatte. Aber das war mir egal. Wenn Chad irgendetwas, egal wie wenig, mit Laurens Tod zu tun hatte, würde ich es aus ihm herausholen.

Und Gott helfe ihm, wenn er tatsächlich dahintersteckte.

28

LUCA

Ich schlich mich früh aus dem Haus, noch bevor jemand wach war. Ich musste laufen, um einen klaren Kopf zu bekommen. Nicos Grundstück war riesig. Ich lief eine Stunde lang über die Pfade, bevor ich wieder am Haus ankam. Das Licht in der Küche war an. Nico kochte gerade Kaffee, während Sam das Schulessen für die Kinder vorbereitete.

„Guten Morgen", lächelte Nico, als ich durch die Hintertür kam.

„Hallo, früher Vogel.", sagte Sam.

„Hallo, du."

„Kaffee?", bot Nico an.

„Gerne, danke."

„Dunkel und bitter. Stimmt's?"

„Ja, das hört sich gut an", seufzte ich.

„Nimm lieber einen doppelten Schuss Wodka, Schatz", rief Sam aus der Speisekammer.

Das Geräusch von Pfoten auf einer hölzernen Oberfläche lenkte mich von meiner Mitleidsparty ab.

„Hey, Blue! Wie geht es dir, mein Junge?", sagte ich und kraulte ihn hinter den Ohren, als er sich an mich kuschelte.

„Runter, Blue", sagte Nico mit strenger Stimme. Blau kapitulierte.

„Die Jungs kommen auch gleich", sagte Sam.

„Sie werden mich nicht erkennen", sagte ich mit leichtem Bedauern.

„Nein, sie waren noch Babys, als du weggezogen bist", lächelte Nico.

„Wahrscheinlich ist das gut so. So ist es sicherer", sagte ich.

„Mama! Cody hat meinen Baseballhandschuh, weil er seinen nicht finden kann."

Ein zehnjähriger Junge, der seinem Vater wie aus dem Gesicht geschnitten war, kam unbekleidet in die Küche gestürmt. Als er mich sah, blieb er wie angewurzelt stehen.

„Oh, hallo", sagte er so höflich wie möglich. „Es tut mir leid. Ich wusste nicht, dass wir Besuch haben."

„Tom, das ist Luca, ein alter Freund von uns", stellte uns Nico vor.

„Es ist mir ein Vergnügen, Sie kennenzulernen, Sir", sagte der Junge und streckte die Hand aus, um mir die Hand zu schütteln.

Ich hob eine Augenbraue zu Nico, bevor ich ihm die Hand schüttelte.

„Privatunterricht", grinste Nico und zwinkerte.

„Schön, dich kennenzulernen, Tom."

Cody stürmte als Nächster herein. Wir wiederholten das Ritual. Dann folgte Kyle. Die Drillinge waren Spiegelbilder von einander. Ich stellte mir vor, dass ihre Eltern sie auseinanderhalten konnten, aber ich hatte Mühe damit.

„Müsli oder Eier?", fragte Sam die drei kleinen Leute.

Alle drei entschieden sich für Müsli und nach einem hektischen Frühstück schickte Sam sie zur Schule. Blue sprang zusammen mit seinen Komplizen in den SUV.

„Wow! Das war hektisch", sagte ich, als sie weg waren.

„Willkommen im Zirkus", gluckste Nico. „Abgesehen von dem Chaos ist es toll, Vater zu sein. Ich liebe es."

„Das kann ich sehen. Du und Sam seid gesegnet."

„In der Tat. Warum gehst du nicht unter die Dusche und ich hole Tony an die Strippe? Es wird Zeit, dass wir zur Sache kommen."

„Gute Idee."

„Ich mache uns in der Zwischenzeit ein paar Eier und Toast."

„Danke, Nico."

„Klar doch, Kumpel."

* * *

„Es ist schön, dich zu sehen, Tony."

„Gleichfalls, Luca. Es tut mir leid, von deinem Ärger zu hören."

„Danke. Ich weiß deinen Beitrag zu schätzen, Tony. Es tut mir leid, dass du in diese Sache hineingezogen wirst."

„Antonio ist Abschaum. Er hat es schon seit Jahren verdient. Ich will ihm helfen."

„Hast du schon mit jemandem aus der Familie Barone gesprochen?", fragte mich Nico.

„Nein, noch nicht. Ich will keinen Krieg anfangen. Außerdem bin ich jetzt schon so lange weg, dass ich nicht weiß, wem ich trauen kann und wem nicht. Ich kann nicht riskieren, dass jemand Antonio oder seinen Mörder verrät."

„Du hast Recht. Lassen wir sie vorerst aus dem Spiel", stimmte Tony zu.

„Ich habe nachgedacht", verkündete Nico. „Ich habe ein paar Ideen."

Wir drei unterhielten uns fast zwei Stunden lang in Nicos Arbeitszimmer, bevor Tony ging. Sam war da schon zurück.

„Ich muss für ein paar Stunden in der Galerie vorbeischauen, Sam. Luca, entschuldigst du mich für eine Weile?"

„Natürlich."

„Kein Problem, Babe. Luca und ich kommen schon klar. Oh, die Jungs bleiben nach der Schule zum Üben, also werden sie zum Abendessen nicht hier sein."

„Du meinst, wir können heute Abend in relativer Ruhe essen?"

„Aufregend, nicht wahr?", lachte sie.

Nico ging und Sam und ich machten einen Spaziergang.

„Ich hoffe, wir lernen Madison bald kennen", sagte sie.

„Sie ist eine tolle Frau. Du würdest sie mögen."

„Wie alt ist sie?"

„Achtundzwanzig."

„Hat der Mord an ihrer Schwester eure Hochzeitspläne auf Eis gelegt?"

„Ja. Wenn sie herausfindet, dass es meine Schuld ist, ist sie ganz weg."

„Du meinst, du hast es ihr nicht gesagt?"

„Ich kann es nicht, noch nicht."

„Luca, du kannst deine Zukunft mit Madison nicht auf einer Lüge aufbauen."

„Ich weiß. Aber ich will es ihr zum richtigen Zeitpunkt sagen. Ich muss erst die Monster loswerden, die für den Mord an ihrer Schwester verantwortlich sind. Dann kann ich ihr vielleicht einen kleinen Frieden geben."

„Es wird nie ein guter Zeitpunkt sein. Du musst vielleicht damit rechnen, dass die Wahrheit sie wegstößt. Aber lieber jetzt, bevor ihr eine Familie habt. Sie verdient es, die Wahrheit zu erfahren, Luca."

„Du hast wahrscheinlich recht. Ich kämpfe jetzt schon seit Wochen mit diesem Schlamassel. Ich bin völlig fertig wegen der Schuldgefühle. Jedes Mal, wenn ich in Maddies Augen schaue oder ihre Eltern sehe, möchte ich von einer Klippe springen. Ich weiß, dass ich mit ihr ins Reine kommen muss, aber ich bringe es nicht übers Herz, es ihr zu sagen."

„Wo ist sie jetzt?"

„Sie wohnt bei ihren Eltern. Das ist der sicherste Ort für sie. Außerdem denkt Antonio, dass Lauren meine Freundin war. Wenn er weiter so denkt, ist Maddie in Sicherheit."

„Du spielst mit dem Feuer, Luca. Antonio ist kein Dummkopf. Er ist ein Riesenarschloch, aber er ist kein Narr. Er wird es früher oder später herausfinden."

„Diese Chance wird er nicht bekommen. Ich habe vor, ihn loszuwerden, bevor er noch mehr Schaden anrichten kann."

„Dann solltest du es lieber bald tun. Ich nehme an, Madison weiß nicht, wer Nico und ich sind - unsere Geschichte und so."

„Nein. Sie denkt, ich treffe mich mit einem Käufer. Ich hasse es, sie anzulügen."

„Luca, du bist ein guter Kerl. Das warst du schon immer. Du wirst das Richtige tun. Ich weiß, dass du das tust."

„Ich weiß nicht, ob ich ein guter Kerl bin. Ich habe ein paar ziemlich beschissene Dinge in meinem Leben getan. Maddie zu lieben war das Beste in meinem traurigen Leben."

„Es wird alles gut, Luca. Hab Vertrauen."

„Du und Nico habt ein wunderbares Leben. Ich bin neidisch."

„Am Anfang war es auch ein bisschen steinig. Aber wem erzähle ich das", lächelte sie.

„Machst du Witze? Eure Erfolgsgeschichte ist das, woran ich mich festhalte, wenn ich denke, ich verliere den Verstand."

„Das ist süß. Wie sind ihre Eltern so? Kommt ihr gut miteinander aus?"

„Michael Harris ist sehr beschützend gegenüber seinen Töchtern. Er wird mich ganz sicher hassen. Caroline ist eine Südstaatenschönheit. Ich kann mir nicht vorstellen, dass sie mich noch weniger hasst. Ehrlich gesagt, ich glaube, ich stecke richtig in der Scheiße. Das Beste, was ich jetzt noch tun kann, ist, Antonio zu töten und dann zu verschwinden. So ist die Familie Harris in Sicherheit."

„Madison ist so schon untröstlich, Luca. Kannst du dir vorstellen, wie sie sich fühlen wird, wenn du plötzlich auch noch von der Bildfläche verschwindest?"

„Das wäre besser, als zu wissen, dass ihr Verlobter der Grund für ihr Elend ist."

„Besser für wen?"

„Touché."

„Es gibt keinen einfachen Ausweg aus dieser Sache, Luca."

„Den gibt es nie, Sam. Den gibt es verdammt noch mal nie."

„Mach mit bei der Mafia, sagten sie. Es wird Spaß machen, sagten sie."

„Lustig."

Sam und ich gingen zurück ins Haus, wo sie ihre Mutterpflichten erfüllte und ich über die Ideen nachdachte, die Nico Tony und mir vorgestellt hatte. Ich vermisste Maddie. Es war wie ein dumpfer Schmerz in meinem Bauch. Ich war auch sehr besorgt. Was, wenn Sam recht hatte? Was, wenn Antonio das mit Madison herausfand, bevor ich die Gelegenheit hatte, ihn zu töten?

Es gab keine Zeit zu verlieren. Antonio musste aufgehalten werden.

29

MADISON

Es war Zeit, ins Büro zu gehen. Ich war seit Laurens Tod nicht mehr dort gewesen. Die arme Beth musste den Laden alleine schmeißen, was nicht fair war, denn sie war genauso verzweifelt. Außerdem hatte sie Mama so toll unterstützt.

Die Angestellten gaben ihr Bestes, um mich nicht anzustarren, als wäre ich eine Aussätzige. Wie begrüßt man eigentlich jemanden, der Opfer einer solchen Gewalttat geworden ist? Gab es überhaupt eine richtige Art und Weise? Trotzdem schaffte ich es ohne allzu große Störungen in Beths Büro.

„Maddie“, sagte sie überrascht, als sie mich sah.

„Hi, Beth.“

„Wie geht es dir?“

„Wie dem aufgewärmte Hackbraten von letzter Woche. Und du?“

„Viel zu tun, zum Glück.“

„Ich wollte mich entschuldigen, Beth.“

„Dich entschuldigen? Wofür?“

„Dafür, dass ich dich in eine Sklavin verwandelt habe. Du hast so viel getan, dass ich nicht weiß, wie ich das jemals wieder gutmachen kann.“

„Sei nicht albern, Maddie. Wir sind eine Familie. Du würdest dasselbe für mich tun."

„Bring mich auf den neuesten Stand. Was habe ich verpasst?"

„Das werde ich in einer Minute. Aber bevor ich das tue, hast du wieder etwas von Cross gehört?"

„Nicht seit der wilden Verfolgungsjagd, in die der arme Chad Bentley möglicherweise verwickelt ist, nein. Ich habe keine Ahnung, wer sich diese blödsinnige Geschichte ausgedacht hat, aber diese Person sollte öffentlich ausgepeitscht werden."

„Wahrscheinlich jemand, der eine beschissene Note von ihm bekommen hat."

„Wahrscheinlich."

„Wie geht es Luca?"

„Er ist für ein paar Tage verreist. Ich musste ihm versprechen, dass ich bei Mama und Papa bleibe, bis er zurückkommt."

„Gut für ihn. Nach allem, was passiert ist, würde ich dir auch nicht erlauben, allein zu bleiben."

„Ihr tut so, als ob ich ein hilfloses Kind wäre."

„Ich weiß, dass du eine starke, unabhängige Frau bist, Maddie. Aber bis wir wissen, wer Lauren getötet hat, bist du eine wertvolle Fracht."

Ich lächelte und drückte Beths Hand.

„Wie läuft es zwischen dir und Luca? Das kann für euch beide keine leichte Zeit sein. Ich meine, noch vor ein paar Wochen haben wir eure Hochzeit geplant."

„Es war schwierig. Luca ist manchmal sehr distanziert."

„Ich nehme an, das Trauma hat Dinge aus seiner Vergangenheit ans Licht gebracht. Spricht er jemals darüber?"

„Über den Tod seiner Eltern? Nein. Nicht wirklich."

„Armer Kerl. Mach dir keine Sorgen, Maddie. Er liebt dich. Ihr werdet das schon schaffen."

„Ich hoffe es. Ich liebe ihn wirklich sehr."

„Natürlich tust du das. Er ist perfekt."

„Ich mache mir Sorgen um Mama, Beth. Sie ist immer noch so verschlossen. Sie weint sich fast jede Nacht in den Schlaf. Der Arzt sagt, wir müssen Geduld mit ihr haben und dass jeder anders trauert, aber ich weiß nicht."

„Ich kann mir gar nicht vorstellen, wie sie sich fühlen muss. Lauren war ihr Baby. Kein Elternteil sollte sein Kind überleben. Das ist unnatürlich."

Ich setzte mich hin und stützte meinen Kopf in die Hände. Ich war wieder erschöpft. Der emotionale Aufruhr hatte mehr aus meinem Körper herausgeholt, als ich es je hätte vorhersagen können. Ich war nicht mehr in der Lage, mich über längere Zeiträume zu konzentrieren. Ich wachte müde auf und ging müde ins Bett. Die kleinste Herausforderung schien wie ein Berg vor mir zu liegen.

Am Tag zuvor hatte ich im Supermarkt gestanden und auf Laurens Lieblingsschokoriegel im Schokoladengang gestarrt. Ich hatte ihn in der Hand, um ihn zu kaufen, und merkte dann, dass es niemanden gab, für den ich ihn kaufen konnte. Das Mädchen an der Kasse muss gedacht haben, ich sei high oder so.

Ich konnte auch nicht aufhören zu weinen. In einem Moment lächelte ich noch, und im nächsten Moment heulte ich wie ein Baby.

„Maddie. Kann ich dir einen Kaffee bringen?"

„Was? Ähh, nein. Danke, Beth. Mir geht's gut."

„Na gut. Genug gefaulenzt, als ob du im Urlaub wärst, Fräulein. Es wird Zeit, dass du deinen Verstand einsetzt", sagte sie in ihrer unmissverständlichen Art, die Dinge in die Hand zu nehmen.

„Ja, Ma'am", sagte ich.

„Ich habe ein paar absolut entzückende neue männliche Models, die du dir ansehen sollst. Aber ich muss dich warnen, es wird viel zu sehen geben, also mach dich darauf gefasst."

Ich lachte über Beth. Sie war manchmal wie auf Droge. Den Rest des Tages arbeiteten wir beide Seite an Seite. Ich konnte sogar noch ein oder zwei Mal lachen.

„Ich bin müde", sagte ich um 16 Uhr.

„Da warst heute sehr fleißig. Hast du Lust, noch etwas trinken zu gehen, bevor du nach Hause gehst?"

„Kann ich es verschieben? Ich möchte etwas Zeit mit Mama verbringen."

„Du hast es erfasst. Grüß sie von mir. Sag ihr, dass ich sie am Samstag sehen werde."

„Mach ich. Danke, Beth", sagte ich und umarmte meine Tante.

„Klar, Kleine. Sehen wir uns morgen?"

„In aller Frühe."

„Ruh dich ein bisschen aus. Ich will nicht, dass du morgen einschläfst, wenn wir die neuen Models interviewen."

„Da besteht keine Gefahr", zwinkerte ich.

„Und du küsst Luca mit diesem Schandmaul?"

„Unter anderem", grinste ich.

* * *

Luca rief an, als ich schon im Bett lag.

„Hey, Babe", sagte ich. „Tolles Timing. Ich bin schon zugedeckt."

„Quälst du mich mit Absicht?", stöhnte er.

„Vielleicht."

„Ich vermisse dich wahnsinnig, Maddie. Wie war dein Tag?"

„Gut. Ich bin zur Arbeit gegangen. Habe den Tag mit Beth verbracht."

„Wie war's?"

„Es war ein gutes Gefühl, wieder normale Sachen zu tun. Oder wie auch immer sich meine neue Normalität anfühlt."

„Ich bin stolz auf dich."

„Danke. Wie läuft deine Reise?"

„Gut. Ich bin froh, dass ich gekommen bin. Es war nötig."

„Es tut mir leid, dass ich mich wie ein bockiges Kind benommen habe, als du mir gesagt hast, dass du verreisen musst."

„Du brauchst dich nicht zu entschuldigen, meine Liebe. Du hast die Hölle durchgemacht. Das ist völlig verständlich."

„Detective Cross hat Chad Bentley als möglichen Verdächtigen aufgegeben. Der arme Kerl war ein Nervenbündel, als er erfuhr, dass er ein Verdächtiger ist."

„Warte. Hast du mit ihm gesprochen?"

„Ja."

„Bist du verrückt? Was, wenn er ein Verrückter war? Versprich mir, dass du das nie wieder tun wirst."

„Ich habe mit ihm auf dem Campus gesprochen. In der Cafeteria. Es war keine dunkle Gasse."

„Trotzdem. Ich kann nicht riskieren, dass du verletzt wirst, Madison."

„Okay, ich hab's verstanden. Ich werde gründlich gezüchtigt."

„Werd nicht frech, Frau", sagte Luca. An seinem Tonfall konnte ich erkennen, dass mir vergeben worden war.

„Wann kommst du nach Hause? Ich vermisse dich."

„Nur noch ein paar Tage, dann bin ich zurück."

„Beeil dich."

„Das werde ich. Du hältst dich in der Zwischenzeit von Ärger fern. Okay?"

„Okay. Schlaf gut."

„Du auch, meine Schöne. Ich liebe dich."

„Ich liebe dich auch."

Ich lag im Bett und starrte an die Decke. Mama schlief, Gott sei Dank. Der Arzt war am frühen Nachmittag vorbeigekommen und hatte nach ihr gesehen. Ich hatte mit ihm gesprochen, bevor er ging.

„Wie geht es meiner Mutter?", fragte ich ihn. „Ich meine, wie geht es ihr wirklich?"

„Ihre Vitalwerte sind gut, Madison. Deine Mutter ist eine sehr gesunde Frau. Die Gene haben es gut mit ihr gemeint. Sie wird wieder gesund. Ich habe ihr vorgeschlagen, einer Selbsthilfegruppe für Familien beizutreten, die ein Mitglied durch Gewalt verloren haben. Ich denke, du solltest sie ermutigen, an einem Treffen teilzunehmen. Es ist für jeden schwierig. Es wäre vielleicht keine schlechte Idee, wenn du mitgehst."

„Ich weiß nicht, ob sie schon so weit ist, Doc. Aber ich werde es ihr gegenüber erwähnen."

„Okay. In deiner eigenen Zeit. Wie kommst du zurecht?"

„Ich habe gute Tage und schlechte Tage. Was ist mit meinem Vater? Wie wirkt er auf Sie?"

„Du kennst ihn besser als ich. Was denkst du?"

„Er hat sich sehr für Mama und mich eingesetzt. Aber ich mache mir Sorgen. Früher oder später muss er zusammenbrechen."

„Nun, wenn er das tut, bin ich hier, um zu helfen."

„Danke, Doktor."

„War mir ein Vergnügen, Madison. Pass gut auf dich auf."

„Das werde ich."

Ich wusste, was meinem Vater helfen würde, und das war keine Spritze. Jedenfalls keine mit einer Nadel. Mein Vater würde erst ruhen, wenn der Mann, der für Laurens Tod verantwortlich war, gefasst war. Besser gesagt, tot und begraben.

30

LUCA

War das mein Handy? Was zur Hölle? Ich hatte es auf Vibrationsalarm gestellt, um niemanden zu stören. Auf meinem Nachttisch ging es drunter und drüber. Ich schaute durch ein Auge und erkannte die Nummer. Es war Maddie. Mein Herz blieb für eine Sekunde stehen.

„Maddie. Was ist denn los?"

„Luca."

Ihre Stimme klang zittrig. Irgendetwas stimmte ganz und gar nicht.

„Was ist los? Geht es dir gut?", fragte ich.

„Es tut mir leid. Ich weiß, es ist spät. Aber ich musste anrufen."

„Es ist alles in Ordnung, mein Schatz. Was ist passiert?"

„Ich habe heute ein Paket im Büro bekommen. Ich habe es erst geöffnet, als ich eben nach Hause kam."

Ich hatte nicht vor, sie zu fragen, warum sie erst nach Mitternacht nach Hause kam. So wie es sich anhörte, gab es dringendere Angelegenheiten.

„Da drin ist ein Foto von uns beiden, Luca."

„Okay. Und?"

„Und eine Notiz."

„Was steht da?"

„Es macht mich wahnsinnig. Da steht: *'Nächstes Mal keine Fehler'.* Was soll das bedeuten?"

Scheiße! Meine schlimmste Befürchtung war wahr geworden. Antonio wusste, dass Lauren nicht meine Geliebte war. Ich hatte keine Ahnung wie, aber er wusste es. Ich musste Madison so schnell wie möglich da rausholen.

„Ich weiß es nicht, Maddie", log ich, „aber es gefällt mir nicht."

„Ist es möglich, dass jemand versucht hat, mich anstelle von Lauren zu töten?"

„Ich gehe kein Risiko ein, Maddie. Ich buche jetzt gleich ein Flugticket für dich. Pack ein paar Sachen in eine Tasche und fahr zum Flughafen. Ich rufe dich an, sobald ich die Flugdaten habe."

„Bist du wahnsinnig? Was ist, wenn meine Eltern in Gefahr sind? Ich kann nicht einfach mitten in der Nacht von hier weggehen. Mama kämpft schon jetzt darum, sich über Wasser zu halten und Gott weiß, wie lange es dauert, bis Papa zusammenbricht."

„Madison", sagte ich streng, „das ist kein Vorschlag. Du könntest in Gefahr sein. Ich möchte, dass du eine Tasche packst und zum Flughafen fährst. Sofort, Maddie."

„Was ist mit meinen Eltern?"

„Ich habe einen Freund, dem eine Sicherheitsfirma gehört. Ich werde ihn bitten, jemanden zu schicken, der ein Auge auf deine Eltern wirft. Okay?"

„Bist du sicher, Luca?"

„Ja. Ich bin mir sicher. Bitte, Maddie. Ich darf dich nicht verlieren."

„In Ordnung. Ich bin schon auf dem Weg."

„Danke, Baby. Ich rufe dich bald wieder an."

Ich legte auf und rief die Fluggesellschaft an und buchte den ersten Flug zu mir. Eine Stunde später saß Madison sicher im Flugzeug.

Ich rief meinen Kontakt zu Hause an und bat ihn, zwei seiner besten Männer zu schicken, die auf Michael und Caroline aufpassen sollten. Und auf Beth. Nur für den Fall. Als ich sicher war, dass Madison im Flieger saß, weckte ich Nico vorsichtig auf und erzählte ihm, was passiert war. Er schlich sich aus dem Bett, um Sam und die Kinder nicht zu wecken.

„So fängt es an“, seufzte er. „Okay, ich werde Madison vom Flughafen abholen. Du bleibst hier. Nur für den Fall, dass jemand nach Madisons Ankunft Ausschau hält. Wir können nicht zulassen, dass Antonio euch beide zusammen findet.“

„Aber was ist, wenn sie dir folgen?“

„Das wird nicht passieren. Nicht bei dem Geflecht von Wegen, die ich nehme, um hierher zu kommen.“

„Danke, Nico. Es tut mir leid, dass ich dir das antue.“

„Ist schon gut. Bitte sag Sam, was los ist, wenn sie aufwacht.“

„Das werde ich.“

Nico verließ das Haus und machte sich auf den Weg zum Flughafen. Ich lief im Wohnzimmer auf und ab wie ein eingesperrtes Tier. Blue gab nach ein paar hundert Schritten auf, mich zu begleiten, und legte sich auf den Teppich neben dem Sofa. Zwanzig Minuten später war er verschwunden. Ich nahm an, dass er wieder im Jungenzimmer schlafen würde.

Ich schaute auf meine Uhr. Wo waren sie? Ich versuchte, die Route im Kopf zu berechnen und abzuschätzen, wie lange Nico für jeden Abschnitt brauchen würde. Andererseits hatte ich keine Ahnung, welche oder wie viele Ausweichrouten er hatte, um sicherzustellen, dass er nicht verfolgt wurde.

„Was ist hier los?“

Sams plötzliche Stimme hinter mir ließ mich aufschrecken und ich zuckte zusammen.

„Wo ist Nico?“

„Mensch, hast du mich erschreckt.“

„Tut mir leid.“

„Nico ist losgefahren, um Madison vom Flughafen abzuholen.“

„Um diese Zeit? Warum? Was ist passiert?“

„Antonio hat sie gefunden. Er weiß, dass er die falsche Frau getötet hat.“

„Shit. Das ist nicht gut.“

„Ich weiß.“

„Er hat dich in die Enge getrieben. Das weißt du doch, oder?"

„Ja. Ich habe jetzt keine Wahl mehr. Ich werde Maddie die Wahrheit sagen müssen."

„Es tut mir leid, Luca. Verdammt noch mal. Ich brauche Kaffee. Willst du welchen?"

„Ja, immer her damit, bitte."

Sam legte den Schalter an der Kaffeemaschine um und mahlte einige Arabica-Bohnen. Der Geruch beruhigte mich ungemein. Ich schaute wieder auf meine Uhr.

„Nico weiß, was er tut, Luca. Mach dir keine Sorgen. Sie werden bald zurück sein."

„Tut mir leid, ich bin ein bisschen nervös."

„Das wundert mich nicht. Also, was genau ist passiert?"

„Maddie rief mich kurz nach Mitternacht an. Sie hat heute ein Paket auf der Arbeit erhalten und es zu Hause geöffnet. Darin war ein Foto von uns und ein Zettel."

„Was stand drauf?"

„Dass Antonio denselben Fehler nicht zweimal machen wird."

„Das arme Mädchen muss eine Heidenangst haben."

„Die hat sie. Ich fühle mich so schuldig, Sam."

„Biege es einfach wieder gerade."

„Ich werde es versuchen. Ich kann es nicht erwarten, sie zu sehen. Aber ich bin verdammt nervös. Was, wenn sie mir nicht verzeiht, Sam? Ich liebe diese Frau."

„Du kannst nichts tun, wenn sie dir nicht verzeihen kann, Luca. Das ist das Blöde an der Liebe. Du hast keine Kontrolle über das Objekt deiner Zuneigung."

„Du hast Nico den Mord an deinem Stiefvater verziehen. Wie hast du das überwunden?"

„Nun, zunächst einmal war mein Stiefvater ein Arschloch, das war also kein großer Verlust. Aber Mom hat ihn mal geliebt, das war schwierig für mich. Jedenfalls habe ich gemerkt, dass ich ohne Nico nicht leben kann. Das ist es, was wahre Liebe ausmacht, Luca. Sie vergibt und überwindet."

„In diesem Fall kann ich nur beten, dass Madison mich so sehr liebt wie ich sie liebe. Denn das, was ich ihr jetzt sagen werde, könnte unsere Liebe im Keim ersticken. Mausetot."

Es war 4:30 Uhr morgens, als ich das Geräusch von Reifen auf dem Schotter draußen hörte. Es fühlte sich an, als ob ein Elefant auf meiner Brust sitzen würde. Mein Atem ging schwer, als ich nach draußen ging und auf der Terrasse wartete.

Nico parkte gerade. Ich ging zum Auto und öffnete die Beifahrertür für Madison. Sie stieg aus und warf ihre Arme um meinen Hals. Ich hielt mich mit aller Kraft an ihr fest.

„Luca", seufzte sie.

„Du zitterst ja."

„Es war eine harte Nacht. Ich habe dich vermisst, Babe."

„Ich habe dich auch vermisst. Gott sei Dank, du bist in Sicherheit."

„Was zum Teufel ist hier los, Luca? Warum bist du nicht zum Flughafen gekommen?", fragte sie in gedämpftem Ton, als wir zum Haus gingen.

„Komm rein. Wir reden weiter, wenn du dich eingerichtet hast."

„Ich rieche Kaffee. Ich würde für eine Tasse töten."

„Ich schenke dir etwas ein. Bist du hungrig?"

„Ich kann nicht essen. Mein Magen ist wie verknotet."

Nico küsste Sam, als er das Haus durch die Küchentür betrat.

„Madison, das ist Samantha, Nicos Frau."

„Hi, Samantha. Freut mich, dich kennenzulernen."

„Hi, Madison. Freut mich auch, dich kennenzulernen."

„Kann mir bitte jemand sagen, was hier los ist?", sagte Madison, als sie ihren Kaffee getrunken hatte. „Nichts für ungut, Nico und Samantha, aber wer seid ihr?"

Und schon hatte ich das Ende meines Albtraums vor Augen.

31

MADISON

Ich war ein Wrack, als ich mich in die Abflughalle des Flughafens setzte. Ich hoffte, meine Eltern würden mir die Geschichte glauben, dass ich Luca vermisste und ihn für ein paar Tage treffen würde. Ich hatte vor meiner Abreise eine Nachricht hinterlassen, damit sie sich keine Sorgen um mich machten.

In meinem Kopf drehten sich die Fragen. Was hatte Luca mir nicht gesagt? Es leuchtete mir ein, dass er mich bei sich haben wollte, um mich zu beschützen, aber ich wurde das Gefühl nicht los, dass er mehr über das Foto wusste, als er zugegeben hatte.

Mein Instinkt und mein Bauchgefühl sagten mir, dass Luca etwas verheimlichte, und das machte mir eine Heidenangst.

Nachdem wir gelandet waren und die Passagiere das Flugzeug verlassen hatten, suchte ich nach Luca. Ich wurde immer besorgter, als ich ihn in der Menge der Menschen, die in der Ankunftshalle auf ihre Freunde und Angehörigen warteten, nicht finden konnte. Man stelle sich meinen Schock vor, als ein Mann, den ich noch nie zuvor gesehen hatte, auf mich zukam und mir sagte, dass er mich für Luca Gambrelli abholen würde. Was zum Teufel? Wer war er? Was, wenn er ein Psychopath war? Ich erinnerte mich daran, dass ich dachte, wenn er tatsächlich ein Psychopath wäre, dann wäre er der erste mit Engelsaugen.

Es brauchte einige Überzeugungsarbeit, bis ich zu ihm ins Auto stieg. Er sagte mir immer wieder, dass es Luca nicht gut ginge und dass er mir alles erklären würde, wenn wir uns treffen würden. Ich war kurz davor, Luca zu verprügeln, weil er mir das Gefühl gab, dass ich keine andere Wahl hatte, aber als er mir die Autotür öffnete, wollte ich mich einfach nur in seine Arme schmiegen. Die Prügel würde ich mir für später aufheben.

Sobald ich meinen Kaffee getrunken hatte, war ich bereit zu reden. Und ja, ich fühlte mich wie ein Miststück, als ich vor dem mir fremden Paar ungeduldig nach Antworten fragte. Schließlich hatte ich Nico und Samantha gerade erst kennengelernt, und schon meckerte ich los. Aber Höflichkeit und Anstand waren mir im Moment egal.

„Kann mir bitte jemand sagen, was hier los ist? Nichts für ungut, Nico und Samantha, aber wer seid ihr?“, platzte ich heraus, als ich merkte, dass meine subtilen Hinweise auf taube Ohren stießen.

„Nico und Samantha sind meine allerbesten Freunde, Maddie.“

„Ja, ich kenne Luca schon, bevor wir geheiratet haben“, stimmte Samantha zu.

Eine Ex-Freundin?

„Luca ist ein solider Kerl, Madison“, sagte Nico, als wolle er den Mann, der neben mir am Küchentisch saß, loben.

„Ja, ich brauche ein bisschen mehr als das“, sagte ich ungeduldig.

Genau in diesem Moment stürmten zwei junge Burschen in die Küche, als wären sie von einem Hochleistungs-Energydrink angetrieben. Die beiden sahen sich zum Verwechseln ähnlich. Sie blieben stehen, schauten mich verwirrt an und lächelten dann. Auch wenn sie kurzzeitig über meine Anwesenheit erstaunt waren, sagten sie nichts. Stattdessen grüßten sie mich höflich. Ich blinzelte und dann war da noch ein weiteres Exemplar. Dieser wurde von einem wunderschönen Hund begleitet, einem Blue Lacy, wenn ich mich nicht täuschte.

„Drillinge“, sagte ich und sah zu Samantha hinüber.

„Jap. Dreimal so viel Spaß, sechsmal so viel Arbeit", zwinkert sie.

Samantha stellte mir ihre Söhne vor.

„Guten Morgen, Jungs", lächelte Luca.

Seine Augen waren so sanft, als wären sie winzig kleine Küken im Nest einer Mutter. In diesem Moment sah er so gut aus.

„Hallo, Onkel Luca. Haben du und Madison Lust, heute Nachmittag zu kommen und uns beim Baseballspielen zuzusehen?", fragte Tom mit strahlenden Augen.

„Ähhh", Luca sah mich an. „Das klingt toll, Tom. Lass mich erst mit Madison sprechen und wenn es geht, kommen wir gerne."

„Cool!", grinste er.

„Was gibt's zum Frühstück, Jungs?", fragte Nico die drei.

„Cheerios", riefen die Drillinge unisono.

„Okay, setzt euch hin. Ich bin schon dabei."

„Kann ich mit dir reden?" Ich lehnte mich rüber und flüsterte zu Luca: „Alleine."

„Klar."

Wir ließen die laute Küche hinter uns und machten uns auf den Weg nach draußen auf die umlaufende Terrasse.

„Fang an zu reden, Luca."

„Was willst du wissen?", fragte er mit einem Blick des Grauens. Wahrscheinlich war er ein wenig schockiert über meine Offenheit.

„Hör auf damit. Ich weiß, dass etwas los ist. Seit dem Mord an Lauren bist du so anders. Zuerst dachte ich, es läge an deinem Kindheitstrauma. Der Anblick von Laurens Leiche hätte mich auch erschreckt, wenn ich im Alter von neun Jahren die Leichen meiner Eltern gesehen hätte. Aber da ist noch etwas anderes im Spiel. Du solltest besser anfangen zu reden."

„Was anderes?"

„Zunächst einmal: Warum zum Teufel schickst du Nico, einen völlig Fremden, um mich vom Flughafen abzuholen? Und komm mir nicht mit dem ‚Ich habe mich nicht wohl gefühlt'-Bullshit. Ich habe es nicht geglaubt, als Nico es mir erzählt hat, und ich glaube es immer noch nicht."

„Es tut mir leid, dass ich nicht selbst gekommen bin, Maddie. Es war besser so, dass Nico dich abgeholt hat."

„Können wir *bitte* mit dem Scheiß aufhören? Was zum Teufel ist hier los? Du hast gesagt, du triffst dich mit einem Kunden. Jetzt bist du hier bei Freunden. Und warum bekomme ich Fotos von uns in mein Büro geliefert? Und die kryptische Notiz?"

Luca schien völlig versteinert. Ich fühlte mich, als müsste ich mich gleich übergeben, denn obwohl ich Antworten verlangte, hatte ich Angst vor dem, was sie sein könnten. Es würde nicht gut sein, so viel wusste ich.

„Nicht hier", sagte er und nahm meine Hand. „Komm mit. Lass uns einen Spaziergang machen."

Die Sonne ging auf. Ihre orangefarbenen Strahlen erhoben sich stetig gegen den Horizont. Ich schaute mich in der Landschaft um. Das Haus lag auf einem atemberaubenden Grundstück. Es fühlte sich an, als wären wir in einem üppigen Park. Luca hielt meine Hand so fest, dass ich Angst hatte, er würde sie am Handgelenk abreißen.

„Du hast Recht, Maddie", sagte er nach einer gefühlten Ewigkeit.

„Ich höre zu", sagte ich, als wir den Spaziergang verlangsamten.

Luca blieb stehen und fuhr sich mit den Fingern durch die Haare. „Es gibt so viel, was ich dir erzählen muss. Ich weiß gar nicht, wo ich anfangen soll."

Ich wählte eine grasbewachsene Stelle und setzte mich. Meine Beine waren müde von der Anstrengung. Außerdem hatte ich das Gefühl, dass ich umso sicherer war, je näher ich am Boden war. Lucas Gesichtsausdruck verriet mir, dass mir das, was er sagen wollte, nicht gefallen würde. Falls er es überhaupt herausbekommen würde.

„Rede einfach, Luca. Du machst mir Angst. Hat es etwas mit Nico und Samantha zu tun?"

„Nicht direkt, nein. Aber sie wissen von meiner Situation."

„Situation? Wovon zum Teufel redest du da? Hör zu. Wenn du mir nicht sofort die Wahrheit sagst, gehe ich zurück zum Flughafen und du wirst mich nie wieder sehen", schnauzte ich ihn an.

„Okay! Das ist schwer. Ich versuche es."

„Dann gib dir mehr Mühe. Und schneller, verdammt noch mal."

„Gut. Du willst die Wahrheit. Hier ist sie“, spuckte Luca erregt aus. „Du willst wissen, warum Lauren tot ist? Ich werde es dir sagen. Es ist meinetwegen. Es ist meine verdammte Schuld.“

Zuerst konnte ich nicht sprechen. Die Erde drehte sich zu schnell. Galle stieg mir in die Kehle.

„Was hast du gerade gesagt?“

32

LUCA

So hatte ich mir nicht vorgestellt, Madison meine Situation zu erklären. Das Letzte, was ich wollte, war, damit herauszuplatzen, aber sie hatte mich gedrängt und meine aufgestauten Schuldgefühle schwappten plötzlich über meine Lippen und brachen aus wie ein Vulkanausbruch. Die geschmolzene Lava der Wahrheit rollte langsam und bösartig auf Madisons Herz zu. Ich wusste, dass die hässliche Wahrheit, sobald sie ihr Ziel erreicht hatte, jeden Funken Liebe, den sie je für mich empfunden hatte, wegbrennen würde.

Als Maddie aufgehört hatte, sich zu übergeben, saß sie einfach nur da, blass und schweigend. Es war, als ob ihre Augen leer wären. Ihr Körper war da, aber ihre Seele war ganz woanders. Ich wartete, bis sie sich beruhigt hatte. Das war ich ihr schuldig.

„Ich verstehe das nicht, Luca", war alles, was sie sagte.

Es gab keinen einfacheren Weg, mich zu erklären, als ganz am Anfang zu beginnen.

„Als ich nach Amerika kam, war ich jung und ehrgeizig. Leider war ich auch lächerlich naiv. Mein Mitbewohner arbeitete für einen Typen, der einen Fahrer suchte. Die Bezahlung war super, also habe ich zugesagt."

Madison sagte nichts, also redete ich weiter.

„Wie auch immer, es stellte sich heraus, dass mein Boss sich die Mafia-Leiter hochgearbeitet hatte. Ich wusste es anfangs nicht, und als ich es herausfand, war es zu spät, um auszusteigen."

„Mafia? Wie das organisierte Verbrechen?", fragte Madison ungläubig.

„Ja. So habe ich Sam kennengelernt. Sie war die Tochter des Leiters der Organisation. Eigentlich Stieftochter. Wie auch immer, eins führte zum anderen und schon bald fand ich mich in der nächsten Reihe des Aufstiegs wieder. Die Details erspare ich dir."

„Willst du mir sagen, dass du ein Mafioso bist, Luca?"

„Nein. Nun, das war ich. Aber ich habe diese Welt hinter mir gelassen. Ich habe neu angefangen. Zumindest dachte ich das."

„Was hat das mit Lauren zu tun?"

„Ich lebe jetzt seit fast zehn Jahren, frei von der Welt, aus der ich geflohen bin. Ich war mir sicher, dass niemand wusste, dass ich noch lebe. Bis ich Laurens Leiche fand."

„Ich kann dir nicht folgen, Luca. Woher weißt du, dass Laurens Mörder von dir weiß?"

Ich stand an einem Scheideweg. Es gab kein Zurück mehr, wenn ich mich erst einmal für den Weg entschieden hatte, den ich gehen wollte. Ich atmete tief ein, bevor ich sprach.

„Weil der Mörder mir eine Nachricht hinterlassen hat."

Madison, die bis zu diesem Moment blass war, wurde rot.

„Was hast du gerade gesagt?"

„Es gab eine Notiz. Ich habe dir nicht davon erzählt. Es tut mir leid."

„Es tut dir leid? Das glaube ich einfach nicht. Du hast mich, die Polizei und meine Eltern belogen! Und es *tut dir leid*!"

Madison sprang auf. Sie war sichtlich wütend. Sie zitterte heftig und ballte die Fäuste. So hatte ich sie noch nie gesehen. Es war beängstigend.

„Du hast es also gewusst!", fuhr sie fort, und ihre Stimme schwankte gefährlich nahe an der Grenze zur Hysterie. „Du wusstest, dass Lauren ermordet wurde und hast nichts gesagt. Du hast mich glauben lassen, dass ihr Tod hätte verhindert werden können, wenn ich nur zu Hause gewesen wäre. Hast du eine Ahnung, wie viel Schuld ich mit mir herumgeschleppt habe? Und dabei hast du mir die ganze Zeit die Wahrheit vorenthalten."

„Ich weiß, Madison. Weißt du, wie schuldig ich mich fühle?"

„Oh, nein, das tust du nicht. Wage es verdammt noch mal nicht, dich als Opfer darzustellen. Du hast mich angelogen, Luca. Du hast mir die Wahrheit vorenthalten, obwohl sie mich davor hätte bewahren können, in Schuldgefühlen zu ertrinken. Und das alles nur, weil du Angst hattest, wie ein Arschloch dazustehen."

„Nein! Ich wollte es dir nicht sagen, weil ich dich nicht verletzen wollte, Madison! Ich liebe dich. Ich kann mir nicht vorstellen, den Rest meines Lebens ohne dich zu verbringen. Ich habe dir nicht von meiner Vergangenheit erzählt, weil ich das alles hinter mir gelassen habe. Ich bin nicht mehr dieser Mann, Maddie. Ich war es nie. Deshalb bin ich gegangen."

„Wirklich, Luca? Ich sage es dir nur ungern, aber du bist *genau* der Mann, vor dem du weglaufen wolltest. Der Mann, der für den Tod meiner Schwester verantwortlich war und nichts dazu gesagt oder getan hat."

„Das ist nicht wahr. Was denkst du, warum ich hier bin?"

„Ist das wichtig, Luca? Lauren ist tot. Sie ist tot! Nichts, was du jetzt tust, wird daran etwas ändern. Wer war es überhaupt? Wer hat es getan?"

„Ein Mann namens Antonio."

„Galt der Anschlag mir? Um an dich heranzukommen?"

„Ja."

„Oh, Gott. Meine Eltern könnten also ihre beiden Töchter verlieren. Weiß er, dass du hier bist? Weiß er, dass ich hier bin?"

„Nein."

„Wie kannst du dir sicher sein? Du hattest keine Ahnung, dass er wusste, wo du bist, oder?"

„Nein."

„Meine Eltern. Sind sie in Sicherheit?", fragte Madison und wurde wieder blass.

„Ja, bitte mach dir keine Sorgen um sie, Maddie. Ich schwöre dir, dass ich den Mann töten werde, der dir und deiner Familie wehgetan hat. Ich schwöre es."

„Du verstehst es nicht, oder? Du bist der Mann, der uns verletzt hat - der mich verletzt hat."

Mir fehlten die Worte. Mir fiel kein einziges ein, das wiedergutmachen konnte, was ich kaputt gemacht hatte. Für Worte war es jetzt sowieso zu spät.

„Ich gehe zurück zum Haus. Folgt mir nicht." Madison warf mir einen bösen Blick zu, drehte sich um und ging.

„Maddie, bitte. Warte. Es tut mir so leid."

Sie lief weiter. Mit jedem Schritt, den sie machte, spürte ich mehr Verzweiflung. Das, was ich seit Wochen befürchtet hatte, war endlich eingetroffen und hatte mir in den Bauch geschlagen. Ich verlor die Frau, die ich liebte, und es gab nichts, was ich dagegen hätte tun können.

Ich setzte mich für eine Weile hin - mein Verstand war leer und meine Seele auch. Madison war nirgends zu finden, als ich zum Haus zurückkam.

„Ich nehme an, euer Gespräch ist nicht gut gelaufen", sagte Nico, als er mich durch die Küchentür kommen hörte.

„Wo ist sie?"

„Sam hat sie auf eine Fahrt mitgenommen. Mach dir keine Sorgen, Luca. Wir kriegen das schon hin."

„Es ist vorbei, Nico. Ich weiß es. Und ehrlich gesagt, ist es meine eigene Schuld."

„Nein, das ist es nicht. Es ist die Schuld von Antonio. Wir werden das in Ordnung bringen."

„Madison ist das egal. Es wird ihre Schwester nicht zurückbringen."

„Gib ihr etwas Raum, um das alles zu verarbeiten. Sie braucht Zeit."

Ich schüttelte niedergeschlagen den Kopf.

„Komm schon", sagte Nico. „Lass uns für eine Weile von hier verschwinden. Ich kenne einen ruhigen Ort, wo wir frühstücken und reden können. Mach dir keine Sorgen um Madison. Sam wird mit ihr reden."

„Wenn jemand etwas über die Welt weiß, in der wir früher gelebt haben, dann ist es wohl Sam."

„Genau", sagte Nico.

„Ich hoffe, du hast Recht. Ich darf sie nicht verlieren, Nico. Schlimmer noch. Ich kann nicht weiterleben, wenn ich weiß, dass sie mich hasst."

„Das liegt an ihr, Luca. Komm mit. Lass uns gehen."

Es war ein sonniger Tag geworden, aber wir hätten genauso gut am Nordpol sein können. Drinnen war mir eiskalt.

33

MADISON

Ich stand auf der Terrasse und versuchte, mich zu sammeln, bevor ich einer Familie von Fremden gegenüberstand. Als ich hineinging, fand ich das Haus leer vor. Zum Glück waren die Kinder schon zur Schule gegangen und ich nahm an, dass Nico sie hingebracht hatte, weil er nicht da war.

„Geht es dir gut, Madison?"

Verdammt noch mal. Ich wollte nicht reden. Schon gar nicht mit jemandem aus Lucas Vergangenheit. Aber Samantha war ein wirklich netter Mensch und sie hatte es nicht verdient, schlecht behandelt zu werden.

„Nein, geht es nicht."

„Kann ich dir etwas zu trinken anbieten?"

„Ähm", sagte ich mit zittriger Stimme.

Ich zwang mich, nicht zu weinen, aber es half nichts. Der Damm brach und all die Gefühle, die ich seit der Beerdigung meiner kleinen Schwester unterdrückt hatte, strömten heraus. Samantha eilte herbei und legte ihre Arme um mich.

„Oh, du armes Ding. Komm her. Setz dich hin, Madison. Ich hole dir ein Taschentuch."

„Es tut mir leid", versuchte ich durch unkontrolliertes Schluchzen zu sagen.

„Bitte, entschuldige dich nicht, du süßes Mädchen."

„Wusstest du von all dem, was passiert ist, Samantha?"

„Nenn mich Sam. Und, ja, Luca hat es uns erzählt. Es tut mir so leid für deinen Verlust, Madison."

„Ich habe mich noch nie so verloren gefühlt, Sam. Ich weiß wirklich nicht, was ich als Nächstes tun soll. Alles, was ich über mein Leben mit Luca zu wissen glaubte, war eine Lüge. Ich habe keine Ahnung, wer er ist."

Sam ließ mich weinen und mir Luft machen. Sie wartete geduldig, bis ich mich ausgeheult hatte. Dann stand ich auf, um in mein Zimmer zu gehen.

„Ich kann nicht hier sein, wenn Luca zurückkommt. Kannst du mich bitte zum Flughafen bringen, Sam?"

„Bitte, verlange das nicht von mir. Ich will nicht, dass du überstürzte Entscheidungen triffst. Du kannst nicht nach Hause gehen, nicht jetzt. Es ist nicht sicher."

„Gut. Ich rufe mir ein Taxi. Auf diese Weise hast du nichts mit meinem Schicksal zu tun. Wie lautet die Adresse hier?"

Samantha nahm meine Hände in ihre.

„Madison, bitte. Hör mir zu. Du kannst nicht gehen."

„Sam, ich weigere mich, hier bei Luca zu bleiben", schimpfte ich.

„Okay, das kann ich verstehen. Warum fahren wir nicht ein bisschen rum? Wir sollten reden."

Ihre flehenden Augen sagten mir, dass ich bei ihr sicher war. Sie mochte Luca offensichtlich sehr gern, und allem Anschein nach auch mich. Er muss etwas richtig gemacht haben, um diese Loyalität zu rechtfertigen.

Ich hatte keine andere Wahl als zuzustimmen. Was sollte ich tun - auf die Straße rennen und hoffen, dass ich den Weg zurück zum Flughafen zu Fuß fand?

Ich habe nicht mündlich eingewilligt, aber ich habe auch nicht widersprochen. Stattdessen schnappte ich mir meine Jacke und folgte Sam zu ihrem Auto.

„Wohin fahren wir?", fragte ich, als wir auf der Straße waren.

„Ich weiß nicht, wie es dir geht, aber ich denke besser, wenn ich am Strand bin. Es hat etwas Spirituelles, den Sand zwischen meinen Zehen zu spüren. Macht es dir was aus?"

„Nein. Ich liebe den Strand."

Meine Gedanken schweiften plötzlich zu der Bucht in der Nähe des Strandhauses meiner Eltern, wo Luca um meine Hand angehalten hatte. Nein! Ich wollte nicht wehmütig und nostalgisch werden. Laurens Andenken hatte etwas Besseres verdient.

Ich öffnete das Fenster, während wir die Straße am Meer entlang fuhren. Der Geruch der Küste war anders als der, den ich gewohnt war. Das lag wahrscheinlich an der anderen Belaubung. Aber das Geräusch der Wellen, die sich träge an der Küste brachen, war immer gleich, egal an welchem Meer man seine Sorgen ablud.

Ein leichter Nebel hing über dem Wasser. Die Szene war perfekt, wie auf einer Postkarte.

„Erzähl mir von dem Luca von damals."

„Okay", sagte Samantha nachdenklich.

Sie parkte das Auto in der Nähe einer Einfahrt zum Strand und stellte den Motor ab. Dann öffnete sie die Autotür und sah zu mir herüber.

„Kommst du?", fragte sie.

„Ja."

Ich zog meine Schuhe aus und krempelte meine Jeans hoch, bevor ich ihr auf den Sand folgte. Surfer spielten in den Wellen, und ein mit einem Metalldetektor bewaffneter Mann bewegte sich in einer Gitterformation über den Strand. Ich fragte mich, wie viele Bierdosen statt wertvoller Beute er seit Beginn seiner Karriere als Schatzsucher entdeckt hatte. Ich könnte nie so geduldig sein.

„Ich habe Luca kennengelernt, als er der Fahrer meines Stiefvaters war. Es ist seltsam, aber ich fand immer, dass er fehl am Platz aussah."

„Was meinst du?"

„Nun, die Männer, mit denen ich zu tun hatte, waren meistens dreist und, nun ja, Arschlöcher. Man nennt sie nicht umsonst Gangster", lächelte sie. „Luca war höflich, respektvoll und er konnte besser Auto fahren, als ich es je bei einem anderen gesehen habe."

„Wenn er so ein Juwel war, warum ist er dann so tief in das organisierte Verbrechen verstrickt?"

„Du musst verstehen, Madison, dass du, wenn du einmal drin bist, nicht einfach kündigen kannst, wenn du genug hast und hoffst, bis ins hohe Alter zu leben. Luca tat, was jeder kluge Mann in seiner Position tun würde - er arbeitete mit dem System, in dem er gefangen war. Anders als sein Vorgänger tötete er nicht, um sein Ziel zu erreichen. Als sein Chef starb, hatte Luca sich den Respekt der Spitzenleute der Organisation verdient. Er wurde gebeten, den Posten zu übernehmen."

„Wie hat er sich dann abgesetzt? Und wer ist dieser Bastard Antonio, der Lauren getötet hat?"

„Antonio Granata hat Luca schon immer gehasst. Sie haben ungefähr zur gleichen Zeit angefangen, für die Familie zu arbeiten. Aber während Luca loyal und anständig war, wählte Antonio den entgegengesetzten Weg, um die Arbeit zu erledigen. Er war davon überzeugt, dass er anstelle von Luca die Führung übernehmen würde."

„Warum ist er dann immer noch sauer? Er war doch sicher der Nächste in der Reihe, nachdem Luca weg war?"

„Als Luca genug hatte, hatte Antonio sich verzweigt und seinen eigenen kleinen Ring von Banditen gegründet. Er hat Luca immer dafür gehasst, dass er den *großen Wurf verpasst habe*, wie er fand.

„Und was genau hat Luca jetzt vor?"

„Jetzt, wo Antonio weiß, dass er lebt? Er muss ihn töten. Er hat keine andere Wahl. Antonio wird nicht aufhören, bis einer von ihnen tot ist."

Ich hörte auf zu laufen und setzte mich in den Sand. Mehr Töten. Was, wenn Luca starb? Mir wurde wieder schlecht.

„Ich kann mir nicht vorstellen, wie beängstigend das alles für dich sein muss, Madison. Ich bin unter diesen Leuten aufgewachsen und konnte sie nicht ausstehen. Nico hat mich aus dieser Welt gerettet, und dann hat er auch Luca geholfen, da rauszukommen. Ohne ihn wäre ich verloren. Ich liebe ihn so sehr. Gib deine Liebe nicht auf, bevor du nicht sicher bist, dass es nicht das ist, was du willst."

„Ich habe Luca geliebt. Aber er ist nicht der Mann, für den ich ihn gehalten habe. Ich kenne den Mann bei dir zu Hause nicht."

„Ja, er hat gelogen, und das war ein Fehler. Er hat seine dunkle Vergangenheit geheim gehalten. Aber er ist derselbe Typ, der er immer war, Madison. Was ihr zusammen hattet, wie er dich fühlen ließ, das war alles echt. Ich hoffe, du findest deinen Weg zur Vergebung."

„Meine Schwester ist tot! Wie soll ich ihm vergeben können?"

„Es tut mir leid. Ich wollte damit nicht andeuten, dass deine Gefühle nicht berechtigt sind. Das sind sie auf jeden Fall. Ich würde nur lange und gründlich über deine Liebe zu Luca nachdenken, bevor du handelst. Um deinetwillen. Frag dich: Warst du vorher glücklich in eurer Beziehung? Ist das etwas, das dich in Zukunft glücklich machen kann? Und dann kannst du entscheiden, ob du ihm verzeihen willst."

Ich beobachtete die Wellen, die sich am Sand brachen. Die Gischt wehte im Wind und klebte an meiner Haut.

Samantha stand auf und staubte den Sand von ihrer Hose ab.

„Da drüben ist ein Kiosk", sagte Sam und nickt mit dem Kopf in die entsprechende Richtung. „Die machen die unglaublichsten Fruchtsmoothies. Ich werde mir einen Beeren-Smoothie bestellen. Willst du auch einen?"

Vielleicht würde ein kalter Schuss Beeren meinen Magen beruhigen.

„Danke."

„Ich bin gleich wieder da", sagte sie und ging weg.

Ich war dankbar dafür. Ihre Abwesenheit gab mir Zeit, tief durchzuatmen. War meine Liebe zu Luca stark genug, um den Shitstorm zu überstehen? Und wenn ja, würden Mama und Papa es in ihrem Herzen finden, ihm zu verzeihen?

Ich wüsste nicht, wie ich anfangen sollte, es ihnen zu erklären. Ich war mir nicht sicher, ob ich das überhaupt könnte, wenn ich nicht bei ihm bliebe. Die Wahrheit würde sie nicht befreien. Sie würde es nur noch schlimmer machen. So viel schlimmer. Würden sie mir die Schuld an allem geben?

Dad hat mir zwar gesagt, dass Luca in den sozialen Medien nicht zu finden ist, aber ich habe ihn einfach ignoriert. Mist! Ich hätte auf meinen Vater hören sollen. Laurens Tod war meine Schuld.

Es gab keinen einfachen Weg aus dem Loch, das ich mir selbst gegraben hatte, und es regnete stark. Ich war am Ertrinken.

34

LUCA

Das Diner war ziemlich neu. Es hatte ein mexikanisches Flair, was mir gefiel. Ich liebte mexikanisches Essen. Nico und ich setzten uns und bestellten Kaffee und Huevos Rancheros. Der appetitanregende Geruch von Koriander und geräucherten Habaneros lag in der Luft - ich sehnte mich plötzlich nach einer guten Portion Mitleidsessen.

„Willst du darüber reden?", fragte mich Nico, als wir bis zu den Ellbogen in Eiern und gebratenen Bohnen steckten.

„Es war eine Katastrophe", seufzte ich.

„Wie viel hast du ihr erzählt?"

„Alles. Oder so viel, wie sie auf einmal verdauen konnte."

„Das kann nicht einfach gewesen sein."

„Es war das Schwerste, was ich je tun musste."

„Sie steht unter Schock, Luca. Gib ihr Zeit."

„Ich weiß nicht, ob die Zeit dafür ausreicht."

„Welche andere Wahl hast du denn?"

„So munterst du einen Mann auf, Nico."

„Tut mir leid. Warum konzentrieren wir uns nicht auf etwas, über das wir die Kontrolle haben?"

„Gute Idee. Ich nehme an, du beziehst dich auf Antonio und sein bevorstehendes Ableben?“, fragte ich, bevor ich mir noch mehr Essen in den Mund schaufelte.

„Genau. Ich habe vorhin mit Tony gesprochen. Er hat vorgeschlagen, dass wir ihn in seinem Laden treffen.“

„Okay. Hat es immer noch genug Waffen, um eine kleine Armee auszurüsten?“

„Und noch einiges mehr.“

„Der Bruder deiner verstorbenen Frau ist ein ziemlicher Waffenliebhaber, für einen so friedliebenden Kerl“, lächelte ich.

„Ohne Scheiß. Er hat zu viele Cowboy- und Indianerfilme als Kind gesehen.“

Ich lächelte bei dem Gedanken an den kleinen Tony, der sich mit einem Cowboyhut aus Filz und einer Spielzeugpistole um die Ecke versteckte.

„Sollen wir nach dem Frühstück zu ihm gehen?“

„Ja. Er sagte, dass es immer gut ist.“

Eine Stunde später fuhren Nico und ich zu Tony und setzten uns in sein Büro. Ich war Nico dankbar, dass er den Streit mit Madison nicht noch einmal erwähnte.

„Ich habe mit einem Typen gesprochen“, begann Tony. „Er kennt Antonios Geschäft ziemlich gut. Er hat mir ein paar Tipps gegeben. Ich glaube, ich habe genug Informationen, mit denen wir arbeiten können.“

„Toll“, sagte ich. „Je schneller das vorbei ist, desto besser. Ich würde gerne wieder in mein Leben zurückkehren. Oder was davon übrig ist.“

„Ich bin sicher“, antwortete Tony.

„Okay, und wo ist Antonios Schwachstelle?“, fragte Nico.

„Antonio ist verheiratet, aber er hat eine Geliebte. Sie war mal Stripperin.“

„Das ist keine Überraschung“, schnaubte ich.

„Ja. Ich bin mir sicher, dass er von ihrer strahlenden Persönlichkeit angezogen wurde.“, fuhr Tony fort. „Jedenfalls hat Antonio sie vor etwa zwei Jahren in einem Club kennengelernt. Er hat ihr eine

Wohnung gekauft und sie treffen sich dort mindestens zweimal in der Woche."

„Wo ist die?"

Tony holte eine Karte heraus und zeigte auf die Stelle.

„Ausgezeichnet", sagte Nico. „Das ist ein einfacher Ort, um zu ihm zu gelangen. Ich kenne die Gegend gut."

„Ich vergesse manchmal, dass du eine unbegrenzte Informationsquelle hast", schmunzelte ich.

„Ja, Erfahrung aus dem Vorleben", grinste Nico.

„Was ist mit Vaughn?", fragte ich.

„Ich sage, wir töten sie beide in der gleichen Nacht. Wir können es uns nicht leisten, einen von ihnen zu warnen. Wenn sie erst einmal untergetaucht sind, wird es fast unmöglich sein, sie zu finden", sagte Nico.

„Ja. Sie machen sonst einen auf Kakerlake", fügte Tony hinzu.

„Einverstanden. Ich muss noch ein paar Anrufe tätigen, bevor wir das tun", sagte ich. „Ich muss sicher sein, dass Madison und ihre Familie in Sicherheit sind, bevor wir den Schalter für diese Arschlöcher umlegen."

„Du solltest dich beeilen, Luca", drängte mich Nico. „Wir sollten so schnell wie möglich zu ihnen gehen, jetzt, wo er weiß, wer Maddie ist."

„Wenigstens ist sie hier bei dir, Luca", warf Tony ein.

Das stimmte. Aber nach dem Morgen, den ich erlebt hatte, war ich mir nicht sicher, wie lange ich Madison davon überzeugen konnte, dass es am sichersten für sie war, bei mir zu sein. Ich hatte Angst, dass sie nach Hause gehen wollte, nachdem sie die Wahrheit über mich erfahren hatte.

„Was weißt du über diesen Vaughn-Drecksack?", fragte Nico Tony.

„Er ist ein bösartiger kleiner Scheißer."

„Klein?", fragte ich.

„Aha. Und wegen seinem Minderwertigkeitskomplex auf Steroiden. Es heißt, er habe ein sehr feuriges Temperament. Er macht Antonios Drecksarbeit für ihn."

„Hat er irgendwelche Laster?", fragte Nico.

„Abgesehen davon, dass er ein kaltblütiger Mörder ist?"

„Ja."

„Er bleibt für sich. Keine Freundin."

„Freund?", fragte Nico.

„Warum? Bist du bereit, dich für das Team zu opfern?", scherzte Tony.

„Nicht einmal für Luca", schnaubte Nico.

„Keine Ahnung", fuhr Tony fort. „Aber wir wissen, dass Vaughn Antonio auf Schritt und Tritt folgt. Er ist der sprichwörtliche Schatten des Mannes. Es sind also zwei für den Preis von einem."

„Das macht es einfacher. Ich weiß, es ist wahrscheinlich eine dumme Frage, aber hast du alles, was wir für den Job brauchen?", fragte ich Tony.

„Du hast Recht. Das war eine dumme Frage", grinste er.

„Was ist mit Verstärkung?"

„Normalerweise würde ich das alleine machen", antwortete Nico. „Aber Antonio ist nicht dumm. Er wird vorbereitet sein. Jetzt, wo er dir seine Hand offenbart hat, wartet er sicher darauf, dass du zu ihm kommst. Er wird bereit sein."

„Wir werden Hilfe brauchen, Luca", warf Tony ein.

„Das ist mir klar."

Das Letzte, was ich tun wollte, war, mich bei den Barones zu melden. Aber sie waren die einzigen Menschen, denen ich vertrauen konnte, dass sie mir mit Antonio helfen würden. Aber der Einzige, der wusste, dass ich noch lebe, war mein Nachfolger. Würde er seinen eigenen Arsch und den seiner Leute riskieren, indem er mir half? Das war eine große Aufgabe.

„Was ist mit den Barones?", fragte mich Nico, als ob er meine Gedanken lesen könnte.

„Ich will nicht, aber ich schätze, mir bleibt keine andere Wahl."

„Sie würden sich selbst einen Gefallen tun, Luca. Antonio ist allen ein Dorn im Auge", seufzte Tony.

„Das verstehe ich. Aber das wird zwangsläufig zu einem totalen Krieg zwischen den beiden Familien führen. Das ist nie gut."

„Es ist riskant, ganz sicher. Aber welche andere Alternative hast du?"

„Okay. Mal sehen, was ich arrangieren kann", lenkte ich ein.

Wir unterhielten uns eine Weile. Nico schaute auf seine Uhr.

„Ich gehe besser nach Hause. Wenn ich das Baseballspiel der Jungs verpasse, bin ich erledigt. Können wir los, Luca?"

„Klar. Danke für alles, Tony", sagte ich und schüttelte seine Hand.

„Natürlich, Luca. Alles, was ich tun kann, um zu helfen."

Nico und ich verabschiedeten uns und gingen. Es war verrückt. Ich hatte mehr Angst, Maddie gegenüberzutreten, als Antonio und Vaughn zu finden und umzubringen. Mein Magen machte einen Rückwärtssalto, als ich Sams Auto in der Einfahrt parken sah.

„Das wird schon wieder, Kumpel", lächelte Nico, als ob er meine Angst spürte.

„Ich hoffe es."

„Hallo, Jungs", lächelte Sam, als wir das Haus betraten. „Babe, bist du bereit? Wir müssen bald los."

„Klar. Ich brauche nur eine Minute", sagte Nico und verschwand im Flur.

„Wo ist Maddie?", fragte ich Sam.

„Ich glaube, sie ist eingeschlafen. Das arme Mädchen ist erschöpft."

„Danke, dass du mit ihr eine Runde gedreht hast, Sam. Wie ist es gelaufen?"

„Ich war mit ihr am Strand. Wir haben geredet."

„Habt ihr darüber gesprochen, was für ein Versager ich bin?"

„Ich habe ihr gesagt, dass du Potenzial hast", sagte Sam.

„Danke, Sam. Ich stehe in deiner Schuld."

„Ich liebe dich, Luca. Es war mir ein Vergnügen. Ich weiß nicht, ob ich eine Hilfe war, aber ich habe es versucht."

„Was könnte ich mir mehr wünschen?", sagte ich und umarmte sie.

„Lass meine Frau los, du Unhold", sagte Nico, als er wieder auftauchte.

„Mein Fehler."

„Okay, Nico. Lass uns losfahren. Vergiss deine Baseballmütze nicht. Ich habe schon den Riesenfinger und ein paar Snacks eingepackt. Wir sehen uns später, Luca. Oh, ich etwas Essen für dich und Maddie im Ofen gelassen."

„Bis später, Luca", sagte Nico und schnappte sich die Autoschlüssel.

Es dauerte nicht lange, dann war es still im Haus. Madison schlief, und Blue und ich chillten im Wohnzimmer. Ich muss eingenickt sein, denn als ich wieder aufwachte, war es dunkel.

35

MADISON

Nach meinem Gespräch mit Sam fühlte ich mich ein wenig besser. Das Haus war leer, als sie und ich zurückkamen. Ich nutzte die Zeit, um über alles nachzudenken, worüber sie und ich gesprochen hatten. Ich musste eine Entscheidung treffen.

Der erste Schritt war, über meine Liebe zu Luca nachzudenken. Es war keine Zeit für Blödsinn. Liebte ich ihn wirklich, oder war ich nur eine hoffnungslose Romantikerin?

Ich musste daran denken, wie ich am Strand reagiert hatte, als Sam mir erzählte, dass Luca vorhatte, Antonio zu töten. Wollte er damit sein Gesicht wahren, um sich selbst zu schützen? Oder war er wirklich traurig darüber, für den Tod meiner Schwester verantwortlich zu sein? Wollte er ihren Tod für mich wieder gut machen?

Scheiße! In meinem Kopf drehte sich alles vor lauter Ungewissheit, was wirklich passiert war und was vor mir lag. Ich legte mich aufs Bett und schlief bald ein. Die Erschöpfung hatte mich schließlich übermannt.

Es war dunkel, als ich aufwachte. Ich schaute auf meine Uhr. 20 Uhr. Hatte ich wirklich den ganzen Tag geschlafen? Ich stand auf und spritzte mir Wasser ins Gesicht. Wo waren denn alle? Es war sehr ruhig. Zu ruhig. Dann fiel mir ein, dass die Jungs ein Baseballspiel in der Schule hatten. Ich nahm an, dass Nico und Sam gegangen waren, um den Jungs beim Spielen zuzusehen. War Luca mit ihnen gefahren?

Ich ging in die Küche, um mir etwas zu essen zu holen. Luca saß im Wohnzimmer. Er schaute auf, als er mich sah.

„Oh", sagte ich, „du bist hier."

„Hallo. Ja, ich dachte, wir könnten reden. Wie geht es dir?"

„Müde. Ich hasse es, tagsüber zu schlafen."

„Du warst sicher erschöpft. Hast du Hunger? Sam hat uns etwas zu essen dagelassen."

„Das war aber rücksichtsvoll von ihr. Hast du noch nicht gegessen?"

„Nein. Ich dachte, ich warte auf dich."

Und da war es. Er war wieder freundlich und rücksichtsvoll. Dabei wollte ich doch eigentlich wütend auf ihn sein.

„Oh. Okay."

„Ich werde das Essen aufwärmen", sagte er und stand auf.

„Danke."

„Möchtest du ein Glas Wein?"

„Nein danke."

„Ich glaube, ich nehme eins", sagte er und goss etwas Cab in ein Glas.

„Tu dir keinen Zwang an."

War ich schnippisch? Vielleicht. Einsilbig? Sicher. Tat es höllisch weh? Fast unerträglich.

„Sam hat mir erzählt, dass ihr am Strand spazieren gegangen seid."

„Ja."

Danach sagte Luca nicht mehr viel. Ich war so wütend, dass es an Unvernunft grenzte. Ich wollte, dass er mit mir redete, aber wenn er es tat, hatte ich das Bedürfnis, ihn anzuschnauzen. Es war, als ob ich wollte, dass mir jemand die Hand zur Versöhnung reicht um sie dann abzubeißen, wenn sie nah genug ist.

„Also, wie lautet der Plan, Luca?", fragte ich schließlich, als ich die Stille nicht mehr ertragen konnte.

„Was meinst du?"

„Ich flehe dich an, Luca, für deine Sicherheit und meinen Verstand, hör auf mit dem Scheiß. Was wirst du wegen Antonio tun?"

„Ich werde ihn umbringen."

So. Er hat es gesagt. Es gab kein Zurück mehr. Ich habe gefragt und er hat es mir gesagt.

„Ich möchte nach Hause."

„Bitte, Maddie."

„Ich spiele deine Gangsterspielchen nicht mit, Luca. Ich will nach Hause. Jetzt!"

„Antonio weiß, wer du bist, Madison", sagte Luca scharf. „Er wird dich töten, um an mich heranzukommen. Ich kann dich nicht gehen lassen. Ich werde dich nicht verlieren."

Ich fing an, hysterisch zu lachen. Ich hatte es nicht geplant, es passierte einfach. Das Lachen verwandelte sich schnell in Tränen. Mann! Meine Gefühle waren außer Kontrolle geraten. Wer war diese verrückte Frau, die von meinem Körper Besitz ergriffen hatte? Ich erkannte mich selbst kaum wieder.

„Mich nicht verlieren! Dafür ist es ein bisschen spät, meinst du nicht?"

„Ich hoffe nicht. Ich liebe dich, Madison."

„Ich dachte, ich liebe dich auch. Stell dir meine Überraschung vor, als ich erfuhr, dass ich keine Ahnung hatte, wer du bist. Ich kenne dich nicht, Luca. Dachtest du, du könntest dich neu erfinden, eine Frau dazu bringen, sich in dich zu verlieben, und hoffen, dass dich deine Vergangenheit nicht einholt?"

„Ich habe dich nie betrogen. Ich liebe dich, und das war nie eine Lüge."

„Warum sollte ich dir jetzt glauben?"

„Okay. Ich verstehe schon. Und, ob du es glaubst oder nicht, ich mache dir keinen Vorwurf, dass du mir misstraust. Aber ich schwöre dir, Maddie, ich liebe dich. Ich werde den Rest meines Lebens damit verbringen, dich zu lieben. Es tut mir leid, dass Lauren tot ist. Mein Herz bricht jeden Tag für dich und deine Familie. Aber bitte, Schatz, bringe dich nicht in Gefahr, nur weil du wütend auf mich bist."

„So darfst du mich nicht mehr nennen. Hast du mich verstanden?

Ich bin nicht mehr dein Schatz. Bring mich jetzt zum Flughafen oder ich gehe zu Fuß."

Ich zitterte vor Wut. Ich wusste, dass ich stur und dumm war, und ich vermutete, dass ich einem Nervenzusammenbruch gefährlich nahe war. Ich wollte bei den Eltern und Beth sein, wenn ich völlig ausrastete.

„Gut", war alles, was Luca sagte.

Er schnappte sich die Schlüssel und ging hinaus zum Auto, wo er auf mich wartete. Ich nahm meine Tasche und stieg ins Auto. Auf dem Weg zum Flughafen sagten wir kein einziges Wort zueinander. Die Stille war ohrenbetäubend.

Als wir am Terminal ankamen, stieg ich aus dem Auto aus. Ich sagte kein Wort. Ich ging einfach weg und drehte mich nicht um. Luca würde nie sehen, wie mir die Tränen über die Wangen liefen, als ich zum Abfluggebäude marschierte.

Ich weinte wie ein Baby den ganzen Weg bis zum Anfang der Warteschlange und kaufte dann ein Ticket. Ich weinte, während ich darauf wartete, an Bord zu gehen. Ich weinte, bis ich mich im Flugzeug auf meinen Platz setzte. Und dann hörte ich auf. Keine Tränen mehr. Ich musste mich zusammenreißen. Ich würde nach Hause zu meiner Familie fliegen. Ich würde für sie da sein.

Ich fuhr mit einem Uber nach Hause. Der Fahrer war Gott sei Dank ein ruhiger Typ. Es war schon sehr spät, als ich nach Hause kam. Ich hatte meine Wohnung behalten. Wie sich herausstellte, war das eine gute Entscheidung. Ich würde allein sein, um meine Gedanken zu sammeln. Und davon gab es reichlich.

Es war nach Mitternacht, als ich mich mit einer Tasse Kamillentee ins Bett legte. Mein Handy surrte. Es war eine Nachricht von Luca.

Maddie, es tut mir alles so leid. Ich weiß, dass du mich im Moment hasst, aber du sollst wissen, dass du der wichtigste Mensch in meinem Leben bist. Ich liebe dich so sehr. Ich hoffe, dass du mir eines Tages verzeihen wirst. Aber bis dahin verspreche ich dir, dass ich dir deinen Freiraum lasse. Bitte, sei vorsichtig. Ich werde tun, was ich kann, um dich zu beschützen.

Luca

* * *

Ich musste es jemandem sagen. Ich konnte es nicht länger für mich behalten. Nicht ohne den Verstand zu verlieren. Beth war die einzige Person, die mir am nächsten stand. Ich konnte es meinen Eltern nicht sagen. Ich hoffte, dass sie Luca nicht hassen würde. Vor allem aber hoffte ich, dass sie *mich* nicht hasste.

Ich rief sie gegen 8 Uhr morgens an und sagte ihr, dass ich sie sehen müsse. Sie kam gegen Mittag in meine Wohnung. Ich machte uns einen Kaffee, setzte mich zu ihr und lud ihr meine Last auf.

Beth war blass, als ich die schmutzige Geschichte meiner schockierenden Nachricht beendet hatte. Ich wartete darauf, dass sie mich verurteilen und ausschimpfen würde, dass sie mir vorwerfen würde, wie dumm und naiv ich gewesen war. Aber sie nahm mich nur in den Arm und sagte mir, wie sehr sie mich liebte und wie leid es ihr tat, was ich gerade durchmache.

Nicht ein einziges Mal sagte sie etwas Schreckliches über Luca. Ich war fassungslos darüber. War ich zu streng mit ihm gewesen? Ehrlich gesagt wäre es für mich einfacher gewesen, wenn meine Tante den Mann, den ich liebte, gehasst hätte. Gerade als ich dachte, ich wüsste, was ich tun und wie ich mich fühlen sollte, stand ich wieder am Anfang.

36

LUCA

„Was ist hier los?“, fragte mich Nico, als er und Sam die Jungs endlich ins Bett gebracht hatten. „Wo ist Madison?“

„Ich habe sie zum Flughafen gebracht. Sie wollte nach Hause.“

„Bist du verrückt, Luca? Madison kann nicht nach Hause fliegen. Das ist nicht sicher.“

„Glaubst du, ich weiß das nicht? Ich habe es ihr immer und immer wieder gesagt. Aber sie wollte nicht hören. Ich kann sie nicht als Geisel halten.“

„Verdammte sture Frau“, stöhnte Nico frustriert.

„Habe ich dich richtig verstanden?“, fragte Sam.

„Ja“, antwortete ich. „Maddie ist wieder nach Hause geflogen.“

„Scheiße.“

„Ich habe es versucht, Leute. Das habe ich wirklich, aber sie wollte nicht zuhören. Maddie ist wie ein Stier, wenn sie sich etwas in den Kopf gesetzt hat.“

„Inwiefern unterscheidet sie sich dadurch von anderen Frauen?“, fragte Nico verärgert.

„Vorsichtig, lieber Ehemann. Oder möchtest du auf der Couch schlafen?“ kommentierte Sam mürrisch.

„Schau. Es ist schon spät. Da können wir nicht mehr viel tun. Außerdem habe ich meinen Freund beim Sicherheitsdienst angerufen und ihn gebeten, die Wachen für Maddie und ihre Familie zu verdoppeln."

„Dieser Freund von dir", fragte Nico, „ich nehme an, er weiß nichts von deiner Vergangenheit?"

„Nein. Er ist ein guter Kunde von mir. Er kennt mich nur als Luca, den Autohändler."

„Taugt er etwas?"

„Ja. Und er stellt keine Fragen."

„Gut."

„Tut mir leid, Leute, aber ich bin müde. Ich gehe ins Bett", sagte Sam und küsste Nico auf die Wange.

„Gute Nacht, Sam. Schlaf gut."

„Danke, Luca. Dir auch. Wir sehen uns morgen früh."

„Ich komme gleich nach, Schatz", sagte Nico und klopfte Sam auf den Hintern.

„Auf keinen Fall", sagte sie.

„Du heiratest sie, und sie wollen nichts mehr mit dir zu tun haben."

„Ihr seid so ein süßes Paar", lächelte ich.

„Du solltest lieber etwas schlafen, Luca. Es werden ein paar hektische Tage, angefangen morgen, wenn du dich mit den Barones triffst."

„In der Tat."

„Gute Nacht, Buddy", sagte er und verließ die Küche.

„Gute Nacht."

Ich lag im Bett und fragte mich, ob Madison sicher nach Hause gekommen war. Ich konnte ihr Parfüm auf dem Kissen riechen, auf dem sie ein paar Stunden zuvor geschlafen hatte. Das Zimmer fühlte sich ohne sie schmerzhaft leer an. Wir hatten fast ein Jahr lang zusammengelebt, und ihre plötzliche Abwesenheit hinterließ einen körperlichen Schmerz in mir.

Die Tatsache, dass ich nicht wusste, ob sie mich jemals wieder in ihre Nähe lassen würde, machte es noch schlimmer. Ich wusste, dass es schon spät war, aber ich schrieb ihr trotzdem. Sie würde die Nachricht wahrscheinlich lesen, wenn sie nach Hause kam. Hoffentlich würde sie mich wissen lassen, dass sie in Sicherheit war. Aber wahrscheinlich nicht. Verdammt noch mal.

* * *

„Guten Morgen, Luca“, sagte Sam, während sie die Lunchpakete für die Jungs in deren Taschen packte. „Hast du geschlafen?“

„Hi, Sam. Ja, ein bisschen. Was ist mit dir?“

„Ich war ziemlich müde, also habe ich geschlafen wie ein Stein.“

„Ist Nico wach?“

„Ja, er ist mit Blue draußen.“

„Danke.“

„Oh, warte mal. Würdest du ihm bitte seinen Kaffee bringen? Für dich ist auch einer da.“

„Klar.“

Nico warf einen Stock und Blue rannte hinterher, nahm ihn ins Maul und rannte zurück zu seinem Herrchen.

„Er würde das den ganzen Tag tun, wenn ich ihn ließe“, lächelte Nico. „Oh, Kaffee. Danke.“

„Blue ist wunderschön.“

„Ja, er wird jetzt alt, aber er hat immer noch die Energie eines Welpen.“

„Das sehe ich.“

„Bist du bereit für heute?“

„So bereit, wie ich nur sein kann, denke ich.“

„Es tut mir leid, dass ich nicht mit dir kommen kann.“

„Natürlich nicht. Du hast schon mehr als genug getan. Ich möchte nicht, dass jemand erfährt, dass du in diese Sache verwickelt bist. Ich würde nicht im Traum daran denken, dich und deine Familie in Gefahr zu bringen, Nico. Nein. Das ist mein Problem.“

„Danke für dein Verständnis.“

„Es ist alles gut. Vielleicht muss ich dich für einen Auffrischungskurs in Schießen zum Töten mitnehmen“, grinste ich.

„Du hast es erfasst.“

„Um wie viel Uhr triffst du dich mit den Jungs?“

„Ich habe noch nicht mit Paolo gesprochen."

„Er wird einen ziemlichen Schock bekommen."

„Ja. Wir haben seit Jahren nicht mehr miteinander gesprochen. Ich hoffe, er ist immer noch ein anständiger Kerl. Die Mafia verändert die Menschen."

„Als ob ich das nicht wüsste."

„Ich rufe ihn von der Stadt aus an."

„Du kannst gerne mein Motorrad benutzen. Ich weiß, dass du an Rennautos gewöhnt bist, aber es lässt sich ganz gut in die Kurven legen."

„Das ist sehr großzügig von dir, Nico. Danke."

„Komm, ich gebe dir die Schlüssel. Lass uns losfahren."

Nicos Aprilia RSV4 FW-GP war Sex auf Rädern mit einer geschätzten Höchstgeschwindigkeit von 211 Meilen pro Stunde. Silber mit roter und lindgrüner Verkleidung.

„Sie ist ein Hingucker", sabberte ich fast.

„Ja."

„Ich werde auf sie aufpassen, versprochen."

„Ich weiß, dass du gut fahren kannst."

„Hast du den Mustang noch?"

„Ja, er brauchte einen neuen Anstrich nach Sams Schramme vor all den Jahren", zwinkerte er.

„Frauen und Autos. Sie kosten uns ein Vermögen", seufzte ich.

„Ja, aber beides macht unheimlich viel Spaß", lachte Nico.

„Apropos Spaß, ich mache mich besser fertig."

„Halt mich auf dem Laufenden."

„Danke, Nico. Mach ich."

* * *

„Luca? Bist du das?"

„Hi, Paolo. Ja, ich bin's."

„Ich dachte nicht, dass ich jemals wieder von dir hören würde."

„Nichts für ungut, aber ich hatte auch gehofft, dich nie wieder zu treffen. Können wir reden?"

„Klar. Bist du in der Stadt?“

„Das bin ich. Wo können wir uns treffen?“

„Gib mir ein paar Minuten. Ich rufe dich zurück.“

„Klar.“

Ich fuhr mit dem Motorrad in die Stadt und hielt bei einem Internetcafé an, bevor ich Paolo anrief. Ich dachte mir, dass alle mit ihren iPad-Bildschirmen beschäftigt waren und mir daher niemand viel Aufmerksamkeit schenken würde.

Paolo rief mich ein paar Minuten später zurück.

„Wir treffen uns bei Georgio's. Nimm den Hintereingang.“

„Okay.“

Ich betrat das Georgio's zehn Minuten später.

„Luca“, sagte Paolo und streckte seine Arme aus, um mich zu umarmen.

„Hey, Paolo.“

„Du siehst gut aus. Ein bisschen älter, aber gut. Setz dich hin. Kann ich dir einen Drink anbieten?“

„Nein, danke. Danke, dass du dich mit mir triffst.“

„Natürlich. Ich muss sagen, du bist die letzte Person, von der ich dachte, dass ich heute mit ihr sprechen würde. Was führt dich hierher?“

„Ärger. Was sonst?“

„Ich verstehe. Und wie heißt diese Art von Ärger?“

„Antonio Granata“.

Paolo sah aus, als hätte er etwas Schlimmes gerochen.

„Dieser verdammte Mistkerl. Was hat er getan?“

„Er hat mich gefunden. Und er hat die Schwester meiner Verlobten ermordet.“

„Scheiße, Mann. Es tut mir leid, das zu hören, Luca. Das tut es mir wirklich.“

„Danke. Ich will die Welt ein für alle Mal von ihm befreien. Aber ich schaffe das nicht alleine.“

„Und du willst, dass ich dir helfe?“

„Ich würde nicht fragen, Paolo, aber ich muss es bald tun, sonst richtet er noch mehr Schaden an. Deine Männer sind gut.“

„Du musst es wissen. Du hast die meisten von ihnen ausgebildet."

„Wie geht es den Jungs?"

„Gut."

„Paolo, es tut mir leid, dass ich frage. Es tut mir wirklich leid. Aber wirst du mir helfen?"

„Ich respektiere dich, Luca. Das habe ich immer getan. Du hast dich für mich eingesetzt, als mir niemand sonst zugetraut hat, dass ich das zeug dazu habe, der Don zu sein. Natürlich werde ich dir helfen. Aber wir müssen dabei vorsichtig sein. Ich kann mir einen Revierkampf nicht leisten. Antonio ist ein Dreckskerl, aber seine Männer sind loyal."

„Danke, alter Freund. Ich werde für die Waffen und die Löhne deiner Männer bezahlen. Und, ja, ich stimme zu. Wir werden diskret sein müssen."

„Okay. Wie schnell willst du das durchziehen?"

„Je früher, desto besser. Antonio schnüffelt bei der Familie meiner Verlobten herum. Ich habe Schutz für sie angeheuert, aber je länger ich ihn gewähren lasse, desto verzweifelter wird er sein. Ich will ihn und seinen Handlanger Vaughn so schnell wie möglich töten."

„Wie schnell kannst du die Waffen besorgen?"

„Es ist bereits alles organisiert."

„Ausgezeichnet. Ich spreche mit den Jungs und melde mich später am Nachmittag bei dir. Okay?"

„Danke. Oh, und bitte, ich möchte nicht, dass jemand weiß, dass ich es bin, für den sie arbeiten. Ich werde wieder verschwinden, sobald das alles vorbei ist."

„Alles klar. Ich rufe dich nachher an."

Ich überließ es Paolo, die Männer vorzubereiten. Ich hatte Vertrauen in seine Fähigkeiten. Ich vertraute ihm. Er war mir etwas schuldig.

37

MADISON

Mein Handy klingelte, als ich zu Hause ankam. Es war ein langer Arbeitstag und alles, was ich tun wollte, war essen, Wein trinken und ins Bett gehen. Und zu allem Übel vermisste ich Luca.

Ich schaute auf die Anrufer-ID. Verdammt. Wenn man vom Teufel spricht. Ich ließ es klingeln. Ich wollte nicht mit ihm reden. Ich traute mir selbst nicht. Ich war viel zu müde, um vernünftige Entscheidungen zu treffen, also ließ ich den Anruf auf die Mailbox gehen.

Ich saß auf dem Sofa und starrte auf das Telefon, wie ein Kind, das unbedingt einen Keks aus der Keksdose klauen wollte, dessen Mutter aber zu nah dran war. Die Voicemail-Benachrichtigung piepte. Sollte ich sie abhören? Sollte ich es lassen? Igitt!

Ich musste wissen, was Luca zu sagen hatte.

Hi, Maddie, ich bin's. Ich wollte mal nach dir sehen. Ich hoffe, du bist in Sicherheit und passt auf dich auf. Ich wollte dir sagen, dass ich daran arbeite, das Problem zu lösen. Ich weiß, dass du wütend auf mich bist, Madison, aber bitte, ich muss wissen, dass es dir gut geht. Schick mir einen Daumen hoch oder so. Egal was.

Es gab eine lange Pause, bevor er wieder sprach.

Wie auch immer, Nico und Sam lassen dich grüßen, oh, und die Jungs. Ich weiß nicht, wann ich wieder mit dir sprechen werde. Du sollst nur wissen, dass ich dich, egal was passiert, immer lieben werde. Schlaf gut. Mach's gut.

Was meinte er damit, dass er nicht wusste, ob wir wieder miteinander sprechen würden? Bezog er sich darauf, dass ich mich weigerte, mit ihm zu kommunizieren? Oder wollte er andeuten, dass es mit Antonio nicht gut laufen könnte? Seine Worte beunruhigten mich in jedem Fall.

Mein Telefon klingelte wieder. *Nein, bitte Luca,* dachte ich. *Ich kann nicht.* Ich wollte gerade aufstehen und in die Küche gehen, als ich sah, dass es Beth war.

„Hi Beth“, sagte ich, bevor der Anruf auf der Mailbox landete.

„Hey. Geht es dir gut? Du klingst komisch.“

„Nein, mir gehts beschissen.“

„Was ist denn los?“

„Ich weiß, es ist spät, aber kannst du vorbeikommen?“

„Natürlich, Maddie. Wir sehen uns gleich.“

„Okay.“

Eine halbe Stunde später klopfte Beth an die Tür. In der einen Hand hatte sie eine Flasche Rotwein und in der anderen einen Pizzakarton. Was für eine Legende.

„Okay, Hilfe ist zur Stelle. Du holst die Gläser und die Teller und ich mache den Wein auf.“

„Du bist die Beste.“

„Ja, denk morgen früh daran, wenn du dich über einen Kater beschwerst.“

„Ich übernehme im Voraus die volle Verantwortung.“

„Zur Kenntnis genommen. Okay, was ist passiert?“, sagte Beth, als wir nebeneinander auf dem Sofa saßen.

„Ich weiß nicht, was ich wegen Luca machen soll, Beth.“

„Hat er wieder angerufen?"

„Ja. Aber ich bin nicht rangegangen."

Ich spielte Beth die Voicemail vor. Sie hörte aufmerksam zu und drückte dann meine Hand.

„Er klingt genauso niedergeschlagen wie du, Maddie."

„Ich bezweifle nicht, dass er es ist. Er müsste schon ein Monster sein, wenn er es nicht wäre. Aber er hat mich angelogen. Und es war eine große Lüge. Eine, die mein Leben für immer verändert hat. Ich weiß nicht, ob es einen Weg gibt, das zu überwinden."

„Oh, Maddie. Es tut mir so leid, mein Schatz. Ich wünschte, ich wüsste, was ich sagen könnte, um es besser zu machen. Aber die Wahrheit ist, dass du diese Entscheidung selbst treffen musst. Niemand sonst kann sie für dich treffen. Ich bin stinksauer auf Luca und werde ihm wahrscheinlich eine reinhauen, wenn ich ihn wieder sehe. Aber ich glaube nicht, dass er sich jemals vorgestellt hat, dass seine Vergangenheit zurückkehren und Laurens Tod verursachen würde. Er scheint einfach nicht der Typ dafür zu sein."

Beths Worte waren nicht hilfreich. Nicht wirklich. Ich steckte zwischen einem Felsen und einem harten Ort fest. Wenn ich mir einen Funken Ehrlichkeit erlauben würde, müsste ich zugeben, dass ich Luca immer noch liebte. Aber konnte ich es mir leisten, mich selbst zu kompromittieren, indem ich Laurens Erinnerung den Rücken zukehrte und meine Eltern anlog und verriet?

„Was ist, wenn Luca bei seinem Kampf mit Antonio getötet wird, Maddie? Bist du bereit, dich dieser Möglichkeit zu stellen?"

Beths Worte trafen mich mitten ins Herz. Natürlich hatte ich darüber nachgedacht, aber als ich sie laut ausgesprochen hörte, geriet ich in Panik. Ich nahm einen Schluck Wein.

„Ich habe es mir anders überlegt. Du musst gehen", sagte ich und rollte mit den Augen.

„Netter Versuch. Und? Hast du?"

„Natürlich, das habe ich. Und es macht mich wahnsinnig. Deshalb stürze ich mich auf Wein und Pizza."

„Gutes Argument."

„Wenn ich mich entscheide, Luca zu verzeihen, und das ist ein großes Wenn, wirst du mir dann verzeihen, Beth? Wirst du ihn jemals wieder so ansehen, wie du es getan hast, bevor du die Wahrheit kanntest?“

„Ich liebe dich, Madison. Und ich weiß, dass du Luca liebst. Jeder Narr kann das sehen. Lauren ist tot, und das bricht mir das Herz. Ich vermisse sie jeden einzelnen Tag. Aber es hat keinen Sinn, dass du für den Rest deines Lebens mit dem Schmerz und dem Verlust deiner einzigen wahren Liebe lebst. Das wird keinen von uns beiden glücklich machen. Und ich will, dass du glücklich bist, Maddie.“

„Ich kann Mama und Papa niemals die Wahrheit sagen. Davon werden sie sich nicht erholen.“

„Das glaube ich auch. Es kann nichts Gutes bringen, wenn wir es ihnen sagen.“

Damit hatte ich nicht gerechnet. Sie hatte mich überrumpelt.

Hatte ich es in mir, Luca zu lieben, egal was passiert und was passiert war? Könnte ich mit mir selbst leben, wenn ich meine Eltern anlügen würde?

„Du musst eine Entscheidung treffen, Maddie. Und du musst sie bald treffen. Bevor es zu spät ist.“

38

LUCA

Es war der Morgen des geplanten Anschlags und ich war müde, bevor der Tag überhaupt begonnen hatte. Meine Anrufe und Nachrichten an Madison waren unbeantwortet geblieben. Ein kluger Mann hätte aufgegeben. War ich ein kluger Mann? Oder war ich ein Narr, der sich nicht dazu durchringen konnte, aufzugeben?

Ich schaute auf meine Uhr. Hatte ich die Energie, um laufen zu gehen? Ach, was soll's. Es musste besser sein, als herumzuliegen und mich selbst zu bemitleiden. Ich musste mich konzentrieren und die Spinnweben ausschwitzen, bevor ich mit Vaughn und Antonio den Boden aufwischte.

Blue saß an der Küchentür. Er muss geahnt haben, dass ein Abenteuer bevorstand. Sein Schwanz wedelte wie wild, als ich nach dem Türgriff griff.

„Komm schon, Junge", flüsterte ich.

Er flitzte an mir vorbei und lief direkt auf den Pfad zu. Ich folgte ihm und versuchte, mit ihm Schritt zu halten.

„Und dein Herrchen hat gesagt, du wirst alt", keuchte ich, als ich ihn einholte.

Blue bellte ein paar Mal kurz und rannte dann weiter. Ich dachte, er wüsste, in welche Richtung er gehen muss, also versuchte ich mein Bestes, um ihm zu folgen. Ich hielt an, als wir einen See erreichten. Er war wunderschön. Blue stürzte sich ins Wasser und schwamm im Kreis herum.

„Gute Idee, Blue", lächelte ich und zog mich aus.

Das Wasser war kalt genug, um meine Kerntemperatur zu kühlen, und zwar zügig.

„Um Himmels willen, steck das Ding weg!"

Nico stand neben dem Haufen Kleidung, den ich weggeworfen hatte.

„Hey. Was machst du denn hier?", fragte ich.

„Das Gleiche wie du, nehme ich an. Ich mache mich bereit, Leuten in den Arsch zu treten."

„Ich werde nicht fragen, wie du mich gefunden hast", lachte ich und sah zu Blue hinüber, der einen panischen Frosch verfolgte.

„Ja. Das Bellen von Blue ist ein eindeutiges Zeichen. Wie geht es dir?"

„Ich bin jetzt wach. Was ist mit dir?"

„Gut. Sollen wir gemeinsam zurückgehen?"

„Klar. Ich ziehe mich lieber erst an."

„Das wäre eine gute Idee", grinste Nico.

Wir drei machten uns in einem gleichmäßigen Laufschritt auf den Weg zurück zum Haus.

„Sind die Kinder wach?", fragte ich.

„Das werden sie sein, wenn wir zurück zum Haus kommen."

„Ich möchte mich bei ihnen entschuldigen, dass ich ihr Spiel nicht gesehen habe. Haben sie gewonnen?"

„Das haben sie. Und es ist in Ordnung. Ich habe ihnen erklärt, dass du und Maddie kommen wolltet, aber es kam etwas anderes dazwischen."

„Danke, Kumpel."

„Hast du noch einmal mit ihr gesprochen?"

„Ich habe es versucht, aber sie antwortet nicht auf meine Anrufe oder SMS."

„Sie wird wieder. Du wirst schon sehen."

„Ich hoffe, du hast Recht."

Ich roch den Kaffee, bevor ich das Haus sah.

„Das wird runtergehen wie Öl", sagte ich.

„Das ist wahr. Ich denke, Speck und Eier mit allem Drum und Dran kommen an zweiter Stelle."

„Absolut. Wir sehen uns in der Küche, nachdem ich kurz geduscht habe."

„Okay."

* * *

Mein Herz setzte einen Schlag aus, als ich eine Benachrichtigung auf meinem Handy sah. Sie war von Maddie. Ich hatte Angst, sie zu lesen.

Hallo, Luca. Bitte sei vorsichtig.
Maddie.

Okay, es war nicht die Gettysburg Address, aber wenigstens sprach sie wieder mit mir. Was hatte das zu bedeuten? Ich wagte jedoch nicht, zu viel hineinzuinterpretieren. Ich konnte es mir nicht leisten, den ganzen Tag über meine Zukunft mit Maddie nachzudenken.

Ich duschte und ging die Treppe hinunter. Die Nachricht behielt ich für mich. Die Kinder frühstückten gerade und Sam packte das Mittagessen ein.

„Hey, Jungs. Ich habe gehört, ihr habt es ihnen gestern Abend ordentlich gegeben."

„Wir haben sie geschlagen, Onkel Luca", grinste Cody.

„Ja, der Trainer hat gesagt, dass sie mit eingezogenem Schwanz nach Hause gegangen sind", fügte Kyle voller Stolz hinzu.

„Das liegt daran, dass mein Pitching fantastisch war", grinste Tom von einem Ohr zum anderen.

„Okay, ihr drei. Mehr essen, weniger prahlen, bitte", lächelte Sam.

„Krass!“, sagte ich und zwinkerte Nico zu.

Dann fuhren sie in Windeseile davon und ließen das Haus wie eine Leichenhalle zurück.

„Wow, kein Wunder, dass du mit den Hühnern ins Bett gehst, Nico.“

„Ja, ich habe es dir ja gesagt. Das Leben vor den Jungs scheint so, als hätte es nie stattgefunden.“

„Du liebst es.“

„Verdammt richtig, das tue ich. Diese kleinen Monster machen das Leben lebenswert. Du wirst es selbst sehen, wenn du den Sprung wagst.“

„Bis dahin werde ich mir Notizen machen.“

* * *

„Hi, Paolo.“

„Ciao, Luca. Bist du bereit für heute Abend?“

„Ja, ich habe genug Waffen und Munition, um uns durchzubringen. Wie geht es den Männern?“

„Es kann losgehen. Sie freuen sich schon auf ein bisschen Action. Dieser moderne, politisch korrekte Kram kommt bei uns Schlägern nicht gut an“, lachte er. „Da bleibt nicht viel Platz für die altmodischen 'Verhaltensanpassungen', wenn du verstehst, was ich meine.“

„Sag ihnen, dass sie sich auf etwas freuen können.“

„Wird gemacht. Sehen wir uns später?“

„Klar. Ich trage eine Maske, wie besprochen. Oh, und ich bin mir sicher, dass es sich von selbst versteht, dass Antonio mir gehört.“

„Natürlich.“

„Danke, Paolo.“

„Hey, ich tue das auch für mich. Danach sind wir quitt.“

„Einverstanden.“

„Wir sehen uns um 21 Uhr.“

Ich war zuversichtlich, dass ich es mit Antonio aufnehmen konnte. Paolos Männer waren ganz wild darauf, sich um Vaughn zu kümmern. Er war mir völlig egal. Er war nur eine Verlängerung von Antonios Hand.

Als Paolo und ich am Abend zuvor miteinander gesprochen hatten, hatte er mir erzählt, dass die Barones beschlossen hatten, so viele von Antonios Männern wie möglich auszuschalten. Sie waren zu groß für ihre Stiefel geworden, und das war in der Welt der Mafia nie eine gute Sache.

Während ich mich also um ihren schäbigen Anführer kümmerte, wollten sich die Barone um den Rest der Crew kümmern.

Es war 20 Uhr, als ich das Haus mit einem Kofferraum voller Waffen verließ und mich auf den Weg zum Treffpunkt machte. Antonio würde in der Wohnung seiner Geliebten sein, Vaughn in der Nähe und die Crew an ihrem üblichen Treffpunkt.

Die Straße, in der sich die Wohnung befand, war ruhig. Die Anwohner schienen sich für den Abend eingerichtet zu haben. Ich hielt mich von Paolos Männern fern. Ich konnte es mir nicht leisten, erkannt zu werden. Es war zwar schon fast zehn Jahre her, aber trotzdem.

Ich beobachtete, wie Antonios Auto bei den Wohnungen ankam. Sein Fahrer parkte in der Tiefgarage. Ich versteckte mich im Dunkeln, neben einer kaputten Glühbirne. Vaughn stieg zuerst aus, sah sich um und dann stieg Antonio aus.

Er hatte ein paar Pfunde zugelegt. Das gute Leben hatte es nicht gut mit seiner Taille gemeint. Fette Sau. Antonio sprach mit jemandem am Handy - er schrie und schimpfte mehr, als dass er redete. Er tat sich selbst keinen Gefallen mit seiner nicht gerade sympathischen Art.

Ich stellte sicher, dass mein Schalldämpfer gesichert war und wartete darauf, dass Vaughn wieder ins Auto stieg. Ich folgte ihm genau, während meine Zielperson in den Lautsprecher des Telefons schimpfte. Sein Ego würde sich als sein Untergang erweisen. Der große Antonio hätte sich nicht träumen lassen, dass ich so dreist sein würde, mich an ihn heranzuschleichen.

Irrtum.

Das Geräusch hinter mir war so leise, dass ich es fast überhört hätte.

39

MADISON

Mein Telefon klingelte. Es war Beth.

„Madison, schalte die Nachrichten ein. Kanal 8."

„Beth? Was ist los?"

„Tu es einfach."

„Okay, okay. Immer mit der Ruhe."

Ich schaltete den Fernseher auf Kanal 8. Die Lautstärke war niedrig, aber ich konnte trotzdem erkennen, dass die Szene chaotisch war. Ich drehte die Lautstärke hoch.

Die Nachrichtensprecherin deutete auf ein Gebäude hinter ihr. Das Lagerhaus stand lichterloh in Flammen. Krankenwagen und Polizeiautos waren um das brennende Gebäude verstreut. Ein Feuerwehrmann lehnte an der Leiter eines Feuerwehrautos und löschte die Flammen mit einem großen Schlauch.

„Worum geht es da?", fragte ich Beth.

„Hör zu."

Ich konzentrierte mich auf das, was die Frau sagte.

„Das Feuer soll gelegt worden sein, um die Leichen einer bekannten lokalen Bande zu verunstalten. Die Polizei ist sich noch nicht sicher, wer die Täter sind, aber die Ermittler sind vor Ort."

Ein Polizist in Uniform ging an dem Reporter vorbei. Der Reporter hielt ihn an und hielt ihm ein Mikrofon unter die Nase.

„Entschuldigen Sie, Officer", sagte sie laut über den Hintergrundlärm hinweg, „können Sie den Zuschauern zu diesem Zeitpunkt etwas sagen?"

Der Polizist freute sich über seine paar Sekunden Ruhm im Fernsehen. „Ähm, wir können dir zu diesem Zeitpunkt noch keine konkreten Details nennen, Rebecca. Der Vorfall scheint aber mit einer Gang zu tun zu haben."

„Gibt es Überlebende?"

„Tut mir leid, das ist alles, was ich dir im Moment sagen kann. Entschuldige mich."

Ich schaute auf die Überschrift am unteren Rand des Bildschirms. Der Name des Gebiets bewegte sich auf dem Bildschirm stetig von rechts nach links.

„Oh, Scheiße", flüsterte ich und ließ das Telefon fallen - es hüpfte auf dem Teppich.

Nein! Nein, nein, nein. Ich beeilte mich, es aufzuheben.

„Ich rufe dich zurück", sagte ich zu Beth und beendete das Gespräch, bevor sie etwas sagen konnte.

Ich wählte Lucas Nummer. Es ging direkt die Mailbox ran. Ich versuchte es erneut. Gleiches Ergebnis. Mist! Warum hatte ich weder die Nummer von Nico noch die von Sam gespeichert? Ich war so dumm!

„Bitte. Gott. Lass ihn nicht tot sein", flüsterte ich, als ich Beths Nummer wählte.

„Maddie! Willst du mir einen Herzinfarkt verpassen? Meinst du, es geht um Luca?", fragte sie, sobald sie rangegangen war.

„Ich weiß es nicht, Beth. Er geht nicht an sein Telefon."

„Okay, nur keine Panik. Wir wissen nicht, ob Luca überhaupt in die Sache verwickelt ist. Es gibt viele Bandenkriege da draußen."

„Der Zeitpunkt scheint ein bisschen zu zufällig zu sein, meinst du nicht?", sagte ich und versuchte, mich zu beruhigen. Ich konnte es mir nicht leisten, zu hyperventilieren. Ich musste einen kühlen Kopf bewahren.

„Was, wenn er tot ist, Beth?“, flüsterte ich. „Es tut mir leid. Ich kann jetzt nicht reden.“

Ich beendete den Anruf und setzte mich auf das Sofa. Meine Beine waren schwach, mein Herz raste und ein hochfrequentes Klingeln tobte in meinen Ohren. War ich kurz davor, eine Panikattacke zu bekommen? Ich hatte noch nie eine gehabt, aber ich stellte mir vor, dass das, was ich fühlte, einer solchen verdammt nahe kommen musste.

Ich habe wieder versucht, Luca anzurufen. Anrufbeantworter. Mist!

„Luca! Wo bist du?“, rief ich.

Ich wartete stundenlang darauf, dass er mich zurückrief. Vergeblich.

* * *

Es fiel mir schwer, aus dem Bett zu kommen. Mein Kopf pochte dumpf und mein Körper war träge. Alles, was ich wollte, war, mich unter der Decke zu verstecken und zu schlafen. Seit dem Vorfall waren schon zwei Tage vergangen und ich hatte immer noch nichts von Luca gehört.

Es läutete an der Tür. Wer zum Teufel würde mich so früh stören? Ich ignorierte den Klingelknopf. Aber wer auch immer es war, war entschlossen, mich zu sehen.

Luca! Was, wenn es Luca war? Ich sprang aus dem Bett, zog meinen Morgenmantel an und eilte zur Tür. Es war mir egal, dass mein Haar wie Dreadlocks aussah.

„Miss, Harris“, hörte ich eine Stimme durch die Tür. „Hier ist Detective Cross.“

Meine Hoffnung erstarb. Was wollte er? Ich öffnete ihm die Tür.

„Guten Morgen, Miss Harris. Es tut mir leid, dass ich Sie so früh störe.“

„Hallo, Detective. Was kann ich für Sie tun?“

„Ich habe Neuigkeiten über den Mord an Lauren. Darf ich reinkommen?“

Es dauerte eine Weile, bis ich seine Worte verstand.

„Äh, sicher. Bitte, kommen Sie doch rein."

Cross trat ein und blieb an der Küchentheke stehen.

„Bitte, setzen Sie sich", sagte ich und erinnerte mich plötzlich an meine Manieren. „Darf ich Ihnen einen Kaffee machen?"

„Nein, danke."

Wir setzten uns und ich wartete mit angehaltenem Atem darauf, was der Polizist zu sagen hatte. Ich hatte große Angst, dass er das mit Luca herausgefunden hatte. Hatte er schon mit Mama und Papa gesprochen? Hatte er ihnen gesagt, was ich ihnen verzweifelt verheimlicht hatte?

„Welche Neuigkeiten haben Sie?"

„Die Ballistiker haben eine Waffe mit den Schüssen auf Ihre Schwester in Verbindung gebracht."

Bleib ruhig, Maddie. Atme einfach.

„Ich verstehe. Wissen Sie, wem die Waffe gehört?"

„Ja. Wir haben die Spur zu einem bekannten Bandenmitglied verfolgt."

Ich antwortete nicht. Ich hielt es für das Beste, meinen Mund zu halten.

„Ich weiß nicht, ob Sie die Nachrichten auf Kanal 8 verfolgt haben, aber der Mann gehörte zu der Bande, die an dem großen Lagerhausbrand beteiligt war."

„Sie machen Witze. Wer war er?"

„Sein Name ist Vaughn Mancini. Oder besser gesagt, *war*."

„Er ist tot?"

„Ja."

„Das verstehe ich nicht. Warum sollte ein bekannter Gangster meine Schwester töten?"

„Das wissen wir nicht. Es tut mir leid, aber das ist leider das Beste, was ich tun kann. Wenn es um solchen Abschaum geht, weiß niemand etwas, Miss Harris. Vielleicht hat er sie in einem Club gesehen und sie getötet, als sie sich seinen Avancen widersetzte. Die Wahrheit ist, dass wir den ganzen Tag lang spekulieren können. Wir können uns nur nicht sicher sein."

„Ich verstehe."

Ich war erleichtert. Wenigstens hatte Cross Luca nicht mit dem Schützen in Verbindung gebracht. Nicht, dass das einen großen Unterschied gemacht hätte, jetzt, wo Luca auch tot war.

Der Detektiv sprach über den Abschluss des Falls und anderen offiziellen Papierkram, aber ich hörte nicht viel. Ich nickte lediglich.

Es war also vorbei. Das Kapitel war abgeschlossen. Cross ging. Ich blieb auf dem Sofa sitzen und starrte ins Leere.

* * *

Ich wich den Fragen meiner Eltern aus, wo Luca sei. Ich blieb bei meiner Geschichte, dass er geschäftlich unterwegs war, weil ich mich nicht dazu durchringen konnte, ihnen die Wahrheit zu sagen. Ich war mir sicher, dass mir irgendwann etwas Passendes einfallen würde.

Das Haus, in dem alles angefangen hatte, war verkauft. Ich hatte mit dem Verkäufer vereinbart, dass ich vorbeikomme und zusammenpacke. Die neuen Besitzer kauften einen Teil der Möbel, also war es an mir, den Rest von Lucas und meinem Besitz einzupacken.

Ich hasste es, dort zu sein. Jeder Raum, den ich betrat, war ein Schlag in die Magengrube. Beth hatte angeboten, mir zu helfen, aber ich wollte allein sein. So konnte ich mich von Lauren und Luca richtig verabschieden.

Ich fing in der Küche an und arbeitete mich immer weiter zu dem Raum vor, in dem ich mich am meisten fürchtete - dem Hauptschlafzimmer. Die Sonne ging schon unter, als ich dort ankam. Ich öffnete die Schranktüren und starrte auf die leeren Regale. Ich konnte immer noch seinen unverwechselbaren Moschusduft riechen. Die Erinnerungen taten höllisch weh.

Nach einem strengen Wort mit mir selbst, faltete ich eine Kiste auf und fing an, die wenigen Sachen zu packen, die wir beim Umzug ins Hotel zurückgelassen hatten. Unten bellte Mila wie verrückt.

„Mila! Komm her, Mädchen!"

Das Bellen wurde lauter, als sie die Treppe hinauflief.

„Ich bin hier, Süße", sagte ich und hörte, wie ihr Keuchen lauter wurde.

Sie winselte.

„Was ist denn los?"

Ich drehte mich um und erstarrte augenblicklich.

„Hi, Maddie."

„Luca", flüsterte ich, mehr zu mir selbst als zu dem Mann, der in der Tür stand.

„Tut mir leid, ich wollte dich nicht erschrecken."

Mich erschrecken? Wollte er mich verarschen? Das war das letzte Wort, das ich benutzt hätte. Wie wäre es damit, meine Seele zu zermalmen und mir eine Scheißangst einzujagen?

„Ich dachte, du wärst tot."

„Ich weiß. Es tut mir leid, dass ich es auf diese Weise machen musste. Du siehst wunderschön aus. Wie geht es dir?"

„Was machst du hier?"

„Ich wollte dich sehen."

„Was soll der Scheiß, Luca! Konntest du nicht einfach anrufen? Ich war tagelang krank vor Sorge und wusste nicht, ob du tot bist oder lebst. Wie konntest du mir das antun?"

Ich brüllte ihn an. Mila lag an der Tür und wimmerte, während ich wie eine Wahnsinnige weiterschimpfte. Luca beugte sich herunter und hob sie auf.

„Ist schon gut, Mädchen", flüsterte er und kraulte sie hinter dem Ohr.

Ich muss geweint haben, denn mein Gesicht war nass.

Luca setzte Mila ab und ging auf mich zu. Ich wich zurück.

„Lass es."

„Es tut mir so leid, Maddie. Wegen allem. Ich habe dich durch die Hölle gehen lassen. Ich kann es dir nicht verdenken, wenn du mich hasst."

„Wie großzügig von dir", schnauzte ich und wischte mir mit dem Ärmel über das Gesicht.

„Bitte, Madison. Können wir reden?"

„*Jetzt* willst du reden, na toll."

„Bitte."

„Gut. Rede. Ich höre zu."

Ich stellte die Kiste ab und baute mich mit vor der Brust verschränkten Armen vor ihm auf. Wenn Körpersprache eine Waffe wäre, hätte ich Luca angegriffen wie eine verrückte Frau mit einer Axt. Die Art, die die Wikinger benutzten. Und sie war schärfer als die eines Ninjas.

40

LUCA

„Es ist ein wunderschöner Tag hier draußen, Nico."

„Bist du am Strand?"

„Ja. Das Meer ist um diese Jahreszeit so warm."

„Nach dem Jahr, das du hinter dir hast, hast du dir ein bisschen Erholung verdient."

„Ja, oder? Wie geht es Sam?"

„Es geht ihr gut. Sie und die Jungs sind bei ihrer Mutter zu Besuch. Ich geselle mich in ein paar Tagen zu ihnen."

„Klingt nach Spaß. Was habt ihr Schönes vor?"

„Die Jungs wollen unbedingt zelten gehen. Also fahren wir mit ihnen in den Wai'anapanapa State Park. Er ist abgelegen, wild und hat eine vulkanische Küste mit einem schwarzen Sandstrand. Perfekt für die Jungs."

„Das ist auf Hawaii, nicht wahr?"

„Ja. Wie ist es denn so, wieder in Italien zu sein?"

„Es ist wie zu Hause sein."

„Haha. Wie läuft das Geschäft?"

„Großartig. Der Verkauf in den Staaten ist letzte Woche über die Bühne gegangen. Jetzt kann ich mich auf das neue Geschäft hier draußen konzentrieren."

„Das ist großartig. Du musst so erleichtert sein, dass du mit deinem Leben weitermachen kannst."

„Das bin ich. Ich habe meine guten und schlechten Tage, aber insgesamt denke ich, dass ich es durchstehen werde."

„Nun, die Tragödie ist noch frisch. Die Zeit wird sie heilen."

„Ich hoffe es. Ich könnte eine gute Dosis Heilung gebrauchen. Gibt es Neuigkeiten von Tony über Antonio und seine Jungs? Was hört man so auf der Straße?"

„Es sieht so aus, als ob sich die Lage beruhigt hat. Jetzt, wo die Hauptakteure alle tot sind, hat sich Antonios Bande zerstreut. Sie haben wahrscheinlich eine Scheißangst davor, dass Paolo zu Ende bringt, was er angefangen hat."

„Das ist so ziemlich das Klügste, was sie tun können."

„Du hast mir nie erzählt, was Antonio gesagt hat, bevor du ihn eingesteckt hast."

„Er hat nicht in Lobeshymnen geschwelgt, so viel kann ich dir sagen. Das kleine Arschloch hat mich angefleht, sein Leben zu verschonen. Der verdammte Feigling dachte, er könnte mich auszahlen."

„Du machst Witze. Was für ein Arschloch."

„Ihn zu töten hat sich so gut angefühlt. Ich bin kein gewalttätiger Mensch, Nico, aber ich würde diesen Bastard zehnmal umbringen, wenn ich müsste."

„Du rennst offene Türen ein, Buddy."

„Stimmt. Wem erzähle ich das."

„Egal, ich würde gerne ein bisschen plaudern, aber ich muss packen. Sam wird mich umbringen, wenn ich meinen Flug verpasse."

„Viel Spaß, Nico. Grüß die Familie von mir."

„Wird gemacht. Pass du auf dich auf. Ich rufe dich bald wieder an."

„Ciao, Nico."

Ich lege mein Handy weg und schaue über das Meer. Das klare blaue Wasser glitzerte, während Kinder und Jugendliche in der toskanischen Sonne herumtollten. Eine einsame Möwe fasste den Mut, sich ein Sandwich aus einer Strandtasche zu schnappen, während ihr Besitzer schwimmen ging.

Zeit für ein weiteres Bad. Meine Haut war an die Sonne gewöhnt, aber ich saß schon so lange am Strand, dass mir die Hitze zu schaffen machte. Ich hatte vor, das Leben in vollen Zügen zu genießen, nachdem ich nur knapp dem Tod entkommen war.

Wäre Paolo nicht gewesen, würde ich jetzt mit den Fischen schwimmen, wie man sagt. Vaughn hatte versucht, sich von hinten an mich anzuschleichen, als ich Antonio in die Wohnung seiner Geliebten gefolgt war. Als ich ihn hörte, stand er bereits mit einer Garrotte hinter mir. Paolo hatte gesehen, dass er mir gefolgt war, und hatte ihn zu Boden geworfen, bevor er wusste, wie ihm geschah.

Jetzt stand *ich* also in Paolos Schuld.

41

MADISON

„Hallo, Mama."

„Maddie! Wie geht es dir, mein Schatz?"

„Toll, danke. Und dir?"

„Viel zu tun, viel zu tun. Ich vermisse dich."

„Ich vermisse dich auch, Mama. Wie geht es Papa?"

„Er kauft einen neuen Oldtimer oder so. Wir haben die üblichen Verdächtigen zum Abendessen eingeladen, also sollte er besser pünktlich sein, wenn er weiß, was gut für ihn ist."

„Ich bin sicher, er hat viel zu viel Angst vor dir, um zu spät zu kommen, Mama", kicherte ich.

„Weiser Mann. Also, was gibt's Neues? Wie ist dein Urlaub?"

„Es ist herrlich, Mama. Ich bin richtig braun geworden."

„Das ist nicht so schwer - nicht mit deiner olivfarbenen Haut. Hast du schon ein paar tolle Outfits gekauft?"

„Viel zu viele."

„Oh, Gott, das hätte ich fast vergessen. Hat Beth dich angerufen?"

„Ja! Ich bin so aufgeregt."

„Kannst du es glauben? Meine kleine Schwester wird endlich vor den Altar treten."

„Das wurde auch Zeit. Ich dachte schon, Anton würde nie den

Stock aus dem Arsch ziehen und ihr einen Antrag machen. Ich kann nicht glauben, dass er gewartet hat, bis ich gegangen bin, bevor er Beth gefragt hat. Erinnere mich daran, dass ich ihm deswegen eine Standpauke halte, ja?"

„Beth ist so glücklich, Maddie. Du solltest sehen, wie sie strahlt, wenn wir über ihre Arrangements sprechen."

Ich war einen Moment lang still, als ich mich daran erinnerte, wie viel Spaß Mama, Beth, Lauren und ich hatten, als wir dieses eine Wochenende weggefahren waren, um meine Hochzeit zu planen. Die, die nicht stattgefunden hatte.

„Ich vermisse sie auch, mein Schatz", sagte Mom leise ins Telefon.

„Wird es jemals leichter werden, Mama?"

„Ich hoffe es."

„Es tut mir leid. Ich wollte dich nicht verärgern."

„Das ist schon in Ordnung."

„Was gibt es zum Abendessen?", fragte ich schnell, in der Hoffnung, meine Mutter von der schmerzhaften Erinnerung an ihre tote Tochter abzulenken.

Sie räusperte sich.

„Ich probiere gerade ein neues Rezept aus. Ich habe eine Folge nach der anderen auf dem Food Channel gesehen. Ich habe ein paar tolle Rezepte gefunden."

„Bitte, mach ein paar Fotos, wenn der Tisch gedeckt ist. Und heb mir ein paar Rezepte auf."

„Natürlich, mein Schatz. Aber wir sehen uns ja bald wieder. Dann kannst du mein Versuchskaninchen sein. Papa rennt meilenweit, wenn er mich mit einem Löffel kommen hört."

„Das tue ich doch gerne, Mama", lachte ich.

„Das ist mein Mädchen. Okay, ich muss los. Hab einen schönen Tag, mein süßes Mädchen. Ich hab dich lieb."

„Viel Spaß, Mama. Hab dich auch lieb. Grüß Papa."

„Mach ich. Bye-bye."

Ich steckte das Telefon zurück in meine Tasche, lehnte mich zurück und genoss die Aussicht.

42

LUCA

Ihre Hand fühlte sich so gut an. Warm. Weich. Sie passte perfekt in meine.

„Bereit für ein Bad, mein Schatz?"

„Absolut."

„Wie geht es deiner Mutter?"

„Sie ist fleißig wie eine Biene. Sie plant das Abendessen. Die arme Beth muss mit ihrem Latein am Ende sein, wenn Mama sich in die Hochzeitspläne einmischt."

„Hey, ich bin nur froh, dass wir aus dem Schneider sind", seufzte ich.

„Ja, zum Glück liegt unsere Hochzeit hinter uns. Obwohl Mama das organisierte Chaos in Grenzen gehalten hat."

„Ernsthaft? Ich habe noch nie so viele Blumen auf einem Fleck gesehen", lachte ich. „Und ich bin sicher, wir hätten mit den Resten eine kleine Armee ernähren können."

„Ich weiß, was du meinst. Ich hätte Beth vorschlagen sollen, dass sie und Anton die Reste für ihre Hochzeit verwenden können. Sie hätten eine Menge Geld gespart."

Ich stand vom Liegestuhl auf und zog Maddie mit mir. Gemeinsam liefen wir zum Meer. Ich konnte immer noch nicht glauben, dass sie meine Frau war. Aber es stand auf der Kippe. Damals im Haus, als ich aus dem Nichts auftauchte und die arme Frau zu Tode erschreckte, dachte ich, ich hätte sie für immer verloren.

Nach viel Geschrei und Gebrüll und ein paar gut platzierten Schlägen fand sie es in ihrem Herzen, mir zu verzeihen. Oh, und natürlich nach einer Menge Versöhnungssex.

Und nun waren wir hier in der Toskana, verheiratet, glücklich und genossen ein bisschen Urlaub, bevor wir uns in unsere neuen Unternehmen stürzten. Maddie vereinbarte, dass Beth die Agentur in den USA leiten würde, während sie eine Filiale in Italien eröffnen würde. Ich verkaufte mein Autohaus an Sandy, die einen Investor gefunden hatte, und plante, ein neues Autohaus in Italien zu eröffnen.

Maddie und ich hatten das Gefühl gehabt, dass wir einen Neuanfang brauchten. Die Staaten waren für uns beide mit zu vielen schlechten Erinnerungen verbunden. In der Toskana kannte uns niemand. Niemand außer Angelo und Sophia, und das war mir ganz recht.

„Was denkst du denn?", fragte ich Maddie, als wir über den warmen Sand liefen. „Glaubst du, deine Eltern werden mir jemals verzeihen, dass ich dich nach Italien entführt habe?"

„Das ist noch nicht entschieden."

Ich war Maddie aus so vielen Gründen dankbar. Aber die eine Sache, die sie mir gab, war unbezahlbar: Sie hatte ihren Eltern nie von meiner Vergangenheit erzählt. Was Michael und Caroline Harris betraf, so war ich für eine Weile geschäftlich unterwegs gewesen und der Mann, der ihre Lauren getötet hatte, war tot und begraben.

Ich schwor, den Rest meines Lebens damit zu verbringen, meine Frau zu lieben und zu beschützen, die mir so viel mehr gegeben hatte, als ich jemals verdient hatte.

„Ich freue mich schon auf das Abendessen mit Angelo und Sophia", sagte sie. „Der kleine Luigi ist so niedlich. Ich könnte den Jungen vernaschen."

„Er ist so groß geworden. Es ist verrückt, dass er erst neulich geboren wurde und jetzt schon läuft. Wo ist nur die Zeit geblieben?"

„Du weißt ja, was man sagt. Die Zeit vergeht wie im Fluge, wenn du die Sauerei aufwischst und Spielzeug aufhebst", kicherte Maddie.

„Ach, sagt man das so?"

„Ja."

„Und was sagt man noch, Mrs. Gambrelli?"

„Man sagt: Wer zuletzt kommt, ist ein faules Ei!"

Maddie ließ meine Hand los und rannte zum Wasser.

„Hey! Du schummelst!", schrie ich und rannte ihr hinterher.

Sie war bereits hinter den Wellenbrechern, als ich sie einholte.

„Ich habe vergessen, was für eine gute Schwimmerin du bist", schnaufte ich.

Sie kicherte und schlang ihre Beine um meine Taille. Ich strampelte kräftig, um uns über Wasser zu halten.

„Das kann nicht gut für dich ausgehen, Schatz", sagte ich und kraulte ihren Hals. „Hast du vergessen, was beim letzten Mal passiert ist, als wir im Meer waren?"

„Wie könnte ich?"

Sie küsste mich und ich wurde augenblicklich hart. Ich schaute mich nach den Leuten im Wasser um.

„Ich bin dabei, wenn du es bist."

„Was soll's. Lass uns ein bisschen leben."

„Ooh, du böses Mädchen."

Ich zog ihr Bikiniunterteil zur Seite und ich glitt in sie hinein. In meiner Frau zu sein, war das beste Gefühl der Welt. Ich sah es dennoch nie als selbstverständlich an. Maddies Augen wurden verträumt, als wir uns im Meer liebten. Es war mir egal, ob alle um uns herum wussten, was wir taten. Ich war froh, dass ich meine Liebe zu ihr jederzeit und überall feiern konnte.

Sie warf ihren Kopf in Ekstase zurück, als sie ihren Orgasmus erreichte. Ich kämpfte darum, nicht zu ertrinken, also war mein Orgasmus ein bisschen schwieriger zu bewältigen. Danach hielt ich mich an ihr fest und küsste ihre schönen Lippen.

„Du bist so wunderschön, Maddie. Ich liebe dich so sehr. Danke, dass du meine Frau bist."

„Ich liebe dich auch, Luca. Ich bin glücklich, deine Frau zu sein."

Wir ließen uns auf dem Rücken in der warmen Sonne treiben, bis wir von Kopf bis Fuß mit Gänsehaut bedeckt waren.

„Wollen wir zurück zum Strand zu gehen, meine Schöne?", fragte ich.

„In einer Minute", sagte sie und schwebte zu mir herüber.

„Es gibt noch etwas, was ich gerne bin, Babe", sagte sie und nahm meine Hand.

„Italienische Staatsbürgerin?" Ich gluckste.

„Natürlich. Aber es gibt etwas, auf das ich mich mehr freue, als unter der Sonne der Toskana zu leben."

„Oh? Und was ist das?"

„Die Mutter deines Kindes zu sein."

43

MADISON

Ich dachte, Luca würde ertrinken, als ich ihm sagte, dass ich schwanger bin. Sein schockierter Gesichtsausdruck war so schön. Er war so liebenswert. Er brach mir fast die Rippen, so fest drückte er mich, als er mich umarmte.

„Ich werde Vater!“, sagte er mit zittriger Stimme.

„Ja, mein Schatz. Und darf ich dich bitten, dein Bestes zu geben, der Vater zu sein und nicht noch ein Kind?“

„Freches Äffchen“, sagte er und kniff mich in den Po.

„Hast du es noch jemandem erzählt?“

„Nein, bislang nur dir, Papi.“

„Wir sollten deine Eltern anrufen. Und Beth wird so eifersüchtig sein. Oh, mein Gott, Angelo und Sophia werden das Baby total verwöhnen.

„Mach langsam. Heb dir etwas von deiner Energie für das Baby auf. In den ersten Monaten bist du für die Windeln zuständig. Ich übernehme die Muttermilch.“

„Klingt, als hättest du dir das bereits gut überlegt.“

„In wundervoll schmerzhaften Details“, grinste ich.

EPILOG: LUCA

„Komm schon, Schatz. Wir müssen nur noch ein letztes Mal pressen."

„Wir?", knurrte Maddie. „Ich bin diejenige, die das größte Baby aller Zeiten zur Welt bringt."

Sie drückte meine Hand so fest, dass ich sicher war, die Knochen knacken zu hören, aber ich litt schweigend und redete Maddie weiter gut zu.

„Autsch!"

„Die Schwester sagte: „Das Köpfchen des Babys ist da. „Noch einmal pressen und alles ist vorüber."

Maddie stieß einen weiteren Grunzer aus, und damit kam unser kleines Mädchen.

„Oh, Maddie", sagte ich, als die Krankenschwester den Schleim vom Gesicht unseres Babys gewischt hatte. „Sie ist wunderschön. Sie sieht genauso aus wie du."

„Das sollte sie auch, nach all dem hier", stöhnte Maddie.

Die Krankenschwester reichte mir das kleine Bündel, während Maddie zu Atem kam. Sie hatte das bezauberndste kleine Gesicht, das ich je gesehen hatte. Ich wusste, dass Neugeborene nicht immer die hübschesten kleinen Kreationen sind, aber unser Baby war einfach perfekt.

Ich legte unsere Tochter auf Maddies Brust. Mami schaute ihrem Baby liebevoll in die Augen.

„Sie ist so klein, Luca."

„Ich weiß. Ich war vorhin so nervös. Ich dachte immer, ich könnte sie fallen lassen."

„Nein, das wirst du nicht. Hey, Lorena, Daddy wird dich nie fallen lassen."

Maddie sah mich an.

„Ist das okay, mein Schatz?", fragte sie.

Ich wusste, dass ihr das gefallen würde. Lorena war italienisch für Lauren. Maddie wollte ihre Schwester ehren, und ich wollte ihr nicht im Weg stehen.

„Natürlich ist es das, mein Schatz. Willkommen auf der Welt, kleine Lorena. Mami und Papi haben dich ganz doll lieb."

„Danke, Luca. Ich liebe dich so sehr."

„Ich liebe dich mehr, Madison. Ich mache besser ein Foto und schicke es an Oma und Opa. Sagt ‚Cheese', ihr wunderbaren Gambrelli-Frauen."

DEMNÄCHST: DEADLY DEVOTION

Das nächste Buch der Serie Gefährliche Liebe erscheint bald! In der Zwischenzeit...

WEITERLESEN: DUNKLE KÜSSE

Beschützer, Krieger, Todesengel.

Als ein Stalker seine Aufmerksamkeit auf mich richtet, wende ich mich zum Schutz an Jax Wilder.

Als Besitzer von Platinum Security lebt er im Schatten, während ich im Rampenlicht stehe.

Verfolgt von Schuldgefühlen und Misserfolg, ist er ein Bad Boy durch und durch, der trinkt, raucht und flucht.

Ich bin ein Hollywood-Sternchen, eine Lady mit einem Image, das es zu wahren gilt.

Wir könnten nicht unterschiedlicher sein, aber ich fühle mich zu ihm hingezogen.

Seine Tattoos, sein Motorrad, seine Pistole. Und die verruchte Art, wie er mich ansieht.

Als mein Leben bedroht wird, schwört Jax, an meiner Seite zu bleiben.

Er behauptet, er wolle keine Beziehung eingehen, aber mein Beschützer spielt mit schmutzigen Tricks und schon bald kann ich seinen dunklen Küssen nicht mehr widerstehen.

An diesem Punkt bin ich mir nicht sicher, was schlimmer ist.

Die Todesdrohungen...

Oder zu wissen, dass dieser gefallene Engel für immer aus meinem Leben verschwinden wird und mein Herz in Millionen Stücke bricht, wenn das hier vorbei ist.

Kapitel 1: Easton

Ich drücke auf Play und höre mir die Nachricht noch einmal an: "Hi, Easton. Ich beobachte dich." Wegen einer Stimmveränderungs-App klingt die verzerrte Stimme tief und schroff, fast mechanisch, und extrem unheimlich. Die zweite Nachricht wird abgespielt: "Warum antwortest du nicht auf meine Anrufe, Easton?" Und die Dritte: "Wo könnte Easton wohl an einem Dienstagabend sein?"

Ich erschaudere, drücke auf Stopp und schaue zu meiner persönlichen Assistentin, Olivia Williams, hinüber. Sie verzieht das Gesicht. "Wie viele sind das jetzt?", fragt sie und deutet mit ihrem blonden Kopf auf den Anrufbeantworter meines Hauses. Wir stehen vor dem Schreibtisch in meinem Büro und starren ihn an, als wäre er eine Art bösartige Kreatur, die kurz davor ist, ihre rasiermesserscharfen Zähne zu fletschen.

"Über 30", sage ich. "Ich erhalte sie jetzt jeden Tag."

"Ich denke, es ist an der Zeit, die Polizei zu rufen."

Ich seufze und streiche mit einer Hand über mein perfekt frisiertes, rabenschwarzes Haar. Ich hatte nicht vor, es so weit kommen zu lassen, aber ich glaube, Liv hat recht. "Ich möchte es so geheim wie möglich halten", erkläre ich ihr. "Wenn die Klatschpresse das herausfindet, werden sie mich niemals wieder damit in Ruhe lassen."

Olivia nickt. "Natürlich. Ich werde anrufen und herausfinden, was wir tun können. Vielleicht eine einstweilige Verfügung erwirken?"

"Gegen wen?", frage ich und fühle eine Welle der Frustration in mir aufsteigen. "Ich habe keine Ahnung, wer da anruft." Und, seien wir ehrlich, ich bin Easton Ross, eine berühmte Schauspielerin, von einigen geliebt und von anderen gehasst. Es könnte buchstäblich jeder sein.

"Das ist der Job der Polizei. Sie werden es herausfinden und der Sache ein Ende setzen."

"Ich hoffe es." Mein Leben ist ein Wirbelwind aus Meetings, Reisen, Partys und endloser Arbeit. Ich habe keine Zeit, mich zusätzlich zu alldem auch noch mit einem Stalker zu beschäftigen.

"Entspann dich einfach, ich mach das schon", verspricht Liv. "Soll ich dir von Jacques eine Tasse Kamillentee machen lassen?"

"Danke, Liv, aber mach Champagner draus. Du bist die Beste." Und das ist sie wirklich. Liv bringt mich zu Verstand und mein schnelllebiges Leben in Ordnung. Sie kümmert sich um alles, von meinem vollen Terminkalender über meine Auftritte bis hin zu meinem Haushalt. Sie ist kompetent und das, was einer Freundin am nächsten kommt.

Wie traurig ist das?

Livs zierliche Gestalt verlässt das Büro und ich lasse mich in mein Schafsfellsofa von Old Hickory Tannery sinken. Es ist warm, kuschelig und besitzt einen alten Vintage-Charme, den ich einfach kaufen musste. Ich liebe alles, was einen Vintage-Look hat oder ein

Vintage-Gefühl versprüht - von Möbeln über Kleidung bis hin zu Autos.

Sogar mein Image spiegelt Old Hollywood wider. Ich wurde schon mit der unvergleichlichen Hedy Lamarr verglichen. Sie war eine eindrucksvolle Schauspielerin, die in den 1940er-Jahren zu Ruhm gelangte und für ihre Schönheit und Intelligenz bekannt war. Die Österreicherin und Amerikanerin sorgte für einen ziemlichen Skandal, als sie in "Ecstasy" nackt auftrat und eine Sexszene drehte. Danach spielte sie in zahlreichen Filmen mit, unter anderem in Cecil B. DeMilles "Samson und Delilah". Natürlich habe ich alle ihre wichtigsten Werke gesehen und heute würde ihre verbotene Performance in "Ecstasy" wahrscheinlich mit dem Hinweis versehen "Nicht für Kinder unter 12 Jahren geeignet."

Aber für mich ist das Erstaunlichste, dass sie ein Frequenzsprungsystem zur Fernsteuerung von Torpedos während des Zweiten Weltkriegs erfunden hat. Die Erfindung wurde zu den Akten gelegt und Hedy hat nie einen Cent erhalten. Heute wird ihre Erfindung für Wi-Fi, Bluetooth und militärische Verteidigungssatelliten verwendet und ist über 30 Milliarden Dollar wert. Die arme Hedy starb mittellos und allein.

Die Einsamkeit kann ich nachempfinden. Es ist ein Schatten, der mich mein ganzes Leben lang verfolgt hat. Berühmt zu sein, birgt seine ganz eigene Art von Einsamkeit. Denn obwohl ich ständig von einer Entourage von Menschen umgeben bin, kennt mich niemand wirklich. Himmel, mein richtiger Name ist nicht einmal Easton Ross.

Aber das habe ich noch nie jemandem erzählt. Und das werde ich auch nie.

Ruhm ist eine seltsame Sache und ein Star zu sein bedeutet, die Welt und alle Menschen darin in seinen Bann zu ziehen. Aber gleichzeitig ist es das Isolierendste, was ich je erlebt habe. Die Leute machen mir die Haare und das Make-up, sie kleiden mich ein und putzen mich heraus, sie sagen mir, was ich sagen und wie ich mich verhalten soll, sie gestalten meine Karriere und treffen Entscheidungen für mich.

Und ich habe es so verdammt satt.

Nicht falsch verstehen. Ich liebe die schönen Dinge des Lebens, die man mit Geld kaufen kann. Ich bin sehr feminin und genieße es, perfektes Haar und makelloses Make-up zu tragen. Ich habe kein Talent oder die Fähigkeit, die magischen Looks zu kreieren, die diese Make-up-Künstler und Hairstylisten zaubern. Und da ich morgens nie mein Schlafzimmer verlassen würde, ohne Kamera-tauglich auszusehen, brauche ich sie.

Macht mich das eitel?

Wahrscheinlich, aber ich habe ein Image zu pflegen.

Easton Ross verkörpert gewisse Dinge - rabenschwarzes Haar, glühende grüne Augen und einen Körper mit Kurven im Überfluss. Ich arbeite extrem hart daran, die Erwartungen der Leute aufrechtzuerhalten. Ich trainiere regelmäßig, ernähre mich gesund (größtenteils) und verwöhne mich mit Massagen und Gesichtsbehandlungen und jeder Anwendung, die bekannt ist, um Falten und Cellulite zu reduzieren und den Alterungsprozess zu verlangsamen.

Manchmal ist es anstrengend. Manchmal tut es körperlich weh, besonders wenn Nadeln oder Säure im Spiel sind. Aber in ein paar Wochen werde ich dreißig. Mir fallen die Augen zu und ich fürchte mich davor. Ich bin jetzt fast zehn Jahre in Hollywood und habe bald meine besten Jahre hinter mir. Ich fühle mich, als würde ich bald aussterben.

Dann bin ich die Schauspielerin, die mal hübsch war.

Ich stieß einen langen, tiefen Atemzug aus.

Fast dreißig Jahre alt und was habe ich erreicht? Das habe ich mich in letzter Zeit oft gefragt. Sicher, ich habe eine Karriere zum Niederknien, aber dann frage ich mich...

Mag ich die Schauspielerei überhaupt wirklich?

Ich meine, schlecht ist sie nicht. Sie hat ihre Vorzüge, aber ich habe mich nie als ernsthafte Schauspielerin wie Meryl Streep gesehen. Ehrlich gesagt, ich bin da irgendwie reingeraten und hatte Glück. Ich fing an zu modeln, dann führte eins zum anderen und mein Agent schickte mich zu ein paar Vorsprechen. Ich habe die Rollen bekommen und der Rest ist bekannt.

Aber wenn das alles morgen vorbei ist, was bleibt mir dann? Wie werden sich die Leute an mich erinnern?

Oh, mein Gott, ich glaube, ich habe eine Midlife-Crisis.

Ernsthaft, all diese tiefen Fragen halten mich nachts wach und es gibt keine Mengen an Kamillentee, Hanf- oder Lavendelöl, die groß genug sind, um mir helfen zu können.

Ich stehe auf und gehe hinüber zu dem verzierten, vergoldeten Spiegel, der an der Wand hängt. Ich drehe mein Gesicht erst nach links, dann nach rechts. Ich blinzle, suche nach Linien, Falten, jedem Anzeichen dafür, dass ich am Rande meines dritten Jahrzehnts stehe.

Ich glaube, alle Schauspielerinnen sind unsicher. Wir werden unter ein Mikroskop geschoben, untersucht und auseinandergenommen. Aber ich will mich nicht mit solch albernen Dingen beschäftigen. Das ist doch reine Zeitverschwendung

Vielleicht sollte ich in die Fußstapfen von Cameron Diaz treten und mich zur Ruhe setzen, solange ich noch an der Spitze meines Erfolges stehe. Aber, sie hatte etwas, das auf sie wartete. Jemanden.

Ich habe niemanden.

Ich höre Schritte und werfe einen Blick in den Spiegel. Liv kommt zurück ins Zimmer und reicht mir ein Glas Champagner. Ich trinke ausschließlich Blanc de Blancs Comtes de Champagne von Taittinger, die exklusivste und beste Variante des französischen Champagnerhauses. Er wird nur mit Chardonnay-Trauben aus den Grands Crus der Côte des Blancs hergestellt.

Ich nehme einen Schluck und genieße den spritzigen Geschmack auf meiner Zunge. Er ist vollmundig und schmeckt nach Zitrusfrüchten und knackigem Obst. Ich erinnere mich immer an einen der James-Bond-Filme, in dem er sagte, dass dies der beste Champagner der Welt sei.

Dem muss ich zustimmen.

"Danke", sage ich.

Liv nickt und holt ihr Telefon heraus. "Ich werde die Polizei anrufen. Mal sehen, was sie tun können."

Ich will nicht belästigt werden, also drehe ich mich um, winke mit der Hand und gehe hinaus. Das ist der Grund, warum Liv so erstaunlich ist. Das Letzte, was ich tun will, ist mit einem Polizisten über meinen verrückten Stalker zu reden. Es wird ein abgestumpfter Mann mittleren Alters sein, der wichtigere Dinge zu erledigen hat. Er wird nicken, sich ein paar Notizen machen und jemanden schicken, der in ein oder zwei Tagen ein paar mal an meinem Haus vorbeifährt.

Sinnlos.

In der Zwischenzeit werde ich 20 weitere gruselige Anrufe erhalten.

Wenigstens kommen sie nur über das Haustelefon. Und, obwohl sie ein wenig unheimlich sind, war nicht einer davon bedrohlich. Ich habe nicht das Gefühl, dass mein Leben in irgendeiner Form in Gefahr ist. Es ist wahrscheinlich nur ein übereifriger Verehrer, der meine Nummer in die Finger bekommen hat, nachdem er im Internet recherchiert hat oder so. Ich glaube wirklich, dass das alles eher früher als später aufhören wird, wenn derjenige, wer auch immer es ist, beschließt, seine Aufmerksamkeit auf jemand anderen zu richten.

Auf eine neue Schauspielerin zum Beispiel, denn, seien wir ehrlich, es gibt immer eine aufstrebende Schauspielerin, die schöner, talentierter und jünger ist.

So ist Hollywood nun einmal, Baby.

Ich nehme noch einen Schluck Champagner und gehe hinaus auf meine hintere Terrasse. Die Aussicht ist atemberaubend und einer der Gründe, warum ich dieses Haus gekauft habe. Hoch oben auf dem Hügel gelegen, kann ich an einem klaren Tag bis zum Pazifik sehen. Nachts ist es sogar noch bezaubernder und ich sitze gerne hier draußen und denke nach, während die Sterne über mir und buchstäblich um mich herum funkeln.

Zu meinen Nachbarn gehören Leonardo DiCaprio, Keanu Reeves, Jodie Foster, Herbie Hancock und eine Reihe anderer Schauspieler, Produzenten und Mogule.

Ich wohne in den Hollywood Hills, hoch über dem Sunset Strip, in einer Gegend, die als "Vogelstraßen" bekannt ist. Von der Spottdrossel über den Pirol bis zur Nachtigall - die schmalen, gewundenen Straßen sind alle vogelkundlich geprägt und befinden sich in einer der exklusivsten und begehrtesten Wohngegenden von Los Angeles.

Mein Haus liegt am kultigen Blue Jay Way, einer steilen, einen Kilometer langen Straße. Es ist ein schicker Ort, den ich mein Zuhause nenne, und ich genieße die Privatsphäre und den erhabenen "10 von 10"-Ausblick in vollen Zügen.

Ich lehne mich an die Glaswand und mein Blick fällt hinunter auf den mit Gestrüpp bewachsenen Hang, hebt sich dann und wandert zum Meer in der Ferne. So sehr ich diesen Panoramablick auch liebe, irgendwie fühlt es sich an, als würde etwas fehlen.

In letzter Zeit fühle ich mich mehr denn je... unvollständig.

Ich weiß nicht, ob es daran liegt, dass ich bald Geburtstag habe, dass ich in meiner jetzigen Beziehung unglücklich bin oder dass ich nicht mehr so begeistert zur Arbeit gehe. Aber irgendetwas in meinem Leben ist nicht in Ordnung.

Meine Gedanken wandern zu Daniel Rogers, mit dem ich seit ein paar Monaten zusammen bin. Er ist 32 Jahre alt und ein redegewandter Produzent. Mit seinen schmutzig blonden Haaren und seiner südkalifornischen Bräune ist er der Inbegriff eines Surfertypen. Aber ich glaube, Daniel war noch nie jemand, der etwas allzu Körperliches oder Sportliches gemacht hat. Oder, was das betrifft, sich überhaupt im Freien aufhält. Er ist sehr braun, aber nur dank einer Sonnenbank.

Ich musste erst kürzlich feststellen, dass sein Ruf grenzwertig schäbig ist - was ich nicht wusste, als wir anfingen, miteinander auszugehen. Er fängt auch an, sein wahres Gesicht zu zeigen, jetzt wo er sich in meiner Nähe wohlfühlt. Und ich fühle mich nicht besonders zu Männern hingezogen, die egozentrisch sind und verzweifelt versuchen, in einem Bereich erfolgreich zu sein, der jeden Tag Menschen verschlingt und wieder ausspuckt.

Hmm. Vielleicht ist das die Lösung. Ich sollte mit jemandem ausgehen, der nicht in der Unterhaltungsbranche arbeitet.

Richtig, denke ich und seufze. Ich lebe in einer Promi-Blase, umgeben von Agenten, Managern, Schauspielern, Produzenten und Regisseuren. Es ist unmöglich, jemand Normales zu treffen. Und selbst wenn ich das Glück hätte, habe ich Beziehungen oder Dates nie allzu ernst genommen, weil es immer wichtigere Dinge gab, um die ich mich kümmern musste.

Gerade als ich kurz davor bin, die Schauspielerei an den Nagel zu hängen und ein Einsiedler zu werden, kommt Liv auf die Terrasse gefegt.

"Ich habe gerade mit einem Polizeibeamten gesprochen." Sie hebt ein kleines Buch hoch, in das sie ihre Notizen zu schreiben pflegt. "Er sagte, Kalifornien definiert Stalking als vorsätzliches, böswilliges und wiederholtes Verfolgen oder Belästigen von jemandem und das Aussprechen einer glaubwürdigen Drohung mit der Absicht, ihn um seine Sicherheit fürchten zu lassen."

"Glaubwürdige Bedrohung?", wiederhole ich. Ich würde kaum sagen, dass ich mich bedroht fühle. Nur ein bisschen verängstigt.

"Wenn es schlimmer wird, können wir eine einstweilige Verfügung beantragen."

Ich wedle mit einer Hand durch die Luft. Wie ich erwartet habe, bringt es nichts, die Polizei einzuschalten. "Klingt nach einer Menge Arbeit. Ich komme schon zurecht. Ich bin sicher, es ist nur eine Frage der Zeit, bis ihm langweilig wird und er sich jemand anderen sucht."

Das Haustelefon klingelt.

"Er hat auch gesagt, du sollst nichts löschen - Nachrichten, SMS, Briefe, was immer du bekommst. Behalte sie als Beweismittel. Nur für den Fall."

Niemand geht ans Telefon und ich höre, wie sich der Anrufbeantworter einschaltet. Nach dem Piepton spricht diese unheimliche, metallische, raue Stimme: "Ich bin sehr daran interessiert, in deiner Nähe zu sein, Easton."

Klick. Er legt auf und mein Herz klopft. Ich sehe zu Liv hinüber und spüre, wie mir ein Schauer über den Rücken läuft.

"Er erwähnte, dass wir vielleicht einen Privatdetektiv engagieren sollten, da die solche Fälle öfter bearbeiten. Ich kann ihn um eine Empfehlung bitten."

Ich nicke und schlucke schwer. "Das wäre vielleicht eine gute Idee", gebe ich zu und reibe mir die Schauer von den Armen.

Kapitel 2: Jax

Ich sitze in meinem Büro und blättere durch einen Stapel überfälliger Rechnungen. Irgendwie ist er noch größer geworden. Mit einem Seufzer schiebe ich den Stapel beiseite, stütze meine Ellbogen auf die Kante des abgesplitterten Schreibtisches und massiere meine Schläfen. Ich greife nach der Packung Marlboros, schüttele eine Zigarette aus und zünde sie an.

Verdammt noch mal.

Ich habe Platinum Security vor einem Monat eröffnet und wir hatten noch keinen einzigen Kunden. Keinen einzigen. Null. Nada. Bei diesem Tempo muss ich einige Fälle an Land ziehen oder ich bin am Arsch. Ich habe ein paar meiner Kumpels in dieses kleine Unternehmen eingebunden und ich kann sie nicht im Stich lassen. Sie haben wie ich ihre eigenen Probleme, und ich will ihnen eine Chance geben. Eine zweite Chance, diesmal alles besser zu machen.

Wie ich, haben Griff und Ryker bestimmte Fähigkeiten, Sachen zu erledigen, die andere Leute, die auf dem Weg nach oben sind, vielleicht ... unangenehm finden. Aber wir? Das ist uns scheißegal. Ich nehme einen langen Zug von der Zigarette und fahre mit einer Hand durch mein widerspenstiges, dunkles Haar. Oben ist es zu lang und fällt mir immer ins Auge, aber was kümmert mich das?

Um ehrlich zu sein, ist mir nicht viel wichtig.

Außer diese Firma über Wasser zu halten.

Aber ich habe keine Ahnung, wie ich das anstellen soll.

Und genau in diesem Moment flackern die Lichter und gehen aus. "Verdammte Scheiße", murrte ich. Schätze, die Stromrechnung ist eine der überfälligen Rechnungen gewesen. Ich schiebe meinen mit Klebeband reparierten Stuhl zurück, blase einen Lungenzug Rauch aus und hoffe, dass mich mein Laster umbringt.

Vorzugsweise bis Freitag, denn dann ist die Miete für diese Scheißbude, die ich mein Büro nenne, fällig. Da ich im Dunkeln nicht arbeiten kann und keine Kunden habe, schließe ich ab und gehe den Bürgersteig entlang.

East Hollywood ist besser als früher, aber ich bin mir sicher, dass es von Touristen als etwas schäbig angesehen wird. Versteckt zwischen den geschäftigen Vierteln Los Feliz, Silver Lake, Hollywood und Koreatown, ist East Hollywood kulturell vielfältig und ein erschwinglicher und vielseitiger Ort, der künstlerisch und voll von Mom-and-Pop-Restaurants ist. Aber zwischen dem Anstieg der Obdachlosenpopulation und dem schmutzigen Gefühl von Hollywood und Vine ist es nicht die beste Gegend, aber egal. Ein bisschen Dreck, Müll und Smog hat noch niemandem geschadet.

Und niemand ist so dumm, mich zu belästigen.

Als ehemaliger Cop weiß ich, dass ich eine "Leg-dich-mit-mir-an-und-ich-trete-dir-in-den-Arsch"-Ausstrahlung habe. Groß zu sein, hilft, denke ich. Es gibt viele kleine Männer in dieser Stadt und ich bin knapp über 1,80 m groß.

Eine Waffe zu tragen, hilft auch.

Ich war knapp über zehn Jahre beim LAPD. Dann endete meine Karriere letztes Jahr auf einen Schlag. Aber daran will ich jetzt nicht denken. Oder jemals wieder. Meine Vergangenheit ist voll von Dämonen mit sehr scharfen Zähnen, und wenn ich mich zu lange damit beschäftige, werde ich gebissen.

Nach einem letzten Zug schnippe ich den Rest meiner Zigarette in den Rinnstein und gehe in eine Bar, die ein Loch in der Wand hat. Zeit, meinen Kummer zu ertränken. Wenn ich Glück habe, kommt die Inspiration und ich finde einen Weg aus dieser finanziellen Misere.

Denn ich bin ein Problemlöser. Ich erkenne Probleme und finde dann einen Weg, sie zu lösen. Leider war ich im letzten Jahr nicht in der richtigen Verfassung, um etwas herauszufinden. Seitdem ich eines der wertvollsten Dinge in meinem Leben verloren habe...

"Wilder", ruft eine tiefe Stimme.

Ich reiße mich aus meiner Träumerei und schaue hinüber zu Logan Sharpe am Ende der Bar. Wir haben zusammen die Polizeiakademie absolviert, und als Neulinge bei der Polizei wurden wir Freunde. Ich schätzte immer seine unverblümte Einstellung und seine direkte Art. Sein direkter, brauner Blick trifft den meinen und er winkt mich zu sich. Ich kann nicht umhin, die dunklen Augenringe zu bemerken, die ihn älter und müder aussehen lassen.

"Sharpe", sage ich, und wir geben uns die Hand. "Was zum Teufel machst du hier?"

Er zuckt mit den Schultern und greift nach seinem Bier. "Bud?", fragt er. Als ich nicke, hebt er eine Hand und bestellt noch ein Budweiser.

"Danke", sage ich, als der Barkeeper die Flasche aufbricht und sie zu mir rüberschiebt. "Degradiert worden?", frage ich Logan.

"Nee", sagt er und nimmt einen Schluck. "Genau das Gegenteil, leider."

Ich hebe eine Augenbraue. "Detective?"

"Es ist das, was ich immer wollte, aber verdammt, wenn ich gewusst hätte, dass die Annahme der Beförderung den Verlust meines Privatlebens bedeutet, hätte ich es mir vielleicht noch mal überlegt."

Er ist bescheiden. "Nein, hättest du nicht", sage ich. Er hat immer davon gesprochen, im Detective Bureau zu arbeiten, und ich wusste, dass das sein Traum war. "Herzlichen Glückwunsch", füge ich hinzu und hebe meine Flasche zu einem Toast.

"Wie geht's dir?", fragt er, seine Stimme klingt vorsichtig neutral.

Wie es mir geht? Ziemlich beschissen, denke ich. Du dachtest, mein Leben wäre vor einem Jahr eine verdammte Katastrophe gewesen? Nun, du solltest es mal jetzt sehen. Ich seufze und meine Mundwinkel heben sich zu einem schiefen Lächeln. "Das willst du nicht wissen", erwidere ich.

Nach einem langen Zug wirft mir Logan einen besorgten Blick zu. "Jax, wenn es etwas gibt, was ich tun kann... sag es einfach."

Ich muss wirklich erbärmlich aussehen, dass er mir dieses Angebot unterbreitet. "Ich könnte ein paar Kunden für mein neues Geschäft gebrauchen", scherze ich halb.

Er hebt neugierig eine Braue. "Was für eine Art von Geschäft?"

"Ich habe vor etwa einem Monat mit Platinum Security angefangen. Ich habe ein paar Jungs angeheuert - ehemalige Militärs und Ex-CIA. Wir ermitteln, beheben Probleme, lokalisieren, bieten Sicherheit. Was immer du willst, ich kann es erledigen."

Logans Blick verengt sich und er ist einen Moment lang still. "Ich habe vielleicht etwas für dich", sagt er.

Mein Kopf schnappt hoch. "Im Ernst?" Ich will nicht verzweifelt klingen, aber wenn ich einen Kunden in den Laden kriege, habe ich mehr Zeit, mir etwas zu überlegen und ein paar Rechnungen zu bezahlen.

"Da ist eine Frau, die Schutz braucht."

"Schutz wovor?"

"Vor einem Stalker. Du weißt, dass die Polizei mit so etwas nicht besonders gut umgehen kann. Das ist eher eine Sache für Privatleute oder für einen Sicherheitsspezialisten wie dich."

Ich nicke, das Herz pocht mir in der Kehle. Ein Stalker-Fall. Perfekt. Ich installiere ein Sicherheitssystem, agiere als Bodyguard und löse vor allem einen fetten Scheck ein.

"Hier ist der Haken", sagt er. "Es ist Easton Ross."

Ich blinzle dümmlich. Sollte ich diesen Namen kennen? Ich zerbreche mir den Kopf, als Logan lacht.

"Du weißt nicht, wer sie ist, oder?"

"Sollte ich?"

Wieder ein Glucksen. "Sie ist eine berühmte Schauspielerin." Ich muss immer noch einen leeren Gesichtsausdruck aufgesetzt haben, denn er erklärt weiter. "Sie ist die heiße Brünette, die vor ein paar Jahren mit Lincoln Knight zusammen war?"

"Ist das eine Frage?", frage ich. "Denn ich habe keine verdammte Ahnung, von wem du sprichst."

"Ernsthaft?"

Ich zucke mit den Schultern.

"Komm schon, Mann! Du nimmst mich auf den Arm, oder?"

"Alter, diese Tussi könnte jetzt hier reinspazieren, auf die Knie fallen und mir einen blasen und ich hätte immer noch keine Ahnung, wer sie ist. Ich habe keine Zeit für diesen Hollywood-Scheiß."

"Schaust du dir keine Filme an?"

"Nicht wirklich. Ich meine, außer meine Lieblingsfilme, wenn sie im Fernsehen laufen."

"Dirty Dancing?"

"Leck mich." Wir lachen und das tut gut. Ich habe Logan immer als einen guten Freund betrachtet, und jetzt wird mir klar, wie sehr ich ihn im letzten Jahr vermisst habe. Die einfache Kameradschaft und Freundschaft, die uns durch zehn Jahre gebracht hat, in denen wir das

Schlimmste der Menschheit auf den Straßen von Los Angeles gesehen haben, ist immer noch da.

Aber nachdem ich wegen Fehlverhaltens entlassen wurde, gingen wir beide getrennte Wege. Ich wollte ihn nicht mit in den Abgrund reißen. Er hatte zu viel Zeit und Mühe investiert, und ich wusste, er würde bald befördert werden. Sieht aus, als hätte ich Recht gehabt.

"Dirty Dancing", spotte ich und trinke mein Bier aus. "Eher The Expendables 1, 2 und 3. Ein bisschen John Wick vielleicht. Und..."

"Top Gun", sagen wir beide zur gleichen Zeit.

"Den hab ich bei dir zu Hause gesehen", sagt Logan und bestellt noch eine Runde. "Du warst ja selbst fast ein Pilot, also leuchtet das ein."

"Ja", antworte ich. "Ich hätte zur Air Force gehen sollen, aber in letzter Minute habe ich mich entschieden, Polizist zu werden. Einsicht ist immer subjektiv, richtig?"

Logan nickt, zupft an dem feuchten Etikett seines Biers. "Es war nicht dasselbe ohne dich, weißt du. Und die Art, wie alles gehandhabt wurde ... es hinterließ einen schlechten Geschmack in meinem Mund. Ich habe mehr als einmal darüber nachgedacht, meinen Ausweis abzugeben, nachdem du weg warst."

Ich streiche mir mit einer Hand über das dunkle Haargummi an meinem Kinn. "Ich weiß das zu schätzen, Mann, aber wenn du deine Marke abgegeben hättest, hätte ich dir in den Arsch getreten."

"Das glaube ich dir", sagt er mit einem Kichern. Er schaut auf meinen entblößten linken Arm hinunter und begutachtet die Tattoos. "Neue Tätowierungen."

Ich drehe meinen Unterarm und lasse die verschiedenen Designs aufblitzen. "Ja. Als ich die Truppe verließ, dachte ich mir, warum zum Teufel nicht? Ich fand heraus, dass Tattoos verdammt süchtig machen."

Meine Tätowierungen sind das Ergebnis stundenlanger Arbeit eines lokalen, extrem talentierten Künstlers und beginnen an meinem Handgelenk, arbeiten sich den ganzen Arm hinauf, erstrecken sich über die linke Seite meiner Brust und streichen an der Seite meines Halses hinauf. Das ist eine Menge und ich mag es. Wenn ich mich entscheide, etwas zu tun, dann mache ich keine halben Sachen. Ich ziehe es bis zum Ende durch.

Das Problem ist, dass ich manchmal zu tief in etwas eintauche und in Schwierigkeiten gerate.

Wie letztes Jahr, als ich beschloss, Selbstjustiz zu üben und den Abschaum von einer Gang zu jagen. Aber das passiert nun mal, wenn man jemanden verletzt, den ich liebe. Ich werde denjenigen zerstören. Selbst wenn es bedeutet, mich dabei selbst zu vernichten.

"Wenn ich bereit bin, mir ein Tattoo machen zu lassen, musst du mir den Namen deines Typen geben", sagt Logan.

Ich nicke. "Alles klar. Und jetzt erzähl mir mehr über diesen potenziellen Job."

Später an diesem Abend in meiner Wohnung sitze ich in meinem bequemen Sessel, während im Fernseher irgendein Actionfilm läuft. Aber mein Fokus liegt woanders. Ich konzentriere mich auf Easton Ross und ich bete zu Gott, dass sie mich anruft. Die Vorstellung, Platin-Security schließen zu müssen, stresst mich und ich greife nach einer Zigarette. Als ich sie anzünde, weiß ich, dass ich Griff und Ryker nicht im Stich lassen kann. Sie haben beide schon zu viel verloren.

Das haben wir alle.

Die Eröffnung von P.S. war wie eine Rettungsleine für diese Jungs. Sie haben viel Scheiße gesehen, und die Dunkelheit und der Schmerz, die damit einhergehen, können lähmend sein. Wie ich, haben sie Menschen verloren, die sie liebten und um die sie sich mehr als alles andere in dieser beschissenen Welt sorgten.

Ich fühle, wie die Dunkelheit mich überwältigt und das hasse ich verdammt noch mal. Aber manchmal überkommt sie mich heftig und schnell und alles was ich tun kann, ist ihr nachzugeben. Wie bei einem Junkie, den die Sucht befällt und der das Verlangen einfach befriedigen muss.

Ich öffne eine weitere Flasche Bud und trinke einen langen Schluck.

Madison.

Ihr Name trifft mich wie ein Güterzug und meine Augen fallen zu. Automatisch greife ich in mein Hemd und berühre die St.-Michael-

Medaille, die an einer Kette um meinen Hals hängt. Es war ein Geschenk von ihr an dem Tag, an dem ich der Polizei beitrat.

"Was ist das?", frage ich und hebe die Halskette aus einer Samtschachtel.

"Das ist St. Michael", antwortet Maddy. "Er symbolisiert Schutz, Mut und den Sieg des Guten über das Böse. Wenn du in der Sonntagsschule jemals aufgepasst hättest, würdest du das wissen, Jax."

Ich erinnere mich, dass ich gelacht habe.

"Er ist auch der Schutzheilige der Polizisten. Er wird dich beschützen, großer Bruder."

Gott, ich vermisse meine Schwester.

Ich drehe meinen Arm und studiere das kursive "M"-Tattoo an der Außenseite meines rechten Handgelenks. Nachdem Maddy starb, war es das Erste, das ich mir stechen ließ. Ich habe auch eines von St. Michael auf meiner Schulter, der über Satan thront, der hilflos und gefesselt unter dessen Schwert liegt.

Außerdem trage ich noch eine Reihe anderer dunkler Bilder auf meiner Haut: einen Totenkopf, ein Kreuz, einen Dolch, Ketten.

Unbedeutendes Zeug eben.

Es war einfach eine dieser Nächte, in denen ich kündigte. Eine dieser langen, einsamen, dunklen Nächte, die ich entweder überstehen oder in denen ich mir das Hirn wegpusten kann. Mein Blick fällt auf meine Pistole, die neben mir auf dem Tisch liegt.

Eine .40 Kaliber Glock 22. Sie ist aggressiv, trifft hart und gerade. Und ich empfehle nicht, jemals von einer (oder drei) ihrer Kugeln getroffen zu werden. Tut höllisch weh.

Schuldgefühle lasten schwer auf meinem Geist und meinem Herzen. An einem Punkt ertrank ich so sehr darin, dass der Gedanke, aufzugeben und einfach zusammen mit Maddy zu sterben, die beste Option zu sein schien.

Aber ich bin ein Raufbold und ein Überlebenskünstler. Das war ich schon immer. Vor zwanzig Jahren wurden meine Eltern von einem betrunkenen Fahrer frontal angefahren und starben noch am Unfallort. Damals war ich 15 Jahre alt. Ich, Maddy und mein jüngerer Bruder Sebastian wurden zu meiner Tante Rita geschickt. Die arme, liebe Dame. Sie hatte keine Ahnung, wie sie mit einem wilden Haufen wie uns umgehen sollte.

Die gute alte Tante Rita tat ihr Bestes, um sich um uns zu kümmern und uns etwas Gottesfürchtigkeit beizubringen, aber ich glaube, sie stieß auf taube Ohren. Zumindest bei Bastian und mir. Wir schwänzten die Sonntagsschule, schliefen in der Kirche ein und wuchsen so zu zwei echten Ungläubigen heran. Aber Maddy war ein gutes Mädchen.

Leider verliebte sie sich in einen Bad Boy. Einen sehr, sehr bösen Bad Boy.

Ich rauche die Zigarette bis zum Filter herunter und lasse sie in die leere Bierflasche fallen. Sie landet mit einem Zischen darin und ich öffne eine weitere. Die Dämonen beißen heftig heute Nacht und ich muss den Schmerz betäuben.

lies das Buch: Dunkle Küsse

AUCH VON KELLY MYERS

Daddy Knows Best Series:

My Secret Daddy || Yes Daddy || Forbidden Daddy || Billionaire Daddy || Daddys bester Freund || Vom falschen Mann schwanger || Unser kleines schmutziges Geheimnis || Feiertags Daddy

Platinum Security Series:

Dunkle Küsse || Dunkle Schätze || Dunkle Sünden || Dunkle Geheimnisse

Verbotene Liebe Series:

Missverständnisse || Der Mann von nebenan || Arroganter idiot || Der Ex meiner besten Freundin || Unfug im Büro || Liebe auf den zweiten Blick

Große Daddys von Los Angeles Series:

Daddys Regeln || Daddys Versuchung || Daddys falsche Verlobte || Daddys Millionen-Dollar-Vorschlag

EINLADUNG ZUM KELLY'S NEWSLETTER

Kelly Myers schreibt zeitgenössische Romantik. Sie versucht, dieses Gefühl zu vermitteln, durch das Sie sich mit den Figuren in ihren Büchern verbunden fühlen. Ihre Geschichten haben Charaktere, die ihren Partnern das Gefühl geben, gesehen, gehört und verstanden zu werden.

Sobald Sie ihr Buch gelesen haben, werden Sie es nicht vergessen und Sie werden nicht aufhören, dieses Gefühl erneut zu verfolgen, bis Sie ihr nächstes Buch greifen.

Sie lädt Sie hier ein, ihren Newsletter zu abonnieren und über die neuesten Informationen zu kommenden Veröffentlichungen oder Sonderpreisaktionen auf dem Laufenden zu bleiben.

Klicken Sie hier, um ihren Newsletter zu abonnieren!

Wenn Sie mit ihr in Kontakt treten möchten, senden Sie ihr eine E-Mail an:

kellymyers@kellymyerspublishing.com